国家出版基金项目
NATIONAL PUBLICATION FOUNDATION

“十三五”国家重点图书出版规划项目

国家社科基金重大项目“海外藏珍稀中国民俗文献与文物资料整理、研究暨数据库建设”（项目编号：16ZDA163）阶段性成果

海外藏中国民俗文化珍稀文献

编委会

教育部人文社会科学研究青年基金项目“近代英文汉学期刊中的中国民间文学资料整理与研究（1832—1949）”（项目编号：21YJC751003）阶段性成果

北京的歌谣

Pekinese Rhymes

[意]韦大列（Baron Guido Vitale）编著
崔若男 编译

国家出版基金项目
NATIONAL PUBLICATION FOUNDATION

“十三五”
国家重点图书
出版规划项目

海外藏
中国民俗文化
珍稀文献

王霄冰 主编

陕西师范大学出版总社

图书代号　SK23N0602

图书在版编目（CIP）数据

北京的歌谣 /（意）韦大列编著；崔若男编译 . —
西安：陕西师范大学出版总社有限公司，2023.5
（海外藏中国民俗文化珍稀文献 / 王霄冰主编）
“十三五”国家重点图书出版规划项目　国家出版基金项目
ISBN 978-7-5695-3497-9

Ⅰ. ①北…　Ⅱ. ①韦…②崔…　Ⅲ. ①民间歌谣—文学研究—北京　Ⅳ. ①I207.72

中国国家版本馆 CIP 数据核字（2023）第 012031 号

北京的歌谣
BEIJING DE GEYAO
［意］韦大列　编著　崔若男　编译

出 版 人	刘东风
责任编辑	邓　微
责任校对	庄婧卿
出版发行	陕西师范大学出版总社 （西安市长安南路199号　邮编　710062）
网　　址	http://www.snupg.com
印　　刷	陕西龙山海天艺术印务有限公司
开　　本	787 mm × 1092 mm　1/16
印　　张	18.5
插　　页	4
字　　数	150 千
图　　幅	276
版　　次	2023 年 5 月第 1 版
印　　次	2023 年 5 月第 1 次印刷
书　　号	ISBN 978-7-5695-3497-9
定　　价	138.00 元

读者购书、书店添货或发现印装质量问题，请与本公司营销部联系、调换。
电话：（029）85307864　85303635　传真：（029）85303879

海外藏中国民俗文化珍稀文献

总序

◎ 王霄冰

民俗学、人类学是在西方学术背景下建立起来的现代学科，其后影响东亚，在建设文化强国的大战略之下，成为当前受到国家和社会各界广泛重视的学科。16 世纪，传教士进入中国，开始关注中国的民俗文化；19 世纪之后，西方的旅行家、外交官、商人、汉学家和人类学家在中国各地搜集大批民俗文物和民俗文献带回自己的国家，并以文字、图像、影音等形式对中国各地的民俗进行记录。而今，这些实物和文献资料经过岁月的沉淀，很多已成为博物馆和图书馆等公共机构的收藏品。其中，不少资料在中国本土已经散佚无存。

这些民俗文献和文物分散在全球各地，数量巨大并带有通俗性和草根性特征，其价值难以评估，且不易整理和研究，所以大部分资料迄今未能得到披露和介绍，学者难以利用。本人负责的 2016 年度国家社科基金重大项目“海外藏珍稀中国民俗文献与文物资料整理、研究暨数据库建设”（项目编号：16ZDA163）即旨在对海外所存的各类民俗资料进行摸底调查，建立数据库并开展相关的专题研究。目的是抢救并继承这笔流落海外的文化遗产，同时也将这部分研究资料纳入中国民俗学和人类学的学术视野。

所谓民俗文献，首先是指自身承载着民俗功能的民间文本或图像，如家谱、宝卷、善书、契约文书、账本、神明或祖公图像、民间医书、宗教文书等；其次是指记录一定区域内人们的衣食住行、生产劳动、信仰禁忌、节日和人生礼仪、口头传统等的文本、图片或影像作品，如旅行日记、风俗纪闻、老照片、风俗画、民俗志、民族志等。民俗文物则是指反映民众日常生活文化和风俗习惯的代表性实物，如生产工具、生活器具、建筑装饰、服饰、玩具、戏曲文物、神灵雕像等。

本丛书所收录的资料，主要包括三大类：

第一类是直接来源于中国的民俗文物与文献（个别属海外对中国原始文献的翻刻本）。如元明清三代的耕织图，明清至民国时期的民间契约文书，清代不同版本的"苗图"、外销画、皮影戏唱本，以及其他民俗文物。

第二类是17—20世纪来华西方人所做的有关中国人日常生活的记录和研究，包括他们对中国古代典籍与官方文献中民俗相关内容的摘要和梳理。需要说明的是，由于原书出自西方人之手，他们对中国与中国文化的认识和理解难免带有自身文化特色，但这并不影响其著作作为历史资料的价值。其中包含的文化误读成分，或许正有助于我们理解中西文化早期接触中所发生的碰撞，能为中西文化交流史的研究提供鲜活的素材。

第三类是对海外藏或出自外国人之手的民俗相关文献的整理和研究。如对日本东亚同文书院中国调查手稿目录的整理和翻译。

我们之所以称这套丛书为"海外藏中国民俗文化珍稀文献"，主要是从学术价值的角度而言。无论是来自中国的民俗文献与文物，还是出自西方人之手的民俗记录，在今天均已成为难得的第一手资料。与传世文献和出土文物有所不同的是，民俗文献和文物的产生语境与流通情况相对比较清晰，藏品规模较大且较有系统性，因此能够反映特定历史时期和特定区域中人们的日常生活状况。同时，我们也可借助这些文献与文物资料，研究西方人的收藏兴趣与学术观念，探讨中国文化走向世界的方式与路径。

是为序。

2020年12月20日于广州

韦大列

（1872—1918）

意大利驻华公使、汉文正使韦大列（又译威达雷、卫太尔）在华二十年（1893—1913）间，除担任翻译一职外，还业余从事汉学研究。其著述包含英文、法文、意大利文等多种语言。凭借其法文著作《蒙文语法与词汇》，韦大列获法国“银棕榈”勋章，并被授予“学院骑士”勋章。

《北京的歌谣》广为歌谣运动中的中国学者所知，并对中国的民间文学运动产生一定影响。该书于1896年由北堂印书馆刊行，目前藏于美国加利福尼亚大学图书馆。

编译者序

◎ 崔若男

意大利驻华公使、汉文正使韦大列（Guido Amedeo Vitale Baron di Pontaggio，又译为威达雷、卫太尔[①]。Guido Amedeo Vitale 是其姓名，Baron di Pontaggio 为其贵族头衔，直译为彭塔吉奥男爵圭多·阿梅迪奥·韦大列。他于 1872 年 11 月 28 日出生在意大利那不勒斯的托雷安农齐亚塔（Torre Annunziata），是贵族阿图罗·韦大列（Arturo Vitale）的儿子。其家族于 1150 年从西班牙迁到意大利，是当地有名的贵族。

韦大列在意大利著名的汉学机构那不勒斯东方大学[②]（Istituto Universitario Orientale）师从著名汉学家诺全提尼（Lodovico Nocentini，1849—1910）学习汉语。1892 年韦大列接替了诺全提尼的职位，在北京意大利使馆担任翻译。1893 年到 1899 年，韦大列还兼职代办。1899 年晋升为秘书口译员及二等翻译。1900 年，义和团事件爆发。经由韦大列的斡旋，当时保存在意大利领事馆的 2600 册汉文典籍被藏入罗马国立中央图书馆。[③]

韦大列的政治生活主要在中国展开，虽然他只是担任看似微不足道的翻译

① Guido Amedeo Vitale Baron di Pontaggio 是韦大列带贵族头衔的称谓，《北京的歌谣》原书中其称谓为 Baron Guido Vitale，本书除此处外，一律采用原书中的称谓，近代外交史中多译作威达雷，如《李鸿章全集》（第 12 册），时代文艺出版社，1998 年，第 7152 页。民间文学界则多译作韦大列。

② 那不勒斯东方大学，其前身是意大利传教士马国贤（Matteo Ripa，1682—1746）于 1732 年创办的中国学院（Collegio de Cinesi），旨在招收和培养中国青年，帮助他们了解欧洲文化和基督教教义。

③ 参见［日］高田时雄：《意大利汉籍的搜集》，赵大莹译，见刘玉才主编：《国际汉学研究通讯》，北京大学出版社，2014 年，第 126—127 页。

一职，却广受好评。在中国近代政治、外交中发挥过重要作用的英国人莫理循（George Ernest Morrison，1862—1920）称赞韦大列是一个“通晓数国语言的奇才”[①]。与韦大列多有接触的李鸿章也在《寄伦敦罗使》（1901）的电报中如此评价韦大列：“闻义使萨瓦现将告假回国。翻译威达雷明白和平，屡代公使，望转致义外部，仍令代理，以资熟手。”[②]

据韦大列后人所言，韦大列通晓27种语言，包括意大利语、英语、法语、希腊语、拉丁语、希伯来语、犹太语、汉语官话、蒙古语和满语等。据说，由于其特殊的语言才能，在韦大列逝世后，甚至有研究者解剖了其大脑。虽然这一说法有待考证，但从其出版物来看，韦大列通晓意大利语、法语、英语、汉语、蒙古语及满语则是毫无疑问的。在其《北京的歌谣》一书的“注解”中，有时也会出现拉丁语、梵语。

翻译这个工作不仅职位低、薪水微薄，而且晋升很慢。韦大列来华20年，很少有机会升职。1914年，韦大列携妻子及子女返回意大利。同年6月21日，业已离开中国的韦大列，得到了中华民国大总统策令：“前驻京义国使馆汉文正使威达雷给予三等嘉禾章。”[③]嘉禾奖章设于民国元年（1912），旨在褒奖那些有功于国家，或在学问方面有建树的人。该奖最高为一等嘉禾章，依次分为九个等级。韦大列所获三等，属于较高级别。

回到意大利后，韦大列在那不勒斯东方大学教授中文。对新生活怀有无限憧憬与希望的韦大列，在1918年5月20日，不幸因一次街头枪击案而无辜被袭，结束了短暂的一生。为了纪念韦大列，那不勒斯市以韦大列的名字命名了该市老城内的一条街道。

韦大列的工作主要集中在政治、外交方面，真正留下的著作并不算多，因此也只能算是业余汉学家。但就意大利汉学史的整体发展情况来看，外交官汉学正是这一时期意大利汉学的最大特色。对这些外交官汉学家来说，政治身份并未给其学术研究带来太多积极的影响。相反，繁重的工作和微薄的薪水，使得大多数人的学术工作都未能更进一步，很多时候都只是停留在兴趣层面。[④]这一点在韦

---

① ［澳］骆惠敏：《清末民初政情内幕：〈泰晤士报〉驻北京记者、袁世凯政治顾问乔·尼·莫理循书信集（1895—1912）》，刘桂梁译，知识出版社，1986年，第463页。

② 《李鸿章全集》（第12册），时代文艺出版社，1998年，第7152页。

③ 《政府公报》1914年第764期，第2页。

④ 张西平、［意］马西尼主编：《中外文学交流史：中国－意大利卷》，山东教育出版社，2015年，第205页。

大列身上也难以避免。

韦大列的主要著作有：中英对照的《北京的歌谣》①（*Pekinese Rhymes*，1896），与瑟尔思（Sercey）伯爵合编的法文著作《蒙文语法与词汇》② [*Grammaire & Vocabulaire de la Langue Mongole (Dialecte de Khalkhas)*，1897]，《中国笑话：汉语口语初级读本》③（*Chinese Merry Tales：A First Reading Book for Students of Colloquial Chinese*，1901）。凭借《蒙文语法与词汇》一书，韦大列获法国“银棕榈”（delle palme di argento）勋章，并被授予“学院骑士”（ufficiale di accademia）勋章④。此外，他还有意大利文的著作与文章：《中国诗歌》（*Poesia Cinese*），一些发表在那不勒斯杂志《戏剧》（*Teatralia*）上的有关中国戏剧的文章，一些以“一个北京人”（“Il Pekinese”）的名义发表在罗马《论坛报》（*La Tribuna*）上的关于中国时政的文章。

其中最为中国学界所熟知的即《北京的歌谣》。虽然外交工作在一定程度上限制了韦大列的学术发展，也限制了《北京的歌谣》一书原本该有的学术深度，但仍需要承认，外交官汉学家的背景和韦大列的个人学识，使得该书在继承以往西方人歌谣著述的特色之外，还呈现出更为精彩的、其他学者较少关注到的地方，即占据该书主要篇幅的注解。韦大列因为这本书被称为“对中国民间文学事业做出重要贡献的屈指可数的一位西方人”⑤，“韦氏的开拓之功是不应该磨灭的。他的工作确实启发了一批中国文学家，让他们看到去哪里寻找灵感，从而充实了自己的作品”⑥。

《北京的歌谣》由天主教遣使会（Congregation of Priests of the Mission）在华的出版机构北堂印书馆（Pei-t’ang Press）于1896年在北京出版，作者署名为圭多·韦大列男爵（Baron Guido Vitale）。全书收录170首由韦大列本人亲自搜集、

---

① Baron Guido Vitale, *Pekinese Rhymes,* Peking: Pei-t’ang Press, 1896.

② Baron Guido Vitale, Sercey, *Grammaire & Vocabulaire de la Langue Mongole (Dialecte de Khalkhas)*, Péking: Imprimerie des Lazaristed au Pé-t’and, 1897.

③ Baron Guido Vitale, *Chinese Merry Tales: A First Reading Book for Students of Colloquial Chinese*, Peking: Pei-t’ang Press, 1901.

④ 参见［意］图莉安：《意大利汉学研究的现状——从历史观点》，载《汉学研究通讯》2006年第25卷第3期。

⑤ ［美］洪长泰：《到民间去——1918—1937年的中国知识分子与民间文学运动》，董晓萍译，上海文艺出版社，1993年，第31页。

⑥ ［美］洪长泰：《到民间去——1918—1937年的中国知识分子与民间文学运动》，董晓萍译，上海文艺出版社，1993年，第34页。

注解并翻译的北京儿歌（Children-rhymes, Baby-songs）。《北京的歌谣》由序言、索引及正文三部分构成。序言由韦大列撰写，主要介绍其搜集儿歌的经过及对中国儿歌价值的认识。索引以儿歌首句的拼音首字母排序，附加中文原文。正文由四部分组成：罗马数字、歌谣中文原文、英文注解及英文翻译。

书中的注解有长有短，韦大列凭借自己的判断，对一些可能对外国人来说产生误解和理解障碍的内容进行解释。需要注解的内容一般先附上中文字词，然后是威妥玛拼音，对于一些名词，有时还会附上拉丁语对应词汇，最后是英文解释。

有学者从"深度翻译"（thick translation）的理论出发，将书中的注解按功能分为三类：背景介绍、注音系统及词汇解释。其中词汇解释又具体划为一般词汇、方言词汇和文化词汇。[①] 从民间文学、民俗学的角度出发，在前人的研究基础上，本书将韦大列的注解按内容分为四类。

第一类是用英文对中文内容进行字面解释。例如，"大天亮"被翻译为"当白天非常明亮的时候"（XX：《金轱辘棒》）；"板凳"被翻译为"木质凳子"（LIII：《厚底儿鞋》）。这些内容是所有注解中最基础、占比最多的部分，鲜明地体现了该书作为记录北京方音及方言词汇的价值。

第二类是对中国人来说属于常识，但对外国人来说可能因为语言、文化、生活环境的不同而觉得陌生的词汇。例如，"豆腐"译作"豆子芝士，在中国广泛使用"（VIII：《谁跟我顽儿》）；"罗裙"被译作"长裙子，用一种叫'罗'的丝绸做成"（XVII：《石榴花儿的姐》）；等等。

第三类是对中国的各类文化事象的详细解释。其中出现最多的就是文学常识、北京史地、民俗事象等。文学常识诸如"西游记"（XLVII：《一呀二呀》）、"猪八戒"（XLVII：《一呀二呀》）、"李逵"（LVI：《树叶儿黑》）等。由于很多儿歌本身就是对北京地理的介绍，因此如《蓝靛厂》（LXIX）、《罗锅儿桥》（LXXXVIII）、《平则门拉大弓》（CXIV）等，完全由北京的地名串联起来。民俗事象涉及的范围十分广泛，包括民间传说、民间信仰、仪式、节日、日常衣食住行的方方面面，如"滑拳行令"（XXXVI：《大娘子喝酒》）、"奶名"（XXV：《小五儿》）等。

第四类是对儿歌的背景、内容、演唱情境、辑录方法等的注解。这一部分内容常被之前的学者忽视，但恰恰是最能体现其歌谣学特色的部分。

---

① 牛鹤霖：《民谣英译中深度翻译的类型和功能——以威达雷〈北京儿歌〉（*Pekinese Rhymes*）为例》，见四川西部文献编译研究中心编：《外语教育与翻译发展创新研究》（第7卷），四川师范大学电子出版社，2018年，第326—330页。

本书采用影印加选译的形式，在对《北京的歌谣》影印的基础上，选取一些重要注解进行翻译。选译标准如下：对涉及歌谣的背景、内容、演唱情境、辑录歌谣的方法等与歌谣学、民间文学研究密切相关的注解进行翻译；对含有民俗学价值的注解进行翻译，例如仪式、节日、日常衣食住行等。而单纯的以英文对中文进行的字面解释不翻译；对外国人而言陌生，但对中国人而言属于常识性知识的不翻译。此外，需要说明的是，由于一些歌谣的内容有悖时代价值，因此影印时并未保留。这八首歌谣分别是：《出了门儿好丧气》《和尚和尚摇铃铛》《小回回儿》《挑水的哥》《头遍灰》《秃秃锸》《庙里的和尚拉大锁》《骆驼骆驼噻噻》。

《北京的歌谣》序[①]

◎ ［意］威大列 作 常悲 译

我头一回公布北京童谣的集子，自信读者从这本书可以得些个益处：

第一得到别处不易见的字或短语。

第二明白懂得中国人日常生活的状况和详情。

第三觉得真的诗歌可以从中国平民的歌找出。

这些歌谣没有明确的著者；其中有些或是母亲在床沿上看着她的孩子的时候所作，别的或是淘气的学童当教员正在大哲学者的书本上假寐的时候所作的。无论怎样，都好像野花一样，没有人知道他们怎样地，又在何时生长起来，也就照样地凋谢死灭了。

搜集他们的困难远过于我们所想到的。我们在北京是被歧视的，那儿我可以亲身去听这些个歌谣并且把他们记录下来呢?

于是我就求计于我的先生，可是他觉着是个文人，对于我的要求很不喜欢，他固执而且担保中国不曾有这种没有价值的东西存在。可是偶然（自然是碰巧的）从抽屉中取出些洋钱，放在他不能拿着的地方，他立刻消了怒气，并自言自语说，如此我或者没有错，他自然要用所有他可能的法子去找我所需要的东西。

我要公平的说，他的约他也实践了，洋钱他也收存了。可是等他搜集约有四十来首的时候，他的存货也就尽了，我也就只得去找别的帮助。

夏天的时候到北京城近旁的庙里避暑，我得了许多机会与人民交接，并且可以增加我歌谣的存项。我更可以改正以前的原本，并更正那些没有经过口头试验

---

① 该文原载《歌谣周刊》1923 年 5 月 27 日第 20 号。作者“威大列”即“韦大列”，译者“常悲”为“常惠”的笔名。为保持全书数字用法一致，本文落款的时间改为阿拉伯数字。——编译者

的，或者是靠不住的歌。

搜集的工作后就接着解释和翻译的工作，那也是不大容易的。他们那里的人念这些字的时候总不能于疑难之点使我明了。有时被我的勉强，他们提醒我些个事，我就把那些比较像真的并合理的选出来，我从来未曾勉强或固执我自己的意见。

有些人要反对我所说的真诗的星光可以从这本书找到。在那些与中国人的世界全隔绝的人们这种意见自然是容易碰到的。有些个歌谣（不论比起这书的全量有多们少）是朴实而且可感动人，在那些对于中国人的优乐只有一点知识的人，也可以看作为诗的。

我也要引读者的注意于这些歌谣所用的诗法。因为他们乃是不懂文言的不学的人所作的，现出一种与欧洲诸国相类的诗法，与意大利的诗规几乎完全相合。根于这种歌谣和民族的感情，新的一种民族的诗或者可以发生出来。

我吃尽一切劳苦，尽力的搜集，可是还著实的不完全。那些可以与人民自由的交际的，必定可以多得些这种野生的诗的好例子。若有人肯供我些新材料，或他各自要担任一个歌谣的新集的工作的，我极端欢喜。

无论那个批评家，报告或文学的帮助，著者要感谢的接受。

我愿意于此表我深感之意于英使馆的 A. M. C. Raab. 先生，他善意的担任差不多全稿的改正。和德使馆的 Krebs 先生，他善意的帮助我校对排印稿。

男爵 Guido Vitale 意大利使馆

1896 年 9 月 30 日北京

目录

导读：韦大列《北京的歌谣》与中国现代歌谣运动 / 001

北京的歌谣 / 017

索引 / 019

拉大锯 / 026

上钴辘台 / 027

杨树叶儿 / 031

沙土地儿 / 033

小秃儿 / 034

痳子痳 / 036

谁跟我顽儿 / 038

我一个大儿子 / 039

我儿子睡觉了 / 040

黄狗黄狗你看家 / 041

寒鸦儿寒鸦儿过 /045

小白菜儿 / 046

张大嫂 / 047

日头出来一点红 / 049

剔灯棍儿 / 051

石榴花儿的姐 / 052

槐树槐 / 055
小二哥 / 056
金轱辘棒 / 058
扯扯 / 059
大秃子得病 / 060
树叶青 / 062
立了秋来立了秋 / 064
小五儿 / 066
小小子儿 / 068
高高山上有一家 / 069
香香蒿子 / 070
泥泥泥泥饽饽 / 071
水牛儿水牛儿 / 072
妞儿要吃面 / 073
出了门儿 / 076
褡连儿搭 / 077
罗锅子桥 / 079
东岳庙 / 080
大娘子喝酒 / 081
秃子秃 / 082
褡连儿搭 / 083
三儿三儿 / 084
咩咩羊 / 086
大翻车 / 087
高高山上一座小庙儿 / 088
新打一把茶壶亮堂堂 / 089
一进门儿喜冲冲 / 090
一呀二呀 / 092
打花巴掌的正月正 / 095

打罗儿筛 / 099
一副筐 / 100
翻饼烙饼 / 101
高高山上一落砖儿 / 102
厚底儿鞋 / 103
杜梨儿树 / 106
红葫芦 / 107
树叶儿黑 / 110
荆条棍儿 / 111
铁蚕豆 / 112
娶媳妇儿的 / 113
喜雀尾巴长 / 115
小秃儿 / 116
花红柳绿线儿 / 117
糊糊 / 118
煤模儿 / 119
丫头丫 / 119
玲珑塔 / 120
雉鸡翎 / 122
蓝靛厂 / 123
风来咯 / 125
高高山上一颗蒿 / 126
香炉儿 / 127
小妞儿 / 128
爷爷抱孙子 / 128
小脚儿娘 / 129
高高山上一座楼 / 130
你妈七 / 133
桃树叶儿尖 / 134

小小子儿 / 135
高高山上一颗麻 / 138
好热天儿 / 138
羊巴巴蛋儿 / 140
高高山上有个小庙儿 / 141
有个妞儿不害羞 / 143
有个小秃儿本姓高 / 144
立立立立站儿 / 145
罗锅儿桥 / 146
黑老婆儿 / 147
小小子儿 / 149
黄城根儿 / 150
檐蝙蝠 / 151
老太太叫猫 / 152
小秦椒儿 / 153
蒿子灯 / 155
小三儿他妈 / 156
小耗子儿 / 157
两枝蜡 / 157
八仙桌儿 / 159
喜儿喜儿吃豆腐 / 160
喜儿喜儿买豆腐 / 161
顾不得一时睡着 / 161
小大姐 / 164
新姑娘十几咯 / 165
有边儿有边儿真有边儿 / 166
咚咚咚 / 168
一进门儿黑咕窿咚 / 169
高高山上一座楼 / 170

小元儿小元儿 / 171
月亮爷 / 172
哏儿哏儿 / 174
茉莉花儿丈夫 / 175
平则门拉大弓 / 177
紫不紫 / 181
说开船就开船 / 183
拉拉谷的车三哥哥 / 184
小三儿小三儿 / 186
隔着墙儿扔切糕 / 187
胶泥瓣儿 / 189
祭灶祭灶新年来到 / 190
滴滴滴 / 191
月亮爷 / 192
松枝儿树 / 193
黄豆粒儿 / 195
松柏枝儿 / 196
一个毽儿 / 196
门儿敲得梆梆 / 198
小陶气儿 / 199
打罗儿筛 / 200
小大姐 / 201
我的儿 / 202
豆芽菜 / 203
秦始皇 / 204
蹊蹊跷 / 205
白塔寺 / 206
麻子鬼 / 207
喜花掏来戴满头 / 208

锥帮子儿 / 209
月亮爷 / 210
高高山上一窝猪 / 210
庙门儿对庙门儿 / 211
鸟鸟鸟 / 212
这个人生来性儿急 / 212
穷太太儿 / 213
是谁拍我的门儿 / 214
大哥哥二哥哥 / 214
正月里正月正 / 215
小小子儿开铺儿 / 216
小姑娘作一梦 / 216
养活猪吃口肉 / 217
喜儿喜儿 / 218
鼓靠着鼓来 / 219
红得哩 / 221
大娘二娘猜 / 222
小胖小子儿真有哏儿 / 224
高高山上一个牛 / 225
买一包 / 226
初一初二初三四儿 / 227
你要奢你要奢 / 228
鞭爆一响把张开 / 229
天皇皇 / 231
灶王爷 / 232
年年有个三月三 / 234
南京大柳树 / 235
轂洞洞 / 236
寿星老儿福禄星 / 237

导读：韦大列《北京的歌谣》与中国现代歌谣运动

◎ 崔若男

《歌谣周刊》发刊词中曾提出歌谣研究会搜集整理歌谣的两个目的：学术的与文艺的。文艺的指“从这学术的资料之中，再由文艺批评的眼光加以选择，编成一部国民心声的选集。意大利的卫太尔曾说‘根据在这些歌谣之上，根据在人民的真感情之上，一种新的“民族的诗”也许能产生出来。’所以这种工作不仅是在表彰现在隐藏着的光辉，还在引起当来的民族的诗的发展；这是第二个目的”[①]。意大利驻华公使韦大列在《北京的歌谣》一书中提出的“民族的诗”这一说法被引入发刊词，进而获得了当时歌谣运动知识分子的关注。

然而，这样一本被歌谣运动知识分子多次提及的书，却缺乏对其系统的评价，也没有研究涉及其与歌谣运动的可能关联。但事实上，韦大列在《北京的歌谣》中还曾提到“真的诗歌可以从中国平民的歌找出”[②]（The notion that some true poetry may be found in chinese popular songs），这段话同时广为胡适、周作人、朱自清等歌谣运动中的知识分子所引用[③]，“借以说明歌谣所传达的最为真实的‘人民的真的感情’是诗歌发展所应汲取的重要资源”[④]。但是，“真

① 《歌谣周刊》1922 年 12 月 17 日第 1 号。

② ［意］威大列：《〈北京的歌谣〉序》，常悲译，载《歌谣周刊》1923 年 5 月 27 日第 20 号。

③ 详见胡适：《北京的平民文学》，载《读书杂志》1922 年 10 月 1 日；周作人：《歌谣》，载《晨报副刊》1922 年 4 月 13 日；朱自清：《歌谣与诗》，载《歌谣周刊》1937 年 4 月 3 日第 3 卷第 1 期。

④ 高有鹏：《中国现代民间文学史论——中国现代作家的民间文学观》，河南大学出版社，2004 年，第 473 页。

诗”（true poetry）这一说法的提出，绝不仅仅是对民间歌谣中的情感因素的肯定。将“真诗”放入更广阔的历史、文化背景中加以考察，可以发现其背后关联着两个重要的学术问题：第一，在中国传统文论中，歌谣从来都是独立于“诗”的文类，但韦大列却将歌谣称为“真诗”。那么，以韦大列为代表的来华西方人怎样看待“歌谣”与“诗”的关系？将“歌谣”归入“诗”的范畴（即间接肯定了歌谣的文学价值）是否对中国知识分子提出的歌谣研究的第二个目的——“文艺的”产生了影响？第二，韦大列所言之“真”具体指的是什么？他所指的“真”与《北京大学征集近世中国歌谣》所提倡的“歌辞文俗一仍其真”有何关系？韦大列在《北京的歌谣》中如何践行“真”的标准？歌谣之“真”与歌谣运动知识分子提出的歌谣研究的“文艺的”目的之间是否具有关联性？

沿着这一思路，梳理来华西方人对中国歌谣的认识，同时将韦大列提出的“真诗”与《歌谣周刊》发刊词中提出的“文艺的”目的进行比较，有助于我们重新理解来华西方人辑译中国歌谣的活动与中国歌谣运动之间若隐若现的关联，也有助于我们重新剖析中国歌谣运动中的“外来力量”。

一、歌谣与“诗”（poetry）

近现代以来，“诗学”常被对译为西方文论中的“poetics”，而“诗”也因此被对译为“poetics”的对象“poetry”。“poetry”在西方主要用来指“史诗或叙事诗、抒情诗和戏剧诗，即使是作为狭义的 poetics 之对象的‘poetry’也是指所有分行排列的韵文”[①]。而在中国古代文论中，“诗”是一个与“词”“曲”“赋”等并立的文类，因此民间歌谣的相关文类如“歌”“谣”“谚”等并不属于传统的“诗”的研究范畴。中国古代之“诗”与西方文论之“poetry”意义并不对等。

民间歌谣被纳入“诗”及“诗学”研究，当始自近代来华的西方汉学家在确立“诗”与“poetry”的对译关系中。宋莉华以18—19世纪西方汉籍目录为研究对象，探讨了在中西文体碰撞的过程中，小说、戏曲、民歌等原属于通俗文学的文类如何被纳入正统的“文学”（literature）范畴之下，进而获得合法性。在谈及“诗”与“poetry”的关系时，她指出：“在西方汉籍目录中，诗、赋、词、曲一并归入‘poetry’……因而，当‘诗’与‘poetry’对应时，转换生新，变成了一种新的文体，即具有一定节奏和韵律的抒情言志的文学体裁，可以包容中、西多种文

① 余虹：《再谈中国古代文论与西方诗学的不可通约性》，载《思想战线》2005年第5期。

类和作品。”[①] 也即，“诗”这一中国古代原有的文类，在经西方汉学家“改造”之后，内涵更为丰富，通俗文学中的韵文形式也被纳入其范畴，尤其是民间歌谣也进入“文学”，被归入“诗”（poetry）之下。

尽管宋莉华已经提及民间歌谣如何进入近现代的“诗”，但并未就此过多言及，也没有提到将民间歌谣纳入“诗”对现代民间文学研究及中国歌谣运动可能产生的影响。因此，本文将在此基础上，补充文献，重新梳理西方汉学家如何将民间歌谣归入“诗”（poetry），以及其对歌谣运动中知识分子的影响。

要说明民间歌谣与“诗”的关系，首先需要讨论“诗”与“poetry”如何确立了对译关系，以及在这种对译过程中民间歌谣如何被纳入“诗”的范畴。

以笔者所见，收录民间歌谣的西人目录学著述并不多，大多数目录学著述还是以中国传统的经典为主，附带有小说、戏曲等在民间较流行的通俗文本。歌谣在中国古代向来不受关注，多以口头流传，因此传世文本较少；此外，相比较而言，来华西方人集中在民间歌谣上的注意力也不如其他文类那么多。不过，在有限的关注中，毕竟还能寻到一些蛛丝马迹。

例如，早在 1840 年，德国汉学家威廉·肖特（Wilhelm Schott，1802—1889）的《御书房满汉书广录》（*Verzeichniss der Chinesischen und Mandschu-Tungusischen Bücher und Handschriften der Könglichen Bibliothek zu Berlin*）即在“诗歌”（Lyrische Poesie）下，收录了《行山歌》和《粤讴》这类民歌作品；[②]1881 年，法国著名汉学家考狄（Henri Cordier，1849—1925）在其《西人论中国书目》（*Bibliotheca Sinica*）的“诗歌”（Poésie）类别下，也收录了司登德（George Carter Stent，1833—1884）的《中国歌谣》（*Chinese Lyrics*）、《二十四颗玉珠串》[*The Jade Chaplet in Twenty-Four Beads. A Collection of Songs, Ballads, &c. (from the Chinese)*] 和《活埋》[*Entombed Alive and Other Songs, Ballads, &c. (from the Chinese)*] 等歌谣类著述。[③]

除了以上将民间歌谣归入“诗”的目录学著作外，在一些研究性著述中，也

① 宋莉华：《西方早期汉籍目录的中国文学分类考察》，载《中国社会科学》2018 年第 10 期。

② Wilhelm Schott, *Verzeichniss der Chinesischen und Mandschu-Tungusischen Bücher und Handschriften der Könglichen Bibliothek zu Berlin*, Berlin: Druckerei der Könglichen Akademie der Wissenschaften, 1840, p. 87.

③ Henri Cordier, *Bibliotheca Sinica : Dictionnaire Bibliographique des Ouvrages Relatifs à l'Empire Chinois*, Paris : E. Leroux, 1881-85, pp. 829-830.

可见到这种传统。英国汉学家德庇时（John Francis Davis，1795—1890）1870 年出版的《汉文诗解》（*Poeseos Sinicae Commentarii: On the Poetry of the Chinese*）就体现了这种倾向。德庇时在“诗”的选材上，不仅关注了《诗经》及各个朝代的文人诗，还引用了很多“民间”作品，如《三字经》、《千字文》、打油诗、格言警句、对联及采茶歌（Tea-picking Ballad）。德庇时对民歌给予了很高的评价，他认为“也许没有哪一种语言的诗歌能比第 68 页的采茶歌包含更自然的情感表达，或者一种不那么夸张的风格”①。

美国公理会传教士明恩溥（Arthur Henderson Smith，1845—1932）曾于 1882 至 1885 年间在《教务杂志》（*The Chinese Recorder and Missionary Journal*）上连续刊登了有关中国谚语、俗语的系列文章，后结集出版为《汉语谚语俗语集》（*Proverbs and Common Sayings from the Chinese*）。在该书中，明恩溥将收集到的中国谚语、俗语分为七大类，其中有一类即是“以诗的形式呈现的诗行或对句”②（Lines or couplets in a poetical form），包括了“文人诗（如李白的《静夜思》、贺知章的《回乡偶书》、王之涣的《登鹳雀楼》等）、打油诗以及民间歌谣等”③，这些内容在该书的第四章统一被称为“诗性引用”（poetical quotations）。而收入其中的民间歌谣《天皇皇地皇皇》也被称为“诗”（poem）。④

1907 年，英国汉学家波乃耶（J. Dyer Ball，1847—1919）在《中国的节奏与韵律：中国诗歌与诗人》（*Rhythms and Rhymes in Chinese Climes: A Lecture on Chinese Poetry and Poets*）一书中，除提到几首情歌（love-song）外，波乃耶在结尾还提醒读者在研究中国诗歌的韵律时，不要忽视中国的儿歌，并引用了何德兰（Isaac Taylor Headland，1859—1942）的《孺子歌图》（*Chinese Mother Goose Rhymes*）中的五首儿歌译文作为例子。⑤

除了以上直接将民间歌谣收录进 poetry 里的著述外，作为 poetry 下属类别

---

① John Francis Davis, *Poeseos Sinicae Commentarii: On the Poetry of the Chinese*, London: Asher and Co., 1870, vi.

② Arthur H. Smith, *Proverbs and Common Sayings from the Chinese*, Shanghai: The American Presbyterian Mission Press, 1914, p. 5.

③ 详见崔若男：《明恩溥与中国谚语俗语研究》，见阎纯德主编：《汉学研究》（2019 年春夏卷），学苑出版社，2019 年，第 291—304 页。

④ Arthur H. Smith, *Proverbs and Common Sayings from the Chinese*, Shanghai: The American Presbyterian Mission Press, 1914, pp. 75-76.

⑤ J. Dyer Ball, *Rhythms and Rhymes in Chinese Climes: A Lecture on Chinese Poetry and Poets*, Hong Kong: Kelly & Walsh Limited, Shanghai-Singapore-Yokohama, 1907, p. 42.

之一的 lyrics 也常涉及一些民间歌谣的内容。lyrics 主要指抒情诗。lyrics 用在歌谣著述中主要是司登德的《中国歌谣》一文。该文曾于 1871 年 6 月 5 日在皇家亚洲文会北华支会（North China Branch of the Royal Asiatic Society）宣讲过，后发表在《皇家亚洲文会北华支会会刊》（*Journal of the North China Branch of the Royal Asiatic Society*）第 7 卷（1871—1872）。《中国歌谣》中共收录了 5 首歌谣，分别是《王大娘》（*Wang Ta Niang*）、《十二月歌谣》（*The Twelve Months Many Stories*）、《烟花柳巷》（*The Haunts of Pleasure*）、《玉美针》（*The Beautiful Jade Needle*）及《小刀子》（*The Dagger*）。文中每首歌谣均先附五线谱，次附中文原文和英文译文或作者的简要说明。

关于该文，有学者将其译作《中国的抒情诗歌》①，也有学者将其译作《中国歌谣》②。仅从 *Chinese Lyrics* 的字面意义来看，译作《中国的抒情诗歌》也无可厚非。因为"lyrics"一词在西方语境中，很少被直接用来指涉"歌谣"，大多数时候指的是诗歌。尤其当 Chinese 与 lyrics 连用时，一般指的多是中国古典诗歌。例如爱尔兰女诗人海伦·沃德尔（Helen Waddell，1889—1965）选译的《中国抒情诗》（*Lyrics from the Chinese*，1913）③、詹姆斯·惠特尔（James Whitall）译自法语的《中国歌词》（*Chinese Lyrics from the Book of Jade*，1918）④及初大告（Ch'u Ta-kao）选译的《中华隽词》（*Chinese Lyrics*，1937）⑤等，都是对中国古诗的翻译。这 5 首民间歌谣后来收入司登德的《二十四颗玉珠串》和《活埋》中时，均以"ballad and song"命名，这也直接说明了司登德实际上是受到了西方 poetry 含义的影响，即将中国民间歌谣也一并视为"诗"的一部分。⑥

基于 poetry 在西方文论中的意义，在来华西方人这里"诗"（poetry）不再是中国古代文类中的传统意义，而被赋予了新的内涵，成了以韵文为主的一切文类的代名词。正因为如此，在韦大列的《北京的歌谣》中，他才会说从"民歌"（popular song）中能发现"真诗"（true poetry）。而这也是为什么《北京的歌谣》

---

① 王毅：《皇家亚洲文会北中国支会研究》，上海书店出版社，2005 年，第 126 页。

② 高永伟：《词海茫茫——英语新词和词典之研究》，复旦大学出版社，2012 年，第 275 页。

③ Helen Waddell, *Lyrics from the Chinese*, Boston and New York: Houghton Mifflin Company, 1913.

④ James Whitall, *Chinese Lyrics from the Book of Jade,* New York: B.W. Huebsch, 1918.

⑤ Ch'u Ta-kao, *Chinese Lyrics*, Cambridge: at the University Press, 1937.

⑥ 参见 George Carter Stent, *The Jade Chaplet in Twenty-Four Beads. A Collection of Songs, Ballads, &c. (from the Chinese)*, London: Trüber & co., 1874. George Carter Stent, *Entombed Alive and Other Songs, Ballads, &c.(from the Chinese)*, London: W. H. Allen and co., 1878。

中收录了一些被中国知识分子认为属于“唱本 / 弹词”（ballad）而不是歌谣的内容。例如，常惠就曾怀疑《北京的歌谣》和何德兰的《孺子歌图》中的部分儿歌，应当属于唱本或弹词，或者至少受到了它们的影响，不能算是完全的“自然的歌谣”。他还把韦大列所收的《石榴花儿的姐》、何德兰所收的《树叶青》分别与唱本《百花名》、弹词《英烈春秋》进行了比较。① 一方面，固然是由于民间歌谣与唱本、弹词类的说唱文学之间可能存在互相影响的关系，因此也不排除这些唱本、弹词演化出了民间歌谣版本，抑或反之；但另一方面，还有一个重要原因，在来华西方人这里“诗”（poetry）本来就是一个包含了“民歌”、“儿歌”（nursery rhyme）、“唱本 / 弹词”等多种韵文形式的文类。

通过以上的梳理可以看到，来华西方人在对译“诗”和“poetry”的过程中，将民间歌谣纳入了“诗”，赋予其正统地位及合法性，承认了歌谣在文学上的价值。同时，这一做法直接进一步扩大了“诗”的研究范畴，而这很可能影响到了晚清的“诗界革命”，进而影响到歌谣运动对歌谣文学性的肯定。

梁启超于 1899 年 12 月 25 日在《夏威夷游记》中提出了“诗界革命”的说法。② 后来他在其主持的《清议报》和《新民丛报》上开辟了《诗文辞随录》和《诗界潮音集》两个专栏，在诗歌形式上主张“吸收民歌形式和学习来源于古代民歌的歌行体”。③ 而 1903 年，梁启超直接指出了西方的“poetry”被译为中国的“诗”时，扩大了“诗”的研究范围，进而提出“诗”的广义和狭义之分：“彼西人之诗不一体，吾侪译其名词，则皆曰‘诗’而已。若吾中国之骚、之乐府、之词、之曲，皆诗属也。而寻常不名曰‘诗’，于是乎诗之技乃有所限。吾以为若取最狭义，则惟‘三百篇’可谓之‘诗’；若取其最广义，则凡词曲之类，皆应谓之‘诗’。”④

虽然一般学界将中国现代民间文学的源头追溯到歌谣运动，但早在20世纪，钟敬文已经将这个源头追溯到了晚清。钟敬文认为，蒋观云、黄遵宪、梁启超、刘师培等晚清学人因为受到西方学术的影响，才重新认识到了民间歌谣的价值。而黄遵宪首先在其《人境庐诗草》中收录了山歌 9 首，是我国文学史上的“一种

① 常惠：《谈北京的歌谣》，载《歌谣周刊》1924 年 1 月 20 日第 42 号；常惠：《谈北京的歌谣》（续），载《歌谣周刊》1924 年 1 月 27 日第 43 号。

② 梁启超：《夏威夷游记》，载《清议报》1899 年 12 月 25 日。

③ 郭延礼：《“诗界革命”的起点、发展及评价》，载《文史哲》2002 年第 2 期。

④ 饮冰：《小说丛话》，载《新小说》1903 年第 7 号。

创举”[①]。只不过钟敬文的梳理停留在了晚清的中国学人身上，并未进一步深入探讨西方学术思潮如何具体地影响中国学者对歌谣的认识。

现在看来，梁启超对“诗”的广义的界定，很有可能参考了当时西方学术界对“poetry”的定义。尽管梁启超的“诗界革命”所倡导的是“当革其精神，非革其形式”[②]，与胡适为代表的新诗一派在诗歌形式这一方面存在分歧，但胡适在提到梁启超的影响时说道：“二十年来的读书人差不多没有不受他的文章的影响的。”[③]而对于“诗界革命”的主要实践者黄遵宪，胡适更是称其“我手写吾口”和以“俗语方言”写诗，是诗界革命的宣言[④]。因此，就承认民间歌谣的文学价值来说，“诗界革命”的影响不可小觑。它在肯定歌谣的文艺学价值的同时，认为白话诗可取法于民歌。受其影响的胡适，在谈到韦大列的“真诗”说时，也直接肯定了民间歌谣对于新诗的重要性。他声称“卫太尔男爵是一个有心的人，他在三十年前就能认识这些歌谣之中有些‘真诗’……现在白话诗起来了，然而作诗的人似乎还不曾晓得俗歌里有许多可以供我们取法的风格与方法，所以他们宁可学那不容易读又不容易懂的生硬文句，却不屑研究那自然流利的民歌风格。这个似乎是今日诗国的一桩缺陷吧。我现在从卫太尔的书里，选出一些有文学趣味的俗歌，介绍给国中爱‘真诗’的人们。”[⑤]直到1936年，《歌谣周刊》复刊，胡适还在提倡歌谣对新诗、新文学的重要性。

此外，歌谣运动中的另一健将周作人也很可能受到了韦大列的影响。陈泳超认为，在评价歌谣的文艺学价值上，周作人观念的转变“除了应合歌谣运动的时代因素外，大约 Vitale（包括何德兰、平泽平七）之类的外来影响是要占很大势力的”[⑥]。虽然陈泳超并未进一步具体分析是何种影响，以及这些外国人的歌谣著述从哪些方面体现出了歌谣的文艺学价值，但周作人几乎是最早向中国歌谣学界引介韦大列、何德兰、平泽清七（即平泽平七）等人的学者。加之周作人对西方学术的熟稔，在这种时代思潮下，韦大列的“真诗”影响到周作人对歌谣的文艺学价值的肯定也并非没有可能。周作人曾言：“民歌的最强

① 钟敬文：《晚清时期的民间文艺学史试探》，载《北京师范大学学报》1980年第2期。

② 梁启超：《饮冰室诗话》，人民文学出版社，1959年，第51页。

③ 胡适：《五十年来中国之文学》，见《胡适文集》（第3集），北京大学出版社，1998年，第217页。

④ 胡适：《五十年来中国之文学》，见《胡适文集》（第3集），北京大学出版社，1998年，第223页。

⑤ 胡适：《北京的平民文学》，载《读书杂志》1922年10月1日第2期。

⑥ 陈泳超：《周作人的民歌研究及其民众立场》，载《鲁迅研究月刊》2000年第9期。

烈的最有价值的特色是他的真挚与诚信，这是艺术品的共同的精魂，于文艺趣味的养成极是有益的。”[①] 此外，《北京的歌谣》序言中常被歌谣运动诸多学者提及的一句话，并且被引入《歌谣周刊》发刊词中的“民族的诗”（national poetry）这一说法，实质上也是在“诗”（poetry）的基础上定义歌谣，而周作人不可能不知道“诗”对于歌谣研究意味着什么。他毫不讳言歌谣可以“供诗的变迁的研究，或做新诗创作的参考”[②]。从这个意义上来看，这也等于直接肯定了歌谣的文艺学价值。

二、《北京的歌谣》：“文艺的”歌谣的范本

由来华西方人将歌谣纳入“诗”的范畴开始，歌谣在文学史中获得了正统地位，但如何体现出歌谣的文艺学价值，则要回到对“真诗”之“真”的探讨上。从韦大列提出“真诗”说开始，“真”就逐渐成为中国歌谣学研究中的一个重要问题。不仅歌谣运动中的诸多中国学人在不断引用韦大列的“真诗”说，而且，在歌谣研究会征集歌谣的诸多条例中也在不断强调“真”，甚至到20世纪三四十年代，朱自清还在持续探讨与“真诗”相关的问题。[③]

学界一般在探讨“真诗”时，往往集中于中国学者这一条脉络，而忽略了以韦大列为代表的西方学人。因此，笔者接下来将回到韦大列的《北京的歌谣》上，考察该书如何通过注解体现歌谣之“真”，也即歌谣的文艺学价值。同时，发掘其与歌谣运动内在的、隐性的关联。

（一）《北京的歌谣》体例简介

《北京的歌谣》一书最为突出的就是其中的注解部分。前人在提及该书时，多是泛泛而谈，很少从文本本身出发。实际上，该书的注解与其所记录的歌谣一样具有重要的意义。这些注解不仅有助于我们了解歌谣在当时的存在情况，同时也为我们今天向西方介绍中国歌谣提供了借鉴。因此，下文将集中探讨在辑录歌谣文本的过程中，韦大列以何种方式记录文本，以及记录了哪些内容；同时，分析这些注解所具有的很少被前人发掘的意义。

① 仲密：《自己的园地十一歌谣》，载《歌谣周刊》1923年4月29日第16号。

② 仲密：《自己的园地十一歌谣》，载《歌谣周刊》1923年4月29日第16号。

③ 参见朱自清：《歌谣与诗》，载《歌谣周刊》1937年4月3日第3卷第1期。

第一，从歌谣学的角度来说，该书有一点常被外界忽视的内容，即韦大列在注解中，对大部分歌谣的背景及内容做了分析，同时还以文字的形式还原了部分歌谣的演唱情境，而后者对于今日的歌谣研究意义尤其重大。以下给出的两个例子中，《拉大锯》是对演唱歌谣时的动作的描写，《寿星老儿福禄星》是对歌谣演唱时间的说明：

唱这些词时，母亲或家里的任何一位长辈，牵着婴儿的手向后推，就像画一把锯子一样。（I：《拉大锯》）①

孩子们在生日的时候唱这首歌。（CLXIX：《寿星老儿福禄星》）②

由于该书辑录的主要是儿歌，因此“母歌”及“游戏歌”的数量也相当多。在这两类歌谣中，韦大列经常会记录下歌谣的演唱情境。在“母歌”中，主要是描述了成年人（一般是母亲或家中的其他长辈）如何边唱歌谣，边逗弄孩子。在“游戏歌”中，则是描述游戏过程中儿童们演唱歌谣时的动作。有了这些注解的存在，韦大列记录的歌谣已经不仅仅是民间文学的“记录文本”，更是具有田野作业雏形的“民间文学志”③，这一点弥足珍贵。

第二，除了在注解中还原歌谣的表演情境外，韦大列的注解还为我们提供了辑录口头歌谣的范例，即如何用书面语记录以方言形态存在的歌谣。这一点无论是在当时还是对现在来说，都是有意义的。韦大列的记录方式，主要分为以下几种：

1. 对于歌谣中的方言词汇，如果有书面写法，先以方言发音的相关汉字记录，再另行标注出正确的书面汉字及读音。

“麻愣” ma^2-leng^4 是蜻蜓（libellula virgo）；它的正确写法是“蚂螂”（发音为 ma^1-lang^2），但是我更倾向于比较流行但不正确的写法，因为这两个字的声音和音调与北京话的发音相类似，正确的写法反而一般不为人知。（Ⅱ：《上轱辘台》）④

2. 对于汉语中没有对应汉字的词，则用相近发音或相关的汉字代替，同时标出其方言读音。

“辖” hsia^1，这个字应该读二声，但这里发音为一声，因为它只用来代表满语单词 *hiyà*，意思是君主的护卫。相对汉语的对应词“侍

---

① Baron Guido Vitale, *Pekinese Rhymes*, Peking: Pei-t'ang Press, 1896, p. 1.

② Baron Guido Vitale, *Pekinese Rhymes*, Peking: Pei-t'ang Press, 1896, p. 219.

③ 万建中：《民间文学引论》，北京大学出版社，2006 年，第 308 页。

④ Baron Guido Vitale, *Pekinese Rhymes*, Peking: Pei-t'ang Press, 1896, pp. 3–4.

卫”shih^{4}-wei^{4}，这个词在北京很常用。（Ⅱ：《上轱辘台》）①

“嗞儿嗞儿”tzŭ^{1}’r tzŭ^{1}’r，模仿一个正在喝汤的人的嘴唇发出的声音。字典里没有对应的字，我只能使用上面偏旁为“口”的“嗞”，和正确的发音相对应。（XX：《金轱辘棒》）②

3. 对方言、方音进行考订。

“作亲家”tsuo^{4} ch’in^{1} chia^{1}，成为亲戚。亲家这个词指的是姓氏不同的亲属。这个词在现代北京人中被错误地读作 ch’ing^{4} chia^{1}。（XXXIII：《褡连儿搭》）③

4. 记录了满语、蒙古语等少数民族语言词汇。

有几个词没有对应的汉字，尽管我尝试着用同音字表示它们。例如，“嘎”读作 ka^{2}。再如，“我的这个褡连儿就剩了叫唤嘎了”uo^{3} ti^{1} che^{4}-ko^{4} ta^{1}-lien^{2}’r ciou^{4} sheng^{4} la chiao^{4} huan^{4} ka^{2} la，“我的钱袋里只剩下哐当作响的钱”，意思是钱袋里只有两三块钱，每走一步就会碰在一起，发出响声。还有“古嘎”ku^{3} ka^{2}。例如，“古嘎没有”ku^{3} ka^{2} mei^{2} iou^{3}，是我没有钱。另一个词语是“侧”ts’o^{2}，或“侧罗”ts’o^{2} lo^{2}。有时也会用到外来词如 chi^{1}-ha^{1}，这是从满语 *jiha* “钱”和据说是蒙古语的 chao^{1} su^{1} 引入汉语的，通常在蒙古语 chao^{1} su^{1} u^{4} kuei^{3} 这句话中使用，意思是我没有钱。（XXIV：《立了秋来立了秋》）④

第三，《北京的歌谣》中的注解还提出了一部分有关歌谣的形式或曰技巧的内容。其中之一即提出了“头子”这一形式，并指出其在歌谣中的意义。“头子”，可被理解为传统歌谣中的起兴。“头子”一般出现在歌谣开头，但有时也会出现在中间。（见下引前两首）此外，韦大列还指出了歌谣中存在的很多重复的、无意义的叠句。这些叠句出现在歌谣中，有时是为了押韵，有时是重复出现在每一小节的最后一句。（见下引后两首）

这首歌的开头前两句被称为“头子”t’ou^{2} tzŭ。在这里，它们似乎与下文的内容没有多少关系。（LVIII：《铁蚕豆》）⑤

“芝麻秸儿树”chih^{1} ma^{2} chie^{1}’r shu^{4}，这一句和下一句在歌的中间形成了一种“头子”，很难猜出为什么说铃铛是挂在芝麻秸儿树上的。

---

① Baron Guido Vitale, *Pekinese Rhymes*, Peking: Pei-t’ang Press, 1896, p. 4.

② Baron Guido Vitale, *Pekinese Rhymes*, Peking: Pei-t’ang Press, 1896, p. 34.

③ Baron Guido Vitale, *Pekinese Rhymes*, Peking: Pei-t’ang Press, 1896, p. 54.

④ Baron Guido Vitale, *Pekinese Rhymes*, Peking: Pei-t’ang Press, 1896, pp. 40–41.

⑤ Baron Guido Vitale, *Pekinese Rhymes*, Peking: Pei-t’ang Press, 1896, p. 89.

（CXVII：《拉拉谷的车三哥哥》）[①]

“呀呀儿英”ya[1] ya[1]’r ying[1]，无意义的叠词，与上一句押韵。（XXIII:《树叶青》）[②]

“来不哼哎哟”lai[2] pu eng a-yo，无意义的叠词。（XXXI：《妞儿要吃面》）[③]

就笔者目前所见到的辑译中国歌谣的著作中，韦大列在《北京的歌谣》中所采用的这种体例不是孤例。在韦大列之前，司登德即在《二十四颗玉珠串》和《活埋》中，采用了“英文译文＋脚注”的形式，对译文中一些内容进行了解释，以方便西方读者更好地理解歌谣。其脚注中的内容就包括歌谣的背景知识、特殊的文化词汇、中国的历史知识等。其后在1901年，《中国评论》（*The China Review, or Notes and Queries on the Far East*）上刊登了阿尔弗雷德·梅（Alfred J. May）的《中国童谣》（*Chinese Nursery Rhymes*），即采用的是与《北京的歌谣》类似的体例。《中国童谣》首先以罗马字母标出序号，其次是歌谣相关的内容、情境等背景知识介绍，再次是英文译文，最后是中文原文。原文对西方读者来说有理解困难的地方，作者也在注释中加以解释。作者声明“我并没有尝试用相应的韵律来构造任何形式的东西，我只是在必要的时候只给出了带有注释的恰当翻译”[④]。《中国童谣》所采用的体例与韦大列《北京的歌谣》的体例如出一辙，只是顺序稍有差别。到1922年，英国汉学家倭讷（E. T. C. Werner, 1864—1954）将《北京大学日刊·歌谣选》中刊登的歌谣译为英文介绍给西方读者，所采取的也是这种“中文原文＋注解＋英文翻译”的形式。[⑤]

虽然以《北京的歌谣》为代表的体例在来华西方人辑录中国歌谣的著述中较为常见，但这种体例既非西方传统歌谣著述的体例，也非中国传统采集歌谣的体例，而是中西文化碰撞过程中所形成的独特形式。但巧合的是，西方人出于其阐释中国文化的目的而开创的这种解释性体例，却刚好与中国歌谣运动中“文艺的”目的所倡导的征集要求不谋而合。

---

① Baron Guido Vitale, *Pekinese Rhymes*, Peking: Pei-t’ang Press, 1896, p. 162.

② Baron Guido Vitale, *Pekinese Rhymes*, Peking: Pei-t’ang Press, 1896, p. 30.

③ Baron Guido Vitale, *Pekinese Rhymes*, Peking: Pei-t’ang Press, 1896, p. 50.

④ Alfred J. May, “ Chinese Nursery Rhymes” , *The China Review, or Notes and Queries on the Far East*,Vol. 25, No. 6, 1901, pp. 272-279.

⑤ E. T. C. Werner, *Chinese Ditties*, Tientsin: Tientsin Press, 1922.

（二）“真”：《北京的歌谣》与歌谣运动中采集歌谣的文艺标准

从《歌谣周刊》的发刊词来看，“文艺的”目的指的是对征集到的歌谣“由文艺批评的眼光加以选择，编成一部国民心声的选集”。至于具体是怎样的“文艺批评”，周作人在发刊词中并没有深入讨论。然而，歌谣研究会同人就此展开的讨论却并不少见。歌谣在文艺学上的意义，主要是为新诗服务，这一点几乎是中国知识分子在歌谣运动中的共识。实际上，早期歌谣运动的发起者刘半农、沈尹默等，其本身也是最早的新诗创作者。歌谣运动与新诗创作可以说是同时发生的。[①]尽管歌谣运动后期，周作人、朱自清等都对歌谣之于新诗的价值产生怀疑，但就早期而言，中国学界倾向于肯定歌谣的文艺学价值。

歌谣的文艺之美体现在歌谣的韵律、歌谣的唱和表演以及歌谣的内容上。[②]因此，要同时满足这几方面的要求，涉及的第一个重要问题就是如何采集歌谣。虽然歌谣运动同人从未提及韦大列的《北京的歌谣》及其书中的注解在采集歌谣方面的意义，但就歌谣运动中中国知识分子为采集歌谣制定的一系列标准及相关论述来看，韦大列的注解为如何采集歌谣提供了一个良好的范本，其以“真”衡量歌谣之于诗歌价值的观念，也潜移默化地影响了中国的知识分子。因此，歌谣运动“对西学规范的应用”[③]毋庸置疑。

关于如何记录一首歌谣，周作人早在1914年就在《绍兴县教育会月刊》上发表征集启事，提到记录儿歌“须照本来口气记述。俗语难解处，以文言注释之。有音无字者，可以音切代之，下仍加注”[④]。1918年刊登在《北京大学日刊》上的《北京大学征集全国近世歌谣简章》（由刘复、沈尹默、钱玄同、沈兼士负责）就做出了明确的说明，其中几条如下：

> 歌辞文俗一仍其真，不可加以润饰，俗语亦不可改为官话。
>
> 一地通行之俗字为字书所不载者，当附注字音，能用罗马字或Phonetics尤佳。
>
> 有其音无其字者，当在其原处地位画一空格如□，而以罗马字或Phonetics附注其音，并详注字义，以便考证。

---

① 牟学苑、张亚君：《“歌谣运动”中的歌谣研究与新诗创作——以朱自清为主》，载《学术交流》2018年第8期。

② 杨世清：《怎样研究歌谣》，载《歌谣周刊》1923年12月17日周年纪念增刊。

③ 赵世瑜：《眼光向下的革命——中国现代民俗学思想史论（1918—1937）》，北京师范大学出版社，1999年，第79页。

④ 《启事》，载《绍兴县教育会月刊》1914年1月第4号。

歌谣中有关于历史地理或地方风物之辞句当注明其所以。

歌谣之有音节者，当附注音谱（用中国工尺、日本简谱或西洋五线谱均可）。[①]

1922年，《歌谣周刊》创刊号上发表了由周作人起草的《本会征集全国近世歌谣简章》（以下简称《简章》），对1918年的简章在部分内容上做出重要调整："歌谣性质并无限制，即语涉迷信或猥亵者，亦有研究之价值，当一并录寄，不必先由寄稿者加以甄择。"[②]

《简章》及其后提到的对征集歌谣的要求，大部分都可在《北京的歌谣》中找到，基本无出其右。虽然没有直接证据表明《简章》参考了《北京的歌谣》或其他西方歌谣的体例，但以该书在当时知识分子中的影响，尤其是周作人在歌谣运动中的地位及影响，也可以大胆推断，《简章》中的各注意事项，并非中国古代歌谣著作中原有的，而更接近于来华西方人辑译中国歌谣时的体例。即使是周作人后来提到的"歌谣性质并无限制"，在《北京的歌谣》中也有体现。韦大列在注解中指出《隔着墙儿扔切糕》《出了门儿好丧气》《羊巴巴蛋儿》等歌谣可能涉及私情、排泄等内容，但还是照实收录之，肯定了它们在洞见"中国人日常生活的状况和详情"[③]中的价值。

在《简章》的影响下，诸多学人都提出了如何实现歌谣的"文艺的"目的，其中最重要的就是提倡在歌谣后添加注解。青柳在《读〈各省童谣集〉第一册》里提到，由于儿歌带着"地方色彩而且混杂着乡俗和方言"，因此"附有短的注释，这原是很好的"。此外，他还提倡在记录儿歌时，最好也将表情记录下来，这样"在意境上艺术上稍事立论，都饶有趣味"。[④]何植三主张在收集儿童游戏歌的同时，最好能对其加以说明："儿歌中的游嬉歌，仿佛文学上古时的歌剧，一面唱，一面演，设搜集时能把游戏说明，不仅歌意明白，同时可以得到儿童的游戏，供儿童戏剧儿童教育者的参考。……我想以中国版图的辽阔，搜集儿童的游戏歌者，同时能把游戏下具体的说明，积之日久，必可得一部可观的儿童游戏集；搜集歌谣固是不易的事，然从这不易竟可找到不少珍品"[⑤]。杨世清认为至少应

---

① 《北京大学征集全国近世歌谣简章》，载《北京大学日刊》1918年2月1日第61号。

② 《本会征集全国近世歌谣简章》，载《歌谣周刊》1922年12月17日第1号。

③ ［意］威大列：《〈北京的歌谣〉序》，常悲译，载《歌谣周刊》1923年5月27日第20号。

④ 青柳：《读〈各省童谣集〉第一册》，载《歌谣周刊》1923年5月27日第20号。

⑤ 何植三：《讨论：搜集歌谣的附带收获》，载《歌谣周刊》1923年12月9日第36号。

该："（一）由近及远　研究歌谣的人，不妨先就本处的歌谣研究起，然后再慢慢地由近及远。……（二）注明特点　如歌谣中的特别风俗习惯，方言土语，以及与歌谣同时表演的动作，都应当有详细地注释。……（三）注音……（四）扫除附会……（五）比较的研究……"① 但是，有关歌谣的"文艺的"实践却很少。直到 1925 年《歌谣周刊》停刊，其所刊载的大部分歌谣都没有注释。1936 年《歌谣周刊》复刊，徐芳的《儿歌的唱法》才算真正意义上以"文艺的"标准采集歌谣，对儿童游戏歌的演唱情境、演唱方式等做出了说明。②

比较《北京的歌谣》与歌谣运动中的诸多采集歌谣的要求，可以发现，其所强调的歌谣的文艺价值都是建立在"真"之上的歌谣的语言和歌谣所反映出的民众的情感，也可简要概括为"真的语言"和"真的感情"。而这两者都可溯源至早期辑译中国歌谣的来华西方人。

"真的语言"主要体现在歌谣中的口语与方言，以及口语与"诗"的关系上。在《北京的歌谣》序言中，韦大列多次提及"诗"（poetry），可见其是以"诗"的标准来审视民间歌谣。韦大列说道："我也要引读者的注意于这些歌谣所用的诗法。因为他们乃是不懂文言的不学的人所作的，现出一种与欧洲诸国相类的诗法，与意大利的诗规几乎完全相合。"③ 显然，韦大列所指的"与欧洲诸国相类的诗法"是那些"不懂文言不学的人"以口语的、白话的修辞方式——复沓、重章叠句等——所作的"诗"。对于歌谣中的口语，来华西方人早有认识。欧德理（Ernst John Eitel，1838—1908）在采集客家歌谣时就提道："首先，在我看来，这些民歌的中文文本似乎是我们确定什么是好口语的唯一标准。从老师那里听来的口语和苦力们的不一样。"④

"真"的另一方面，体现在歌谣所反映出的情感上。也即，歌谣所反映出的"民族心声 / 民族精神"。把歌谣视为"民族心声 / 民族精神"这与整个世界背景中歌谣的地位有关，学者们多将其追溯到德国浪漫民族主义的代表赫尔德，因此也有学者认为韦大列、周作人都受到了赫尔德的影响，只不过这种影响似乎看

---

① 杨世清：《怎样研究歌谣》，载《歌谣周刊》1923 年 12 月 17 日周年纪念增刊。

② 徐芳：《儿歌的唱法》，载《歌谣周刊》1936 年 4 月 4 日第 2 卷第 1 期。

③ ［意］威大列：《〈北京的歌谣〉序》，常悲译，载《歌谣周刊》1923 年 5 月 27 日第 20 号。

④ E. J. Eitel, "Ethnographical Sketches of the Hak-ka Chinese", *The China Review, or Notes and Queries on the Far East*, 1867, Vol. 1, No. 9, pp. 129–130.

起来更多是隐形的。[①] 与其说是赫尔德对某个具体的个人产生了影响，倒不如说是个人受时代思潮的影响。实际上，除了韦大列外，将中国歌谣与中国人的民族精神联系在一起，这样的观念在来华西方人中并不少见。欧德理在《客家人种志略》（*Ethnographical Sketches of the Hakka Chinese*）的第五篇《客家歌谣》（Popular Songs of the Hakkas）中提道："客家歌谣（popular song）或民歌（ballad）是表现个人或民族的感情、苦难、喜悦和英勇行为的媒介。他们是民众共同所有的，是民族性格（national character）的确信的索引。"[②] 司登德认为民众的歌是"最深刻和最广泛的自然思想倾向"[③]。倭讷在其《中国歌谣》（*Chinese Ditties*）中也认为歌谣"是了解和认识中国人内心世界的重要渠道"[④]。而如何借歌谣获知"民族心声"，在来华西方人这里主要是通过繁复的注解。在歌谣运动知识分子中，诚如《歌谣周刊》发刊词已经提到的，是借助对歌谣的"文艺批评"，而"文艺批评"实际上也是通过注解实现的。

三、结语

从鸦片战争前后开始，在华从事民俗学、民间文学相关调查、研究的西方人不在少数。然而长期以来，学界却多对他们的著述视而不见。除了民族心理和特殊国情以外[⑤]，这些著述常被诟病的一个地方是它们由业余汉学家写作，在学术上不够专业、严谨。因此，有学者直接断言"没有足够的证据说明它们对当时的中国新学界造成了影响"，甚至于"对现在的中国民俗学界也没发生过作用……它们充其量只具备民众资料的价值"。[⑥] 即便是被《歌谣周刊》同人反复引用、

---

① 参见李海英:《晚清来华外交官威达雷与〈中国民俗〉》，载《民俗研究》2014 年第 3 期；陈怀宇：《赫尔德与周作人——民俗学与民族性》，载《清华大学学报》（哲学社会科学版）2009 年第 5 期。

② E. J. Eitel, "Ethnographical Sketches of the Hakka Chinese", *The China Review, or Notes and Queries on the Far East*, 1867, Vol. 1, No. 9, pp. 113-114.

③ George Carter Stent, *The Jade Chaplet in Twenty-Four Beads. A Collection of Songs, Ballads, &c. (from the Chinese)*, London: Trübner & Co.1874, iv.

④ E. T. C. Werner, *Chinese Ditties,* Tientsin: Tientsin Press, 1922.

⑤ 董晓萍：《牛津大学藏西人搜集出版的部分中国民俗书籍》，见汕头大学新国学研究中心编《新国学研究》（第 2 辑），人民文学出版社，2005 年，第 253—294 页。

⑥ 施爱东：《倡立一门新学科——中国现代民俗学的鼓吹、经营与中落》，中国社会科学出版社，2011 年，第 17 页。

提及的《北京的歌谣》，也未能幸免。事实上，若以“作品”的视角审视之，这些著述中的大部分的确不尽如人意，针对它们的指摘也无可厚非。但若是从文本的角度来看，那么，脱离语境对其进行的所有批评都是不公平的。于这些文本而言，写作其的语境本身就已经构成了其成果的一部分，这也是我们今日的研究不可忽视的地方。

总之，从《北京的歌谣》中提出的“真诗”这一细节着手，可以勾连起来华西方人群体对中国民间歌谣的整体认识。在歌谣运动开始之前，来华西方人在建立“诗”和“poetry”的对应关系的过程中，确定了歌谣在文学史中的地位，将民间歌谣引入“诗”的范畴，进而对晚清以降的中国新诗实践产生了影响，也进一步促成了中国知识分子对歌谣的“文艺的”价值的认同，而这一“文艺的”目的也贯穿了歌谣运动的始终。因此，从更宏观的角度来看，“真诗”说的提出不是韦大列的独创，而是时代思潮对个人的浸润。要挖掘出其中隐性的关联仅仅关注作品是远远不够的。此外，“真诗”这一看似不起眼的说法虽然只出现在《北京的歌谣》的序言中，但韦大列对其的实践却贯穿全书，尤其体现在书中的注解上。《北京的歌谣》中的注解是对歌谣之“真”的践行，也恰好为中国学者采集歌谣提供了一个范本。

（原载《文化遗产》2020 年第 2 期。收入本书时文字有改动）

北京的歌谣

INDEX.

Chang^1 ta^4 sao^3	Pag. 23	張大嫂
Che^4 ko^4 jen^2 sheng^1 lai^2	192	這個人生來性兒急
Cheng^1 yüe^4 li^3 cheng^1 yüe^4 cheng^1	195	正月裏正月正
Chi^4 tsao^4 chi^4 tsao^4	170	祭竈祭竈新年來到
Chiao^1 ni^2 pan^4 'r	169	膠泥瓣兒
Chie^1 cho ch'iang^2 'eur	165	隔着牆兒扔切糕
Chih^4 chi^1 ling^2	100	雉鷄翎
Chin^1 ku^1 lu^1 pang^4	34	金軲轆棒
Ch'in^2 shih^3 huang^2	184	秦始皇
Ching^1 t'iao^2 kun^4 'r	88	荊條棍兒
Ch'iung^2 t'ai^4 t'ai^4 'r	193	窮太太兒
Ch'o^3 ch'o^3	35	扯扯
Ch'u^1 la men^2	52	出了門兒
Ch'u^1 i^1 ch'u^1 eur^4 ch'u^1 san^1 ssu^4	207	初一初二初三四兒
Ch'ü^3 hsi^2 fu^4 'r ti	90	娶媳婦兒的
Chui^1 pang^1 tzu^3 'r	189	錐幫子兒
Fan^1 ping^3 lao^4 ping^3	78	翻餅烙餅
Feng^1 lai^2 la	103	風來咯
Han^2 ya^1 'r han^2 ya^1 'r kuo^4	21	寒鴉兒寒鴉兒過
Hao^3 jo^4 t'ien^1 'r	116	好熱天兒
Hao^1 tzu teng^1	133	蒿子燈
Hei^1 lao^3 p'ouo^2 'r	125	黑老婆兒

Hou^{4} ti^{3} 'r hsie^{2}	80	厚底兒鞋
Hu^{1} hu^{1}	95	糊糊
Hua^{1} hung^{2} liou^{3} lü^{4} hsien^{4} 'r	64	花紅柳緑線兒
Huai^{2} shu^{4} huai^{2}	31	槐樹槐
Huang^{2} kou^{3} huang^{2} kou^{3}	17	黃狗黃狗你看家
Huang^{2} ch'eng^{2} ken^{1} 'r	128	黃城根兒
Huang^{2} tou^{4} li^{4} 'r	175	黃豆粒兒
Hung^{2} to^{2} li	201	紅得哩
Hung^{2} hu^{2} lu^{2}	84	紅葫蘆
Hsi^{3} ch'iao^{3} i^{3} pa^{1} ch'ang^{2}	92	喜雀尾巴長
Hsi^{3} 'r hsi^{3} 'r ch'ih^{1} tou^{4} fu^{3}	138	喜兒喜兒吃豆腐
Hsi^{3} 'r hsi^{3} 'r mai^{3} tou^{4} fu^{3}	139	喜兒喜兒買豆腐
Hsi^{1} hsi^{1} chiao^{1}	185	蹊蹊蹺
Hsi^{3} hua^{1} ch'ia^{1} lai^{2} tai^{4} man^{3} t'ou^{2}	188	喜花掐來戴滿頭
Hsi^{3} 'r hsi^{3} 'r	198	喜兒喜兒
Hsiang^{1} hsiang^{1} hao^{1} tzu	46	香香蒿子
Hsiang^{1} lu^{2} 'r	105	香爐兒
Hsiao^{3} t'u^{1} 'r	10	小禿兒
Hsiao^{3} pai^{2} ts'ai^{4}	22	小白菜兒
Hsiao^{3} eur^{4} ko^{1}	32	小二哥
Hsiao^{3} u^{3} 'r	42	小五兒
Hsiao^{3} hsiao^{3} tzu	44	小小子
Hsiao^{3} t'u^{1} 'r	93	小禿兒
Hsiao^{3} niu^{1} 'r	106	小妞兒
Hsiao^{3} chiao^{3} 'r niang^{2}	107	小脚兒娘
Hsiao^{3} hsiao^{3} tzu	113	小小子兒
Hsiao^{3} hsiao^{3} tzu	127	小小子兒

Hsiao^{3} ch'in^{2} chiao^{1}	131	小秦椒兒
Hsiao^{3} san^{1} 'r t'a^{1} ma^{1}	134	小三兒他媽
Hsiao^{3} hao^{4} tzu	135	小耗子兒
Hsiao^{3} ta^{4} chie^{3}	142	小大姐
Hsiao^{3} yüan^{2} 'r	149	小元兒
Hsiao^{3} san^{1} 'r, hsiao^{3} san^{1} 'r	164	小三兒小三兒
Hsiao^{3} t'ao^{2} ch'i^{4}	179	小陶氣兒
Hsiao^{3} ta^{4} chie^{3}	187	小大姐
Hsiao^{3} hsiao^{3} tzu k'ai^{1} p'u^{4} 'r	196	小小子開鋪兒
Hsiao^{3} ku^{1} niang^{2} tsuo^{4} i^{1} meng^{4}	196	小姑娘作一夢
Hsiao^{3} p'ang^{4} hsiao^{3} tzu	204	小胖小子兒
Hsiao^{3} p'ang^{4} ko^{1}	219	小胖哥
Hsin^{1} ta^{3} i^{1} pa^{3} ch'a$_{2}$ hu^{2}	65	新打一把茶壺
Hsin^{1} ku^{1} niang^{2} shih^{2} chi^{3} la	143	新姑娘十幾咯
I^{1} chin^{4} men^{2} hsi^{3} ch'ung^{1} ch'ung^{1}	66	一進門兒喜冲冲
I^{1} ya^{1} eur^{4} ya^{1}	69	一呀二呀
I^{1} fu^{4} k'uang^{1}	77	一副筐
I^{1} chin^{4} men^{2} 'r hei^{1} ku^{1} lung^{1} tung^{2}	147	一進門兒黑咕窿咚
I^{1} ko^{4} chien^{1} 'r	176	一個毽兒
Jih^{4} t'ou^{2} ch'u^{1} lai^{2} i^{1} tien^{3} hung^{2}	25	日頭出來一點紅
Kao^{1} kao^{1} shan^{1} shang^{4} you^{3} i^{1} chia^{1}	45	高高山上有一家
Kao^{1} kao^{1} shan^{1} shang^{4} i^{1} tsuo^{4} hsiao^{3} miao^{4}	64	高高山上一座小廟
Kao^{1} kao^{1} shan^{1} shang^{4} i^{1} luo^{4} chuan^{1}	79	高高山上一落磚
Kao^{1} kao^{1} shan^{1} shang^{4} i^{1} k'o^{1} hao^{1}	104	高高山上一顆蒿
Kao^{1} kao^{1} shan^{1} shang^{4} i^{1} tsuo^{4} lou^{2}	108	高高山上一座樓

Kao^1 kao^1 shan^1 shang^4 i^1 k'o^1 ma^2	116	高高山上一顆蔴
Kao^1 kao^1 shan^1 shang^4 iou^3 ko^4 hsiao^3 miao^4	119	高高山上有個小廟
Kao^1 kao^1 shan^1 shang^4 i^1 tsuo^4 lou^2	148	高高山上一座樓
Kao^1 kao^1 shan^1 shang^4 i^1 uo^1 chu^1	190	高高山上一窩猪
Kao^1 kao^1 shan^1 shang^4 i^1 ko^4 niu^2	205	高高山上一個牛
Ken^1 'r ken^1 'r	152	哏兒哏兒
Ku^4 pu^4 to^2 i^1 shih^2 shuei^4 chao^2 la	139	顧不得一時睡着
Ku^3 k'ao^4 cho^2 ku^3 lai^2	199	鼓靠着鼓來
Ku^1 tung^1 tung^1	217	轂洞洞
La^1 ta^4 chü^4	1	拉大鋸
La^1 la^1 ku^3 ti^1 ch'o^1 san^1 ko^1 ko^1	162	拉拉穀的車三哥哥
Lan^2 tien^4 ch'ang^3	101	藍靛廠
Lao^3 t'ai^4 t'ai^4 chiao^4 mao^1	130	老太太叫貓
Li^4 la ch'iu^1 lai^2 li^4 la ch'iu^1	40	立了秋來立了秋
Li^4 li^4 li^4 li^4 chan^4 'r	123	立立立立站兒
Liang^3 chih^1 la^4	135	兩枝蠟
Ling^2 lung^2 t'a^3	98	玲瓏塔
Luo^2 kuo^1 tzu ch'iao^2	55	羅鍋子橋
Luo^4 t'o^2 luo^4 t'o^2 so^4 so^4	110	駱駝駱駝嗦嗦
Luo^2 kuo^1 'r ch'iao^2	124	羅鍋兒橋
Ma^2 tzu^3 ma^2	12	痲子痲
Ma^2 tzu^3 kuei^3.	137	痲子鬼
Mai^3 i^1 pao^1	206	買一包
Mei^2 mu^4 'r	97	煤糢兒
Men^2 'r ch'iao^1 ti pang^1 pang^1	178	門兒敲的梆梆
Miao^4 men^2 tuei^4 miao^4 men^2 'r	191	廟門對廟門兒

Mie^{1} mie^{1} yang^{2} 62 咩咩羊

Muo^{4} li^{4} hua^{1} 'r ti chang^{4} fu^{1} 153 茉莉花兒的丈夫

Nan^{2} ching^{1} ta^{4} liou^{3} shu^{4} 216 南京大柳樹

Ni^{2} ni^{2} ni^{2} ni^{2} puo^{1} puo^{1} 47 泥泥泥泥餑餑

Ni^{3} ma^{1} ch'i^{1} 111 你媽七

Ni^{3} iao^{4} sha^{2} ni^{3} iao^{4} sha^{2} 208 你要奢你要奢

Niao^{1} niao^{1} niao^{1} 192 鳥鳥鳥

Nien^{2} nien^{2} iou^{3} ko^{4} san^{1} yüe^{4} san^{1} 215 年年有個三月三

Niu^{1} 'r iao^{4} ch'ih^{1} mien^{4} 49 妞兒要吃麪

Pa^{1} hsien^{1} chuo^{1} 'r 137 八仙棹兒

Pai^{2} t'a^{3} ssu^{4} 186 白塔寺

Pien1^{1} p'ao^{4} i^{1} hsiang^{3} pa^{4} chang^{1}
k'ai^{2} 209 鞭炮一响把張開

P'ing^{2} tso^{2} men^{2} la^{1} ta^{4} kung^{1} 155 平則門拉大弓

San^{1} 'r san^{1} 'r 60 三兒三兒

Sung^{1} chih^{1} 'r shu^{4} 173 松枝兒樹

Sung^{1} pai^{3} chih^{1} 'r 176 松柏枝兒

Sha^{1} t'u^{3} ti^{4} 'r 9 沙土地兒

Shang^{4} ku^{1} lu^{4} t'ai^{2} 2 上軲轆台

Shih^{2} liou^{4} hua^{1} 'r ti chie^{3} 28 石榴花兒的姐

Shih^{4} shui^{2} p'ai^{1} uo^{3} ti men^{2} 'r 194 是誰拍我的門兒

Shou^{4} hsing^{1} lao^{3} 'r fu^{2} lu^{4} hsing^{1} 219 壽星老兒福祿星

Shu^{4} ye^{4} 'r ch'ing^{1} 38 樹葉兒青

Shu^{4} ye^{4} 'r hei^{1} 78 樹葉兒黑

Shui^{2} ken^{1} uo^{3} uan^{2} 'r 14 誰跟我頑兒

Shuei^{3} niu^{2} 'r shuei^{3} niu^{2} 'r 48 水牛兒水牛兒

Shuo^{1} k'ai^{1} ch'uan^{2} chiou^{4} k'ai^{1}
ch'uan^{2} 161 說開船就開船

Ta^{1} lien^{2} ’r ta^{1} 53 褡連兒搭
Ta^{1} lien^{2} ’r ta^{1} 59 褡連兒搭
Ta^{3} hua^{1} pa^{1} chang^{3} 72 打花巴掌
Ta^{3} luo^{2} ’r shai^{1} 76 打羅兒篩
Ta^{3} luo^{2} ’r shai^{1} 180 打羅兒篩
Ta^{4} t’u^{1} tzu^{3} to^{2} ping^{4} 36 大禿子得病
Ta^{4} niang^{2} tzu^{3} ho^{1} chiou^{3} 57 大娘子喝酒
Ta^{4} fan^{1} ch’o^{1} 63 大翻車
Ta^{4} ko^{1} ko^{1} eur^{4} ko^{1} ko^{1} 194 大哥哥二哥哥
Ta^{4} niang^{2} eur^{4} niang^{2} ts’ai^{1} 202 大娘二娘猜
T’ao^{2} shu^{4} ye^{4} ’r chien^{1} 112 桃樹葉兒尖
Ti^{1} ti^{1} ti^{1} 171 滴滴滴
T’i^{4} teng^{1} kun^{1} ’r 27 剔燈棍兒
T’ien^{1} huang^{2} huang^{2} 211 天皇皇
T’ie^{3} ts’an^{2} tou^{4} 89 鐵蠶豆
Tou^{4} ya^{2} ts’ai^{4} 183 豆芽菜
T’u^{1} tzu^{3} t’u^{1} 58 禿子禿
Tu^{3} li^{2} ’r shu^{4} 83 杜梨兒樹
Tung^{1} yü^{4} miao^{4} 56 東嶽廟
Tung^{1} tung^{1} tung^{1} 146 咚咚咚
Tsao^{4} uang^{2} ye^{2} 212 竈王爺
Tzu^{3} pu^{4} tzu^{3} 159 紫不紫
Uo^{3} i^{1} ko^{4} ta^{4} eur^{2} tzu 15 我一個大兒子
Uo^{3} eur^{2} tzu shuei^{4} chiao^{4} la 16 我兒子睡覺了
Uo^{3} ti^{1} eur^{2} uo^{3} ti^{1} chiao^{1} 182 我的兒我的姣

Ya^{1} t'ou^{2} ya^{1}	97	丫頭丫
Yang^{2} shu^{4} ye^{4} 'r	6	楊樹葉兒
Yang^{2} pa^{1} pa^{1} tan^{4} 'r	118	羊巴巴蛋兒
Yang^{3} huo^{2} chu^{1} ch'ih^{1} k'ou^{3} jou^{4}	197	養活猪吃口肉
Ye^{2} ye^{2} pao^{4} sun^{1} tzu	106	爺爺抱孫子
Yen^{4} pien^{1} hu^{2}	129	簷蝙蝠
You^{3} ko^{4} niu^{1} 'r pu^{4} hai^{4} sao^{4}	121	有個妞兒不害羞
You^{3} ko^{4} hsiao^{3} t'u^{1} 'r	122	有個小禿兒本姓高
You^{3} pien^{1} 'r you^{3} pien^{1} 'r	144	有邊兒有邊兒
Yüe^{4} liang^{4} ye^{2}	150	月亮爺
Yüe^{4} liang^{4} ye^{2}	172	月亮爺
Yüe^{4} liang^{4} ye^{2}	190	月亮爺

PEKING. — Pei-t'ang Press.

❶ 唱这些词时，母亲或家里的任何一位长辈，牵着婴儿的手向后推，就像画一把锯子一样。（本书边码按备注文字出现的先后顺序编号，以歌谣为单位连续排序。——编译者）

❷ “娶娘子” ch'ü^{3} niang^{2} tzǔ，去给儿子接新娘，“娘子”是对妻子的称呼，这里用来代指“新姑娘” hsin^{1}- ku^{1}-niang^{2}，“新姑娘”是对新娘的称呼。

PEKINESE BABY-SONGS

I

拉大鋸　扯大鋸
鋸木頭　蓋房子
姥姥家　娶娘子
搭大棚　唱大戲
接姑娘　請女婿
小外甥　你也去

NOTES

Singing these words, the mother or any elder of the family takes the baby by the hands and pushes him for and backwards as if it was really the matter of drawing a saw.❶ 姥姥家 lao^{3} lao^{3} chia^{1}, the family of the mother's mother. 娶娘子 ch'ü^{3} niang^{2} tzǔ, goes to fetch the bride for her son, niang^{2}-tzǔ is the name for a wife, and here it is used instead of 新姑娘 hsin^{1}-ku^{1}-niang^{2}, the real term for a bride.❷ 搭大棚 ta^{1}-ta^{4}-p'eng^{2}, they raise a large matshed. The chinese houses have not generally large rooms, therefore in marriage, death, anniversary, and other occasions in which many guests are to be invited, an additional matshed is raised in the court-yard.[3] 大戲 tā-hsī, a play performed in the matshed by hired actors, an amusement much liked by the Chinese, but which only rich people can afford to have in their houses.[4] 接姑娘請女婿 chie[1] ku[1]-niang[2] ch'ing[3] nü[3]-hsü[4], the grandmother with her family invites on this marriage occasion her married daughters and their husbands.[5] 外甥 uai[4]-sheng[1], is the name by which a sister's son is designed.

TRANSLATION

(People) draw the saw — pull the saw — saw the wood — build rooms — the grandmother and her family go to fetch the bride — a large matshed is raised — in which a play is performed — and they come to take home the married daughters — and to invite their husbands — small nephew — do you want also to go ?

II

上軲轆台
下軲轆台
張家媽媽倒茶來
茶也香
酒也香

③"搭大棚"ta[1]-ta[4]-p'eng[2]，他们搭（"搭"古同"搭"）起了一个大棚子。一般中国人的房屋空间不是很大，因此在结婚、葬礼、纪念日及其他需要邀请很多客人的场合，会在院子中额外搭一个大棚。

④"大戏"tā-hsī，由雇来的演员在大棚中表演的戏剧，这是中国人非常喜欢的一种娱乐活动，但只有有钱人才能请得起。

⑤"接姑娘请女婿"chie[1] ku[1]-niang[2] ch'ing[3] nü[3]-hsü[4]，外祖母一家会在婚礼现场邀请已经出嫁的女儿和她们的丈夫。

❶ "轱辘台" ku¹ lu¹ t'ai²，一块圆形的石头，有时放在门口供人坐。

❷ "麻愣" ma²-leng⁴ 是蜻蜓（libellula virgo）；它的正确写法是"蚂螂"（发音为 ma¹-lang²），但是我更倾向于比较流行但不正确的写法，因为这两个字的声音和音调与北京话的发音相类似，正确的写法反而一般不为人所知。

— 3 —

十 八 個 駱 駝 駝 衣 裳
駝 不 動
叫 麻 愣
麻 愣 含 着 一 口 水
噴 了 小 姐 花 褲 腿
小 姐 小 姐 你 別 惱
明 兒 後 兒 車 來 到
甚 麼 車
紅 轂 轆 轎 車 白 馬 拉
裏 頭 坐 着 個 俏 人 家
灰 鼠 皮 襖 銀 鼠 褂
對 子 荷 包 小 針 兒 扎
解 南 來 了 個 二 等 轄
把 着 車 門 兒 問 阿 緐
阿 緐 阿 緐 你 上 那 兒 去
我 到 南 邊 兒 瞧 親 家
瞧 完 了 親 家 到 我 家
我 家 現 成 兒 的 老 米 飯
達 子 餑 餑 就 奶 茶
安 南 檳 榔 夾 四 瓣 兒
硌 你 這 個 厭 物 兒 的 老 包 牙

NOTES

軲 轆 台 ku¹ lu¹ t'ai², a rounded stone placed Some times outside the outerdoors to sit on.❶ **麻愣** ma²-leng⁴ is the dragon fly (libellula virgo); it ought to be correctly written 螞螂 and pronounced ma[1]-lang[2], I have however preferred the more popular and incorrect form as the sounds and the tones of the characters correspond to the Pekinese pronunciation, and the correct form is popularly unknown.❷ 含着 hen[2]-cho, holding something in the mouth without showing it. The correct pronunciation of the character 含 is han[2], as it is also pronounced in vulgar phrases as for instance 暗含着 an[4] han[2] cho, hiddenly, without showing, said sometimes of a meaning hidden in words which pretend not to say anything.❸ 褲腿 k'u[4] t'uei[3], cloth-bands wrapped around the ankles of ladies with small feet.❹ 轎車 chiao[4] ch'o[1], sort of cart longer than the ordinary one, used only by the upper mandarin classes.❺ 俏人家 ch'iao[4] jen[2] chia[1], a beautiful woman.❻ 灰鼠 huei[1]-shu[3], the grey squirrel. 皮襖 p'i[2]-ao[3], chinese overcoat lined with fur.❼ 銀鼠 yin[2]-shu[3], the white squirrel. 對子 tuei[4]-tzu, a pair; the numeral — one is wanting. 荷包 ho[2]-pao[1], a small side-pouch in which the chinese keep banknotes, or even betel-nuts.❽ 小針兒 hsiao[3]-chen[1]-eur, a small needle used by women to work flowers on a cloth. This working different from the embroidery is called 扎 cha[1].❾轄 hsia[1], the character ought to be pronounced in the second tone, but here is pronounced in the first because it is only used to represent the Manchu word *hiyà* meaning a body-guard of the sovereign; this word is very often used in Peking instead of the chinese equivalent 侍衛 shih[4]-wei[4] ❿ 阿紮 a[1]-sha[1], two

❸“含着”hen²-cho，嘴里有什么东西，没有露出来。“含”字的准确发音是 han²，它在方言中读音也一样，例如“暗含着”an⁴ han² cho，意为隐藏的、未表明的，有时指将意思隐藏在话中，假装什么也未说。

❹“裤腿”k'u⁴ t'uei³，裹在小脚女人脚踝上的布带。

❺“轿车”chiao⁴ ch'o¹，一种比普通马车长的马车，只供上层官员使用。

❻“俏人家”ch'iao⁴ jen² chia¹，漂亮女人。

❼“皮袄”p'i²-ao³，带毛皮的中式外套。

❽“荷包”ho²-pao¹，中国人放银票甚至槟榔的小包。

❾“小针儿”hsiao³-chen¹-eur，女人在绣布上用的小针。这种不同于刺绣的工艺被称为“扎”cha¹。

❿“辖”hsia¹，这个字应该读二声，但这里发音为一声，因为它只用来代表满语单词 *hiyà*，意思是君主的护卫。相对汉语的对应词“侍卫”shih⁴-wei⁴，这个词在北京很常用。

[11]“阿煞”a^{4}-sha^{1}，这两个字表示满语词*asha*，意思是兄长的妻子，与汉语“嫂子”sao^{3}-tzŭ的用法和意义相同。

[12]“达子饽饽”ta^{2}-tzŭ puo^{1}-puo^{1}，一种鞑靼饼食。许多鞑靼饼食仍保留着古老的满语名称，并在北京被广泛使用。

[13]“硌”ko^{4}在任何字典中都没有提到，它的意思是卡牙缝，也有阻碍、伤害的意思。

[14]“厌物儿”yen^{4} u^{4}'r，对令人厌恶的人的蔑称，可以翻译成“你这个烦人的东西”！

[15]“包牙”pao^{1} ya^{2}，指门牙从上唇凸出来。

characters which represent the Manchu word *asha* meaning one's elder brother's wife, and is used in the same complimentary way and in the same meaning as the chinese **嫂子** sao^{3}-tzŭ.[11] **達子餑餑** ta^{2}-tzŭ puo^{1}-puo^{1}, tartar-cakes many of which keep yet their old Manchu names, and are largely used in Peking.[12] **奶茶** nai^{3}-ch'a^{2}, "milk-tea". **安南檳榔** an^{1}-nan^{2}-ping^{1}-lang^{2}, Annamite betel-nuts. **夾四瓣兒** chia^{1}-ssu^{4}-pan^{4} 'r, which are cut in four pieces. **硌** ko^{4} character not mentioned in any dictionary; it means to stick in the teeth, and also to hinder, to hurt.[13] **厭物兒** yen^{4} u^{4} 'r, despising term for a person who disgusts people; it could be translated "you worrying thing!"[14] **包牙** pao^{1} ya^{2}, it is said of the front teeth when they protrude under the upper lip.[15]

TRANSLATION

Goes up the sitting-stone — comes down from the sitting stone (!). The old lady Chang comes to pour tea — the tea is fragrant — the wine is fragrant — ten camels are loaden with clothes — they are unable to move on — and they call the dragon-fly — the dragon fly-with the mouth full of water — spurts the young lady's figured ankle-bands — young lady, young lady do not get cross — to-morrow or after to-morrow the cart shall arrive — what cart? — a chair-cart with red wheels, drawn by a white horse — and inside there sits a beautiful woman — who wears an over coat lined with grey squirrel fur and a jacket lined with ermine fur — and has with her a pair of side-pouches with flowers worked on it by the small needle — then, comes from the south direction an Imperial body-guard of the second class — who leaning to the cart-door asks his sister-in-law — sister-in-law, sister-in law, where do you go? — "I am going towards South to pay a visit to my family" — "When you have already paid a visit to your family, come to my house. — I have at home ready-cooked old rice — tartar cakes and tea milk — but the Annamite betel-nuts cut in four pieces — shall break the protruding old front teeth of you worrying thing!"

III

楊 樹 葉 兒
嘩 拉 拉
小 孩 兒 睡 覺 找 他 媽
乖 乖 寶 貝 兒 你 睡 罷
嗎 虎 子 來 了 我 打 他

NOTES

楊樹 yang[2] shu[4], the poplar (latin *populus*) this tree is in China very commonly seen in burial grounds. The Chinese say that its leaves stir even

❶ “杨树” $yang^2$ shu^4，拉丁语为 *populus*，这种树在中国的墓地里很常见。中国人认为没有风的时候杨树的叶子也会作响，其声如泣如诉。

❷ “哗拉拉” hua^1 la^1 $là^1$ 是一个拟声词，这个悲伤的开头是为了吓唬男孩，让他早点睡觉。

❸ “乖乖” $kuai^1$-$kuai^1$，意思是亲吻，因为中国母亲亲吻孩子的方式与欧洲母亲有些不同。“乖乖”同时也用来表示：安静！别调皮！也许上面说的是一个意思，因为第二层含义可能只是一个亲吻的承诺——如果男孩安静的话。后一层意思的另一个常见形式是状语，“乖乖儿的” $kuai^4$ $kuai^4$'r ti。

❹ “蚂虎子” ma^1 hu^3 tzŭ，一种神奇的怪物，每次吓唬婴儿时都会提到和说起。

without wind, and that the noise produced by their stirring, moves to sadness.❶ 嘩拉拉 hua^1 la^1 $là^1$, pronounced as one word, is imitative of the noise. This sad introduction is supposed to scare the boy and to get him sooner asleep.❷ 乖乖 $kuai^1$-$kuai^1$, means to kiss as chinese mothers kiss their children in somewat a different way than the Europeans. The same expression is used too to say: be quiet! dont be saucy! — probably the two meanings melt in one, as the second may simply be a promise of a kiss if the boy will be quiet. Another common form for the last meaning is adverbially formed so, 乖乖兒的 $kuai^4$ $kuai^4$'r ti.❸ 螞虎子 ma^1 hu^3 tzŭ, a phantastic monstruos creature spoken of and called every time it is thought proper to scare a baby.❹

TRANSLATION

The poplar leaves — are stirring — the baby is about to sleep and looks for his mother — be a good boy, my treasure, get asleep — if the bogie comes, I'll beat him.

V

沙 土 地 兒
跑 白 馬
一 跑 跑 到 丈 人 家
大 舅 兒 望 裏 讓
小 舅 兒 望 裏 拉
隔 着 竹 簾 兒 看 見 他
銀 盤 大 臉 黑 頭 髮
月 白 緞 子 棉 襖 銀 疙 疸

NOTES

沙土地兒 sha[1] t'u[3] ti[4]'r, a sandy plain ground as outside the wall between the Manchu and the Chinese town in Peking.❶ 丈人 chang[4]-jen, name given to one's wife or bride's father. 大舅兒 ta[4]-chiou[4]'r, one's wife's elder brother. 小舅兒 hsiao[3] chiou[4]'r, one's wife's younger brother. For 他 is here to be understood the bride whom the young man succeeds in spying through the curtain.❷ 銀盤大

❶"沙土地儿"sha[1] t'u[3] ti[4]'r，位于北京满族和汉族之间的城墙外的一块沙质平原。

❷"他"在这里可以理解为被年轻人隔着帘子窥见的新娘。

❸ "疙瘩"读作 ko¹-ta¹，更通俗的读法是 ka¹-ta¹，是这里指的是金属纽扣，也可以指痘痘，还有其他多层含义。

臉 yin² p'an² ta⁴ lien³, a big face as white as a silver tray. 月白 yüe⁴ pai², "moon white" means a light blue. 疙瘩 read ko¹-ta¹ or more vulgarly ka¹-ta¹, here means a metal button, it may also mean pimples and has other different shades of meanings.❸

TRANSLATION

On the sandy plain — gallops a white horse — galloping gets to the (horseman's) future father-in-law's house — his elder brother-in-law invites him to come in — his younger brother-in-law pulls him in — through the bamboo-curtain he has seen her — her large face as white as a silver-tray and her black hair — and her cotton overcoat of light azure colour with silver buttons.

VI

小 秃 兒
咧 咧 咧
南 邊 兒 打 水 是 你 爹
你 爹 戴 着 紅 纓 帽
你 媽 穿 着 乍 板 兒 鞋
走 一 步
蹋 拉 拉
十 個 脚 指 頭 露 着 三

— 11 —

NOTES

The chinese boys generally as far as three years old have their hair shaven; therefore a common nickname for a boy is 禿兒 t'u¹'r, meaning a bald-headed.[1] 咧咧咧 lie⁴-lie⁴-lie⁴, is imitative of the sound of weeping. The boy weeps and to quiet him the song is sung to him.[2] 打水 ta³ shuei³, to draw water from a well, by a rope and a bucket. 紅纓子 hung² ing¹ tzŭ, Red silk twists fixed round the top of a chinese official hat.[3] 乍板兒鞋 cha⁴ pan³'r hsie², old shoes with no heels; they are so called because the noise the sole produces slapping on the ground is like the sound of a chinese musical instrument called 乍板兒 cha⁴ pan³'r, consisting in two small bamboo tablets strung together, which are shaken by the fingers in a similar manner to the spanish and italian castanets[4] 蹋拉拉 t'a¹ la¹ la¹, imitates the slapping of the shoe sole on the ground.[5] 三 san¹ is here (as very often in vulgar language) pronounced sa¹, in order to rhyme with the precedent verse who ends with 拉.[6]

TRANSLATION

Small bald-headed — here he is weeping! — to the South side it's your father who draws water from the well — your father wears an official hat with red silk twists on it — and your mother wears on

❶中国男孩在三岁之前一般都是光头，因此，男孩的一个常见绰号是“秃儿”t'u¹'r，意思是秃头。

❷“咧咧咧”lie⁴-lie⁴-lie⁴是模仿哭声。男孩哭了，为了让他安静下来，就唱这首歌。

❸“红缨子”hung² ing¹ tzŭ，中国官帽顶部的红色丝圈。

❹“乍板儿鞋”cha⁴ pan³'r hsie²，没有后跟的旧鞋。之所以这样称呼，是因为走路时鞋底发出的声音就像中国乐器乍板儿发出的声音。乍板儿，由两块小竹片串在一起，用手指以类似西班牙和意大利响板的方式摇晃。

❺“蹋拉拉”t'a¹ la¹ la¹，模仿走路时鞋底发出的声音。

❻“三”san¹在这里（通常是方言中）发音为sa¹，以便与上一句“拉”押韵。

her feet old shoes with no heels — as she advances a step — it sounds t'alalà — and of her ten toes three peep out of her shoes.

VII

痲 子 痲
上 樹 爬
狗 又 咬
人 又 拿
嚇 的 痲 子 摔 了 個 痲 跟 頭
痲 大 錢
買 了 個 痲 燒 餅
痲 子 吃
痲 子 看
痲 子 打 架 痲 子 勸
痲 衙 役
拿 板 子
單 打 痲 子 的 痲 腿 子

NOTES

This song is profusely interspersed with the character 痲 ma2 whose meaning is "small pox." This disease is so common in China that very often children who have been sick with it and keep marks on their faces are familiarly called **瘷子** ma^{2}-tzŭ. Furthermore the word is used in other relative meanings. Here throughout these words, it is impossible to translate it always, as the repetition is done for the sake of playing on the word. The character I have written here is the regular one, but popularly the other character **麻** ma^{2}, which means hemp, is substituted for it. In the first verse it is repeated to intensify the original meaning, thus saying "much marked with small pox."[1] **瘷跟頭** ma^{2} ken^{1} t'ou^{2}, ken^{1}-t'ou^{2} is a tumble; the word **瘷** ma^{2} is referred to the subject. **瘷大錢** ma^{2} ta^{4} ch'ien^{2}, so is called a cash when its surface is sugged, uneven, as if there were marks of small pox on it.[2] **瘷燒餅** ma^{2} shao^{1} ping^{3}, a wheaten cake with an uneven surface, as it is when sesamum seeds are placed on it.[3] **燒餅** shao^{1} ping^{3}, round wheaten cake.

TRANSLATION

The boy much marked with the small pox — climbs up a tree — the dog barks — and people go to catch him. — The small-pox marked is so scared that he tumbles. — With an old rugged cash he buys a cake — a small pox marked eats — and a small pox marked looks on — the small pox marked come to a fight — and a small-pox marked advises peace — small pox marked policémen — take the bamboo stick — and only thrash the legs of the small pox marked boy.

---

❶ 这首歌中遍布"瘷"ma^{2}字，它的意思是天花。这种疾病在旧中国十分常见，那些患有这种疾病并在脸上留下麻子的孩子通常被称为"瘷子"ma^{2}-tzŭ。此外，该词还用于其他相关意义。歌中贯穿的"瘷"字无法都翻译出来，因为这里的重复只是文字游戏。我在这里写的是常用的一个字，但通常情况下，另一个意为大麻的字"麻"ma^{2}，会被用来取代它。在第一句中，重复"瘷"字以强化其本意，以此说明"很多地方都有天花"。

❷"瘷大钱"ma^{2} ta^{4} ch'ien^{2}，指那些表面是暗的、凹凸不平的，好像上面有水痘一样的钱。

❸"瘷烧饼"ma^{2} shao^{1} ping^{3}，一种撒着芝麻、表面不平整的小麦饼。

❶ “鸡蛋壳儿” chi^1 tan^4 $k'o^{1}'r$，鸡蛋的外壳；通常发音为 $k'o^{2}'r$。

VIII

誰 跟 我 頑 兒
打 火 鐮 兒
火 鐮 兒 燒
賣 甜 瓜
甜 瓜 苦
賣 豆 腐
豆 腐 爛
茶 雞 蛋
雞 蛋 雞 蛋 殼 殼
裹 頭 坐 着 哥 哥
哥 哥 出 來 買 茶
裹 頭 坐 着 奶 奶
奶 奶 出 來 燒 香
燒 了 鼻 子 眼 睛

NOTES

火鐮兒 **huo³ lien²'r**, a piece of steel used to strike sparks from a flint. 甜瓜 **t'ien² kua¹**, sweet melon. 豆腐 **tou⁴-fu³**, bean cheese, largely used in China 茶雞蛋 **ch'a² chi¹ tan⁴**, eggs boiled in tea. 雞蛋殼兒 **chi¹ tan⁴ k'o¹'r** the shell of an egg; it is generally pronounced **k'o²'r**. ❶

TRANSLATION

Who is going to play with me? — strike the flint-steel — the flint steel takes fire — sell sweet melons — the sweet melons are bitter — sell bean cheese — the bean cheese is spoiled — boil eggs in tea — in the shell of the egg, of the egg — there is sitting the elder brother — the elder brother goes out to buy provisions — inside there sits the grand-mother — the grand mother goes out to burn incense — and burns her nose and her eyes.

IX

我一個大兒子
一個兒子
寶貝疙疸兒
開胸順氣丸

NOTES

These words are often repeated by the pekinese mothers to their babies ❶ **疙疸兒 ko¹ ta¹ 'r**, means here a little thing of a round form just as it was a round metal button. ❷ **開胸順氣丸 k'ai¹ hsiung¹ shun⁴ ch'i⁴ uan²**, is a medical pill advised by chinese doctors to people who feel the breast oppressed and the respiration uneasy. The literal translation of its

❶ 这些词通常由北京的妈妈们唱给婴儿。

❷ "疙疸儿" ko¹ ta¹'r，这里指的是一个像金属扣的圆形小东西。

name is "pill which opens (lightens) the breast and makes the respiration easy. The mothers liken their babies to that pill, and really every mother holding her child in her arms must feel happy and free from every sorrow. [3]

TRANSLATION.

This one great son of mine! — one son of mine! a precious little thing! — a pill who lightens the heart and makes people happy!

X

我 兒 子 睡 覺 了
我 花 兒 困 覺 了
我 花 兒 把 卜 了
我 花 兒 是 個 乖 兒 子
我 花 兒 是 個 哄 人 精

NOTES

These words are repeated by mothers near the cradles of their sons to get them asleep. [1] The phrase 把卜了 pa^4 pu^3 la, is rather difficult to explain, because the Chinese themselves cannot give it a meaning. However, after many enquiries I see that people are generally of opinion that this phrase has the meaning of being drowsy, being

[3] "开胸顺气丸" k'ai[1] hsiung[1] shun[4] ch'i[4] uan[2]，中医给感到胸闷和呼吸困难的人开的药片。其字面意思是"能使胸部扩张、呼吸顺畅的药丸"。母亲把婴儿比作这种药丸，的确每一个抱着孩子的母亲都感到幸福和摆脱了痛苦。

[1] 母亲在儿子的摇篮旁重复着唱这首歌谣哄孩子入睡。

[2] "把卜了" pa[4] pu[3] la，这个短语很难解释，因为中国人自己也没有说出一个确切的含义。不过，经过多次询问，我发现人们普遍认为这句话的意思是昏昏欲睡、睡着了。

asleep. ❷ 乖兒子 kuai^{1} eur^{2} tzŭ, an obedient boy, meaning derived from the above mentioned phrase 乖乖 kuai^{1} kuai^{1}, "be quiet!" ❸ 哄人的精 hung^{3} jen^{2} ti ching^{1}, the word hung^{3} which means commonly to deceive, but its original meaning is to cajole, to flatter, to charm. The word ching^{1} means essence, semen; the whole phrase could be translated: the essence, the flower of those who charm people. ❹

TRANSLATION

My flower is sleeping — my flower has fallen asleep — my, flower is resting — my flower is a quiet son — my flower is the flower of those who charm people.

XI

黃狗黃狗你看家
我到南邊採梅花
一朶梅花沒採了
雙雙人兒到我家
我家媳婦兒會擀麪
拿起擀麪杖一大片
拿起刀賽如線
擱在鍋裏團團轉
盛在碗裏蓮花瓣

2

❸ "乖儿子" kuai^{1} eur^{2} tzŭ，听话的儿子，意思来源于之前提过的短语"乖乖" kuai^{1} kuai^{1}，"安静"！

❹ "哄人的精" hung^{3} jen^{2} ti ching^{1}，"哄"这个字通常的意思是欺骗，其本意是哄骗、奉承、迷惑。"精"这个字的字面意思是精华、精液。"哄人的精"可以翻译为：精华，迷人的花朵。

❶ 这首歌谣虽然很孩子气，却道出这样一个事实：中国的婆婆往往不友善，有时甚至对儿媳很残忍。

❷ “双双人儿” shuang[1] shuang[1] jen[2]'r，意为两个人，并非四个人。

公一碗婆一碗
兩個小姑兒兩半碗
案板底下藏一碗
猫兒過來舔舔碗
狗兒過來砸了碗
耗子過來鋸上碗
嚇的媳婦兒直瞪眼
媳婦兒媳婦兒在那兒睡
在爐坑裏睡
鋪甚麽
鋪羊皮
蓋甚麽
蓋狗皮
枕甚麽
枕棒錘
公公拿着一落磚
婆婆拿着一溜鞭
打的媳婦兒一溜烟

NOTES

This song although very childish, yet is founded on the fact that chinese mothers-in-law are often unkind and sometimes even cruel to their daughters-in-law.❶ 雙雙人兒 shuang[1] shuang[1] jen[2]'r, means a couple of persons, not four persons.❷ 我家媳婦兒 uo[3] chia[1] hsi[2] fu[4]'r, "the wife in my house" probably these words are meant to be uttered by the mother in law, who may call so her son's daughter.❸ 擀麪 kan[3] mien[4], to stretch out dough to make vermicelli. 擀麪杖 kan[3] mien[4] chang[4], a roller to stretch dough. 一大片 i[1] ta[4] p'ien[4], a large flat piece (of dough); in the text the verb "she stretches out" is wanting. 賽如線 sai[4] ju[4] hsien[4], which may rival, compete with thread as to thinness. 團團轉 t'uan[2] t'uan[2] chuan[4], conglomerated they turn round in the pan. (said of the vermicelli) 蓮花瓣 lien[2]-hua[1]-pan[4], (as they were) petals of the lotus blossom. 公 kung[1] father-in-law, here kung[1] is instead of 公公 kung[1] kung[1]. 婆 p'uo[2], mother in law, here p'uo[2] is instead of 婆婆 p'uo[2] p'uo[2]. 小姑兒 hsiao[3] ku[1]'r, her husband's younger sisters. 案板 an[4] pan[3], a wood board on which dough is stretched to make vermicelli. 爐坑 lu[2] k'eng[1] is a pit under the stove where the ashes fall down; an imcommon severe punishment inflicted by mothers-in-law to their daughters-in-law is to let them sleep in the stove-pit.❹ 鋪甚麼 p'u[1] she[2] mmo, what have you for bedding? 枕甚麼 chen[3] she[2] mmo, what have you for pillow? Somebody is supposed to ask now from the unfortunate wife about her condition. 棒錘 pang[4] ch'ui[2], a beater used in washing clothes; it is generally made of 棗木 tsao[3] mu[4], date wood.❺— 落磚 i[1] luo[4] chuan[1], a pile of bricks, that is to say, as many bricks as could form a pile of them. — 溜鞭 i[1] liou[4] pien[1], "a row of whips" rather a strange expression for many whips, lots of whips. — 溜烟 i[1] liou[4] yen[1], as a stream of smoke; the verse is not

❸ "我家媳妇儿" uo[3] chia[1] hsi[2] fu[4]'r，"我家的媳妇儿"这句话可能是婆婆说的，婆婆可以这样称呼她的儿媳妇（原文疑错为孙女。——编译者）。

❹ "炉坑" lu[2] k'eng[1] 是炉子下面的一个坑，灰烬会掉到里面。婆婆对儿媳最常见的严厉惩罚就是让儿媳睡在炉坑里。

❺ "棒锤" pang[4] ch'ui[2]，用来洗衣服的工具，通常由"枣木" tsao[3] mu[4] 做成。

⑥ "一溜烟" i^1 $liou^4$ yen^1，像一股烟。这句话并不完整，因为其完整意思是：他们打了媳妇，媳妇跑得像一股烟（一团烟）。中国人把烟和速度联系在一起。我们经常能听到"他走一溜烟儿似的" t'a^1 $tsou^3$ i^1 $liou^4$ yen^1'r $shih^4$-ti。

complete because its whole meaning is: they beat the wife so that she runs away as quickly as a stream of smoke (a cloud of smoke). The Chinese associate the idea of smoke with quickness; very often it is heard **他走一溜烟兒似的 t'a^1 $tsou^3$ i^1 $liou^4$ yen^1'r $shih^4$-ti**, he walks as quickly as a stream of smoke.⑥

TRANSLATION

Yellow dog, yellow dog, look after the house — I go towards South to pluck plum-blossoms — I have not yet plucked a single plum-blossom — and two persons arrive at the house — my son's wife knows how to stretch out dough — she takes the roller and stretches a large slice of dough — she takes the knife and cuts vermicelli as thin as thread — then she puts them in the cooking-pan, and they turn conglomerated about — afterwards she puts them down in the bowls and they look like petals of the lotus blossom. — (She fills) one bowl for her father-in-law — one bowl for her mother-in-law — and two half-bowls for her sisters-in-law — she hides one bowl under the dough-board — but the cat comes over and licks the bowl — the dog comes over and has broken the bowl — the mice come over and gnaw the bowl — and the housewife is so scared that she stares vacantly — "wife, wife, where do you sleep?" — "I sleep in the stove-pit — what have you for bedding ? — I have for bedding a goat's skin — what have you for coverlet ? — I have a dog's skin — what have you for pillow ? — I have a linen-beater — the father-in-law takes up in his hands as many bricks as could form a pile — the mother-in-law holds up in her hands a row of whips — and they beat the wife so that she runs away as quickly as a stream of smoke.

XII

寒 鴉 兒 寒 鴉 兒 過
一 遍 打 十 個
熬 着 吃
羮 着 吃
剝 了 皮 兒 更 好 吃

NOTES

寒鴉兒 han² ya¹'r' is the Corvus monedula, a white breasted crow; a large number of them comes to Peking from the North, at the beginning of winter, and their first apparition is greeted by the Pekinese boys with these verses who are however too gastronomic to be sentimental. The flesh of these crows is eatable, but the taste for it is not general.❶ 一遍 i¹ pien⁴, at one time. 剝 puo¹ is read vulgarly pao².❷

❶ "寒鸦儿" han² ya¹'r'，一种胸前是白色的鸦科动物。大量的寒鸦在初冬时从北方飞到北京。北京男孩们对美食喜爱至极，无暇伤感，寒鸦一出现他们就用这首歌谣表示欢迎。寒鸦肉是可食的，但是人们不常吃。

❷ "剥" puo¹ 在方言中读作 pao²。

TRANSLATION

The white breasted crows, the white breasted crows are passing — at one time we strike ten of them — we eat them boiled in gravy — we eat them boiled — but they are even better to eat when the skin is taken off them.

XIII

小白菜兒
地裏黄
七八歲兒
離了娘
好好兒跟着爹爹過
又怕爹爹娶後娘
娶了後娘三年整
養了個兄弟比我强
他吃菜
我泡湯
哭哭啼啼想親娘

NOTES

Of all the popular songs that are in this collection, I think this one could claim any artistic value. It is very simple, subject and words, but the child's grief is movingly depicted. The boy likenes himself to a small cabbage which gets yellow and dry in the earth, because nobody takes care of it. The comparison is not poetical for us, but in China there is nothing peculiarly vulgar attached to the word cabbage.❶ 過 kuo⁴ is here for 過日子 kuo⁴ jih⁴-tzŭ, to live, to get on. 三年整 san¹ nien² cheng³, just after three years. 泡湯 p'ao⁴ t'ang¹, to pour the gravy on the rice. 哭哭啼啼 k'u¹ k'u¹ t'i² t'i², weeping and wailing.

❶ 在这次收集的所有歌谣中，我认为这首可以说最具艺术价值。它的主题和文字很简单，但感人地描绘了孩子的悲伤。男孩把自己比作一棵小白菜，因为没有人照顾，小白菜在地里变得又黄又干。这种比较对我们来说并无诗意，但在中国的“白菜”一词被用来形容最廉价的事物。

TRANSLATION

Like the small cabbage — which has become yellow and dry on the ground — at the age of seven or eight years, I have lost my mother. — I lived so well near my father — only I was afraid he would take another wife — and he has taken her; just after three years — they have given me a brother who is more worthy than I am — because he eats the food — and I only may pour the gravy on my rice — weeping and wailing I think of my own mother!

XIV

張大嫂
李大嫂

❶ "大嫂" ta^4 sao^3，一般称兄长的妻子为大嫂，也是已婚妇女相互之间的客套称呼。

❷ 可能有些人好奇两位妇女中的哪一位回家了，但是这首歌并未满足人们的好奇心。

上南坡
摘豆角
肚子疼
往家跑
撩炕蓆
鋪炕草
養了個兒子
叫豆保
豆保開大店
又賣饅頭又賣麪

NOTES

大嫂 ta^4 sao^3, general appellation for the eldest brother's wife; married women call each other ta^4 sao^3 for sake of ceremony.❶ 豆角 tou^4 $chiao^3$, bean pods. 撩 $liao^1$, to grasp, to pull, here, "to pull away" 炕蓆 $k'ang^4$ hsi^2, the mat wich is spread on the k'ang. Somebody could be curious to know which of the two ladies ran home, but the song does not satisfy the curiosity.❷

TRANSLATION

Mistress Chang — and Mistress Li — have gone to the Southern slope — to gather bean pods — (one of them) felt a pain in her bosom — and ran home — pulled off the k'ang-mat — spread dry grass on the k'ang — and bore a child whom she called Tou[1] pao[3] — Tou[1]-pao[3] not it has opened a shop — and sells bread and flower.

XV

日 頭 出 來 一 點 紅
師 傅 騎 馬 我 騎 龍
師 傅 騎 馬 遶 街 走
我 騎 青 龍 過 海 東
海 東 有 我 家
我 家 種 着 五 盆 花
大 姐 愛 個 紅 芍 藥
二 姐 愛 個 牡 丹 花
三 姐 愛 的 是 桃 花 瓣
四 姐 愛 的 是 大 蓮 花
剩 下 五 姐 無 的 愛
一 心 要 出 家
出 家 人 兒 樂 陶 陶
一 來 不 受 公 婆 氣
二 來 不 受 丈 夫 熬
三 來 懷 中 不 抱 子
四 來 散 淡 又 逍 遙

NOTES

芍藥 shao[2] yao[4], peony, lat. *pœonia* 牡丹 mu[3] tan[1],

the tree peony, lat. *pæonia* mutan. 蓮花, lien[2] hua[1], the lotus flower, lat. *Nelumbium speciosum*. 無的愛 u[2] ti[1] ai[4], she has nothing that she likes. 出家 ch'u[1] chia[1], "to go out of the family" means to enter the monastic life. 樂陶陶 lo[4] t'ao[2] t'ao[2], joyfully, happily. 熬 ao[1], to boil, to decoct, and figuratively to vex, to disturb. 散淡 san[3] tan[4], freely, easily, with no coercions 逍遙 hsiao[1] yao[2], in a state of peace and bliss.

TRANSLATION

The sun has come out like a red spot — my teacher rides on a horse and I ride on a dragon — the teacher riding on the horse goes along the streets — I riding on the dark dragon cross over to the East of the sea — at the East of the sea there lives my family — and in my family they cultivate five fllower-pots — my first sister likes the red peony — my second sister likes the tree peony — my third sister likes the petals of the peach blossom — my fourth sister likes the large lotus blossoms. — There is the fifth sister who has nothing she may like — and does not think of other but of becoming a nun — the women in the monastic life live very happily indeed — firstly they do not suffer the vexations of father-and mother-in-law — secondly they do not suffer a husband's maltreatment — thirdly they do not bear children — and fourthly they live freely and in a condition of blissful peace.

XVI

剔燈棍兒
打燈花兒
爺爺兒尋了個禿奶奶兒
眼叉斜
嘴叉歪
氣的爺爺兒竟發獃

NOTES

剔燈棍兒 t'i teng[1] kun[4] 'r, a wire to pull up the wick in an oil lamp. 打燈花兒 ta[3] teng[1] hua[1] 'r, to take away the burned part of the wick. — The scene depicted is rather a comic one; a man has married a woman whom he has never seen, and as soon as he enters the nuptial room, he snuffs the candle to see better and perceives that the bride is a very ugly one.❶ 爺爺兒 ye[2] ye[2] 'r, means in vulgar Pekinese a man, a husband as 奶奶兒 nai[3] nai[3] 'r, means a woman, a wife. Both words are used in different meanings in family relations technology.❷ 發獃 fa[1] tai[1], to stare vacantly.

TRANSLATION

With the oil-lamp wire — he takes away the burned wick — the man perceives he has got for

❶ "打灯花儿" ta³ teng¹ hua¹'r，把灯芯烧焦的部分去掉。——描绘的场景相当滑稽。一个男人娶了一个自己从未见过的女人，进入婚房后，男人为了看清新娘掐掉了灯花，却发现是个丑娘子。

❷ "爷爷儿" ye² ye²'r，在北京方言中指男人、丈夫，"奶奶儿" nai³ nai³'r，指女人、妻子。这两个词在家庭关系术语中有不同的意义。

himself a bald wife — she is squint eyed — and has a crooked mouth — the husband is so struck with anger — that he stares stupidity.

XVII

石 榴 花 兒 的 姐
茉 莉 花 兒 的 郎
芙 蓉 花 兒 的 帳 子
繡 花 兒 的 床
蘭 芝 花 兒 的 枕 頭
芍 藥 花 兒 的 被
綉 球 花 兒 褥 子 鬧 嚷 嚷
叫 聲 秋 菊 海 棠 來 掃 地
虞 美 人 兒 的 姑 娘 走 進 了 房
兩 對 銀 花 鏡
梳 油 頭 桂 花 兒 香
臉 擦 官 粉 玉 簪 花 兒 香
嘴 點 朱 唇 桃 花 瓣 兒 香
身 穿 一 件 大 紅 襖
下 地 羅 裙 拖 落 地 長
叫 了 聲 松 花 兒 來 掃 地
松 花 掃 起 百 合 花 香
茨 姑 葉 兒 尖
荷 花 葉 兒 圓

— 29 —

靈芝開花兒抱牡丹
水仙開花兒香十里
梔子開花兒嫂嫂望江南

NOTES

It appears this song has no other aim than to put together the greatest number of flowers and plants names.❶ 石榴花 shih[2] liu[2] hua[1], pomegranate flowers. 茉莉花 muo[4] li[4] hua[1], Arabian jasmine (lat. *Jasminum Sambæ*). 芙蓉花 fu[1] jung[2] hua[1], the Hibiscus mutabilis. 繡花 hsiou[4] hua[1], flowers embroidered by hand. 蘭芝花 lan[2] chih[1] hua[1], and also 蘭花 lan[2] hua[1], the Cymbidium ensifolium. 綉球花 hsiou[4] ch'iu[1] hua[1], sort of geranium (lat. *geranium zonale*). 鬧嚷嚷 nao[4] jang[1] jang[1], to be noisy, here perhaps to be in confusion, to be meddled together. 秋菊 ch'iu[1] chü[2], autumn chrysanthemum. 海棠 hai[3] t'ang[2], pyrus spectabilis, cultivated for its flowers and fruits. 虞美人 yü[2] mei[3] jen[2], papaver rhoeas, a double variety of the poppy. 桂花 kuei[4] hua[1], the Cassia flower (lat. *Cinnamomum Cassia*). 官粉 kuan[1] fen[3], sort of good white cosmetic powder which ladies rub on their cheeks❷ 玉簪花 yü[4] tsan[1] hua[1], Funkia subcordata. 下地 hsia[4]-ti[4], to reach the ground. 羅裙 luo[2] ch'ün[2], a long petticoat, made with a sort of silk called 羅 luo[2]. 拖落 t'uo[1] lo[4], is said of the dresses when they are too long and the skirts sweep the ground.❸ 松花 sung[1] hua[1], pine-

❶ 这首歌谣除了把许多花和植物的名字堆积起来外，似乎并无其他目的。

❷ “官粉” kuan[1] fen[3]，一种上等的白色化妆粉，女人们涂在脸颊上的。

❸ “拖落” t'uo[1] lo[4]，指裙子太长拖在了地上。

[4] 中国人会把松花扔进炉子里，以除掉煤臭味。

[5] “望江南” uang^{4} chiang^{1} nan^{2}，字面意为“望向江的南边”，但它也是一种花的名字。

flower. The Chinese use to throw the flowers into the stove to prevent the bad smell of coal.[4] 百合花 pae^{3}-ho^{2}-hua^{1} read also puo^{4}-ho^{2}-hua^{1}, the lily (lat. *Lilium*). 茨姑 tz'u^{2} ku^{1}, an herb with arrowlike leaves (lat. *Sagittaria sagittifolia*). 荷花 ho^{2} hua^{1}, the Lotus blossom, the same as 蓮花 lien^{2} hua^{1}, (lat. *Nelumbium speciosum*). 靈芝 ling^{2} chih^{1}, the plant of long life. 水仙 shuei^{3} hsien^{1}, the narcissus. 梔子 chih^{1}-tzŭ, the gardenia 望江南 uang^{4} chiang^{1} nan^{2}, means literally "looking towards the South of the river" but it is also a flower name.[5]

TRANSLATION

The bride, is the pomegranate flower — the bridegroom is the jasmin — the curtains are covered with flowers of the Hibiscus mutabilis — the bed is covered with embroidered flowers — the pillow is covered with flowers of Cymbidium ensifolium — and the coverlet is spread with peony flowers — the mattress is strown w'th geraniums flowers, which are in disorder — they call the autumn chrysanthemum and the flower of the pyrus spectabilis, to let them sweep the floor — here miss poppy has entered the room — there are two mirrors with frames inlaid with silver — and she combs her hair as perfumed as the Cassia flower — then she rubs her face with white cosmetic powder, with the smell of the Funkia subcordata — and she marks a red spot on her lips, as scented as petals of the peach blossom —

she wears a big red overcoat — and a petticoat so long that it sweeps the ground — then she calls the pine flower that it may sweep the floor — the pine flowers beegins to sweep the floor and a lily odour is smelt — the leaves of the Sagittaria sagittifolia are pointed — the leaves of the lotus blossom are round — the plant of immortality opening the flowers embraces the tree peony — the narcissus opens the flowers and the odour is smelt as far as ten lì — the gardenia opens the flowers and the sister-in-law "looks toward South."

XVIII

槐 樹 槐
槐 樹 底 下 搭 戲 台
人 家 的 姑 娘 都 來 了
我 家 的 姑 娘 還 不 來
說 着 說 着 就 來 了
騎 着 驢
打 着 傘
光 着 脊 梁 挽 着 纂

NOTES

槐樹 **huai[2] shu[4]**, the ash tree (lat. *fraxinus*). 打着傘 **ta[3] cho[1] san[3]**, keeping the umbrella open. 光着脊梁 **kuang[1] cho[1] chi[3] niang[3]**, bare from head to waist. 挽着纂 uan³ cho¹ tsuan³, with the back-hair combed as a chignon.

TRANSLATION

Ash trees, ash trees — under the ash trees they have raised a stage — everybody's girls are come — only mine does not come yet — just while speaking, here she is come — riding on a donkey — with an open parasol — and with her hair combed into a chignon.

XIX

小 二 哥
吃 飯 兒 多
吃 完 了 飯
打 老 婆
打 的 老 婆 上 窗 戶
窗 戶 沒 有 檔 兒
打 的 老 婆 照 鏡 兒
鏡 子 沒 有 底 兒
打 的 老 婆 唱 曲 兒
曲 兒 沒 有 頭 兒
打 的 老 婆 耍 猴 兒
猴 兒 沒 有 圈 兒
打 的 老 婆 鑽 天 兒

NOTES

There is not much coherence in the words, and the fun is in the fact that many verses are ended with the final 兒, which produces a ridiculous effect.❶ 二哥 **eur^4 ko^1**, the second brother in the family also simply a familiar name.❷ 老婆 **lao^3 p'uo^2**, an old woman, a wife. The accent falls generally on the 老 **lao^3** in this meaning; but if said **lao^3 p'uo^2 tzŭ^3**, with the accent on the **p'uo^2**, then it means "a female servant".❸ 檔兒 **tang^4 'r**, small wood bars placed horizontally in the chinese window-sash.❹ 耍猴兒 **shua^3 hou^2 'r**, "to (let) play the monkey, that is to exhibit the tricks of a monkey to gain the life"; the other metaphorical meaning is "to lark, to romp, to be impertinent".❺ 圈兒 **ch'iuan^1 'r**, a wooden circle through which the monkeys are let jump.❻

TRANSLATION

The small second brother — eats too much — and when he has finished eating — he beats his wife — and the wife is so beaten that she jumps on the window — the window has no bars — and the wife is so beaten that she looks in the mirror — the mirror has no bottom — the wife is beaten so that she begins to sing — the song has no end — the wife is so beaten that she "plays with the monkey" —

3

❶ 这些内容并不连贯，有趣的是很多句都以“儿”结尾，产生了荒谬的效果。

❷ “二哥” eur^4 ko^1，家里的第二个兄弟，也是一个常见的名字。

❸ “老婆” lao^3 p'uo^2，老妇人、妻子。在这一意思中，重音一般落在“老” lao^3 上；但如果是 lao^3 p'uo^2 tzŭ^3，重音落在 p'uo^2 上，意思是女仆。

❹ “档儿” tang^4'r，中国的窗框上水平放置的小木条。

❺ “耍猴儿” shua^3 hou^2'r，“通过让猴子耍把戏来谋生”；另一个比喻的意思是“开玩笑、嬉戏、无礼”。

❻ “圈儿” ch'iuan^1'r，让猴子跳过去的木圈。

the monkey has no circle — and the wife is so beaten that she springs up to the sky.

XX

金軲轆棒
銀軲轆棒
爺爺兒打板兒
奶奶兒唱
一唱唱到大天亮
養活了個孩子沒處兒放
一放放在鍋台上
嗞兒嗞兒的喝米湯

NOTES

軲轆棒 **ku[1] lu[4] pang[4]**, a child toy, consisting in a short wood mace with a handle. The wood above the handle is circularly worked as to give the idea of wheels 軲轆 **ku[1] lu[4]**. It is the imitation of an ancient chinese weapon.[1] 大天亮 **ta[4] t'ien[1] liang[4]**, when the daylight was very bright. 嗞兒嗞兒 **tzŭ[1] 'r tzŭ[1] 'r**, imitates the sound produced by the lips of a person who is sipping broth. There was no character in the dictionary for it, but I was forced to adopt the above written as corresponding to the exact sound and having by side the radical 口.[2]

[1] "轱辘棒" ku[1] lu[4] pang[4]，一种儿童玩具，由一个带手柄的短木棒组成。手柄上方的木头是用来绕圈的，就像"轱辘" ku[1] lu[4] 的样子。"轱辘棒"是中国古代武器的仿制品。

[2] "嗞儿嗞儿" tzŭ[1]'r tzŭ[1]'r，模仿一个正在喝汤的人的嘴唇发出的声音。字典里没有对应的字，我只能使用偏旁为"口"的"嗞"，和正确的发音相对应。

TRANSLATION

Gilt wood mace — silvered wood mace — the husband strikes the castanets and the wife sings — and they have been singing till broad daylight — and she has born a child, and there was no place to lay him — and they have laid him on the kitchen-stove — where he is sipping the rice gravy.

XXI

扯 扯
扯 軲 轆 圓
家 家 門 前 掛 紅 線
紅 線 厚
甩 大 袖
一 甩 甩 在 門 後 頭
門 後 頭
掛 腰 刀
腰 刀 尖
頂 大 天
天 打 雷
狗 咬 賊
唏 嚠 嘩 拉 又 一 回

❶ 孩子们牵着手，围成一个圆转圈时，唱这些词。孩子们牵手只是为了保持步伐一致，并无其他特殊含义。

❷ “甩” shuai³ 表示中国人特有的一种动作，胳膊猛地向下一挥，让挽在手腕上的袖子滑下来。

NOTES

These words are sung by children as they give each other the hand and turn around in a circle: no particulary defined meaning is attached to them, as they are put together only to keep measure with the steps.❶ 軲轆圓 ku¹ lu⁴ yüan², as round as a wheel. 甩 shuai³, expresses a movement peculiar to the Chinese, that of letting down with a sudden jerk of the arm, the long sleeve which was tucked up the wrist.❷ 唏溜嘩拉 hsi¹ liu¹ hua¹ la¹, words with no meaning.

TRANSLATION

Draw, draw — draw the circle as round as a wheel — at every house-door is hanging a red thread — the red thread is thick — drop the sleeve — drop it as far as behind the door — behing the door — is hanging the sword — the sword is cutting — and is so long that it touches the sky — the sky thunders — the dog bites the thieves — hsiliuhualà once more!

XXII

大秃子得病
二秃子慌

三 秃 子 請 大 夫
四 秃 子 熬 薑 湯
五 秃 子 抬
六 秃 子 埋
七 秃 子 哭 着 走 進 來
八 秃 子 問 他 哭 甚 麼
我 家 死 了 個 秃 乖 乖
快 快 兒 抬
快 快 兒 埋
別 讓 那 個 葫 蘆 子 兒 迸 出 來

NOTES

For a baldhead is meant in this song a child, for the reason explained before.❶ 薑湯 chiang¹ t'ang¹, ginger broth, a medicine given to make the patient sweat.❷ 乖乖 kuai¹ kuai¹, dear, treasure, said of children. 葫蘆子兒 hu² lu² tzŭ³ 'r, the seeds in his gourd (meaning his head). 迸出來 peng⁴ ch'u¹ lai², to spring up; said of things which being thrown down, by force of elasticity, spring up.

TRANSLATION

The first baldhead gets sick — the second baldhead is scared — the third baldhead goes to call a doctor — the fourth baldhead boils a ginger decoction — the fifth baldhead bears him (the sick one) on the shoulders — the sixth baldhead buries

❶ 秃子在这首歌里指小孩子，原因前面已解释过。

❷ “姜汤” chiang¹ t'ang¹，让病人出汗的药汤。

him — the seventh baldhead comes in — the eight baldead asks "why do you weep"? — In my family a dear baldhead is dead — quickly take him away — quickly bury him — lest the seeds should spring out of his gourd.

XXIII

樹 葉 青
呀 呀 兒 英
我 跟 姐 姐 過 一 冬
姐 姐 蓋 着 花 花 被
妹 妹 蓋 着 羊 皮 睡
姐 姐 穿 着 紬 子 襖
妹 妹 穿 着 破 皮 襖
姐 姐 戴 着 金 簪 子
妹 妹 戴 着 竹 圈 子
姐 姐 騎 着 高 頭 馬
妹 妹 騎 着 樹 喀 杈
姐 姐 登 着 銀 鐙 兒
妹 妹 登 着 牆 縫 兒
姐 姐 抱 着 個 銀 娃 娃
妹 妹 抱 着 個 癩 蛤 蔴
走 一 步 來 哇 兒 呱 哇 兒 呱 又 哇 兒 呱

NOTES

呀呀兒英 ya^1 ya^1 'r ying^1, meaningless refrain which rhymes with the preceding verse.[❶] **花花被 hua^1 hua^1 pei^4**, a coverlet embroidered with flowers. **簪子, tsan^1 tzŭ**, chinese hair-pin. **竹圈子 chu^2 ch'iüan^1 tzŭ**, ear-rings made of bamboo; in Peking ear-rings are generally called **鉗子 ch'ien^2 tzŭ.**[❷] **嘎杈 k'â^1 ch'a^1**, a forked branch **癩蛤麻 lai^4 ha^2 ma^1**, a scabby toad. **哇兒呱 ku^1 'r kuà^1**, imitates the voice of a toad.

TRANSLATION

The tree leaves are dark — I spend a winter with my elder sister — my elder sister covers her bed with a coverlet embroidered with flowers — and I the younger sister cover my bed with a goat skin — my elder sister wears a satin overcoat — I the younger sister wear a broken skin overcoat — my elder sister wears golden hair-pins — and I the younger sister wear bamboo ear-rings — my elder sister rides on a splendid horse — and I the younger sister ride on a forked branch — my elder sister leans her feet on silver stirrups — and I the younger sister lean my feet on the wall crevices — my elder sister holds in her arms a silver baby — and I the younger sister hold in my arms a scabby toad — which moves a step and then cries kurkuà kurkuà.

---

❶ “呀呀儿英” ya^1 ya^1'r ying^1，无意义的叠词，与上一句押韵。

❷ “竹圈子” chu^2 ch'iüan^1 tzŭ，竹子做成的耳环。在北京耳环一般被叫作“钳子” ch'ien^2 tzŭ。

❶ “立秋” li⁴ ch’iu¹，秋天的开始。（原文疑错为冬天的开始。——编译者）

❷ “押虎子” ya¹ hu³ tzŭ，北京的打更人，政府雇用的以敲击竹梆子来报时的人。

❸ “走筹” tsou³ ch’ou²，夜间以敲竹子计时巡夜。

XXIV

立了秋來立了秋
八月十五月兒照高樓
鴉雀無聲人烟靜
瞧見了兩個押虎子走籌
一根燈草嫌他不亮
兩根燈草又怕費了油
有心要買一枝羊油燭
怎奈我手中沒有猴兒頭

NOTES

立秋 li⁴ ch’iu¹, the beginning of winter.❶ 照 chao⁴, illumines. 人烟靜, jen² yen¹ ching⁴, men and smoke (houses) are resting; everything is quiet. 押虎子 ya¹ hu³ tzŭ, Peking street watchmen, kept by the Government to tell the hour by striking on a bamboo rattle.❷ 走籌 tsou³ ch’ou², to take round by night time a bamboo tally from one watch-post to another.❸ 一根燈草 i¹ ken¹ teng¹ ts’ao³, a lamp wick made of the stalk of the Juncus communis (rushes). 怎奈 tsen³ nai⁴, there is no remedy, no way. 猴兒頭 hou² ’r t’ou², a monkey’s head, slang Pekinese term to mean money. Several words are used in the same meaning as for instance 大軲轆 ta⁴ ku¹ lu⁴, the big wheel. 官板 kuan¹ pan³, official stamp, stamped by the Government. Several terms cannot be written at all, wanting a character for them, not with standing I will venture to write them down with homophonous characters. So for instance 嘎, read ka^{2}. Ex. 我的這個褡連兒就剩了叫喚嘎了 uo^{3} ti^{1} che^{4}-ko^{4} ta^{1}-lien^{2} 'r ciou^{4} sheng^{4} la chiao^{4} huan^{4} ka^{2} la, "there is noting left in my purse but noisy cash", meaning that the purse only contains two or three cash which at every step meet and ring. It is also said 古嘎 ku^{3} ka^{2}. Ex. 古嘎沒有 ku^{3} ka^{2} mei^{2} iou^{3}, I have no cash. Another term is 側 ts'o^{2}, or 側羅 ts'o^{2} lo^{2}. Foreign words are sometimes used as chi^{1}-ha^{1}, the chinese transformation of the Manchu word *jiha* "money" and chao^{1} su^{1}, said to be Mongol and generally used, peculiarly in the whole phrase chao^{1} su^{1} u^{4} kuei^{3}, which is meant for "I have no money" and is all in Mongol.[4]

TRANSLATION

The autumn has set in, the autumn has set in — on the fifteenth of the eighth month the moon illumines the high palaces — crows and other birds are silent and men and houses are resting — I have seen two watchmen who went round taking the watch-tally — here, with only one wick in the lamp, I am sorry it is dark — but I am afraid to consume too much oil burning two wicks — I intend buying a candle of mutton-tallow — but, alas ! I have not a single cash in the hands.

---

[4] "猴儿头" hou^{2}'r t'ou^{2}，猴子的头，北京俚语里指钱。有几个词的用法与它相同，例如："大轱辘" ta^{4} ku^{1} lu^{4}，大车轮；"官板" kuan^{1} pan^{3}，官方印章，由政府盖章。有几个词没有对应的汉字，尽管我尝试着用同音字表示它们。例如，"嘎"读作 ka^{2}。再如，"我的这个褡连儿就剩了叫唤嘎了" uo^{3} ti^{1} che^{4}-ko^{4} ta^{1}-lien^{2}'r ciou^{4} sheng^{4} la chiao^{4} huan^{4} ka^{2} la，"我的钱袋里只剩下哐当作响的钱"，意思是钱袋里只有两三块钱，每走一步就会碰在一起，发出响声。还有"古嘎" ku^{3} ka^{2}。例如，"古嘎没有" ku^{3} ka^{2} mei^{2} iou^{3}，是我没有钱。另一个词语是"侧" ts'o^{2}，或"侧罗" ts'o^{2} lo^{2}。有时也会用到外来词如 chi^{1}-ha^{1}，这是从满语 *jiha* "钱"和据说是蒙古语的 chao^{1} su^{1} 引入汉语的，通常在蒙古语 chao^{1} su^{1} u^{4} kuei^{3} 整句话中使用，意思是我没有钱。

XXV

小 五 兒
小 六 兒
一 塊 氷 糖
一 包 豆 兒
小 五 兒 愛 上 高
一 爬 爬 到 柳 樹 稍
柳 樹 稍 枝 兒 軟
摔 的 小 五 兒 翻 了 眼
小 六 兒 直 淘 氣
戴 上 鬍 子 唱 出 戲
唱 完 了 戲
唱 熱 湯
湯 不 凉
燙 的 小 六 兒 叫 親 娘

NOTES

Chinese children are given by their parents a 奶名 nai³ ming², "milk-name" by which they are designated in the family. These milk names are numberless. A common habit in the family is to give the new born children only a number for milk name, by which number the child is called *four* or *five*, if it is the fourth or fifth son in the family. The common forms for these arithmetical names are such: A first born may be called 一子 i¹-tzŭ, (the form is not much used; the accent falls on the i¹). The second son may be called 二哥 eur⁴ ko¹, or 小一兒 hsiao³ i¹ 'r. The third son may be called 三兒 san¹ 'r, the fourth 四兒 ssŭ⁴ 'r, the fifth 五兒 u³ 'r, the sixth 六兒 liou⁴ 'r, and so forth as far as ten. These milk names are also given to children independently of their order in the family and become like our christian names Charles, John and so forth.[1] 氷糖 ping¹ t'ang², white sugar in pieces sold on the streets to children. 一包豆兒 i¹ pao¹ tou⁴ 'r, a parcel of roasted beans, another delicacy for children. 翻眼 fan¹ yen³, to turn up the eyes, like a man who loses his senses and shows the white of his eyes. 淘氣 t'ao²-ch'i⁴, impertinent, saucy. 戴上鬍子 tai⁴ shang⁴ hu² tzŭ, to put on a false beard as actors do in theaters.

TRANSLATION

The small Five — and the small Six — with a piece of white sugar — and a parcel of beans — the small Five likes to go high up — and he climbs up to the tip of the branch of the willow tree — the tip of the willow branch is weak — and the small Five tumbles down and hurts himself so that he shows the white of his eyes. — The small Six is really impertinent — he puts on a false beard and sings an act of an opera — when he has finished singing the opera, — he drinks hot broth — the

[1]中国父母会给孩子起一个“奶名”nai³ ming²，奶名是在家中叫的名字。这些奶名不计其数。在家中，一个常见的习惯是只给新生儿一个数字作为奶名，如果这个孩子是家里的第四个或第五个儿子，那么他的名字就是“四”或者“五”。这些奶名的常见形式如下：第一个出生的孩子被叫作“一子”i¹-tzŭ（这种形式不常见，其重音落在i¹上）。第二个儿子可能叫作“二哥”eur⁴ ko¹，或“小一儿”hsiao³ i¹'r。第三个儿子可能叫作“三儿”san¹'r，第四个叫作“四儿”ssŭ⁴'r，第五个叫作“五儿”u³'r，第六个叫作“六儿”liou⁴'r，等等，直到十。这些奶名也可以与年龄无关，仅仅是个名字，就像我们的教名查尔斯、约翰等。

broth is not cool — and the small Six scalds himself so that he calls for his mother.

XXVI

小 小 子 兒
坐 門 礅 兒
哭 着 喊 着 要 媳 婦 兒
要 了 媳 婦 兒 作 甚 麼
點 上 燈 說 話 兒
吹 了 燈 作 伴 兒
明 兒 個 起 來 梳 小 辮 兒

NOTES

門礅兒 men² tun¹ 'r, a big stone-seat placed by the side of a street door.❶ 喊着 han³ cho, crying loudly.

TRANSLATION

The small boy — is sitting outside the door on the stone-seat — and weeping and wailing he wants to have a wife — when he has got a wife what will he do with her? — when the lamp is lighted he will have a chat with her — when then the lamp is out he will keep company wich her —

❶ "门礅儿" men² tun¹'r，临街门边的大石凳。

and the next morning after getting up she will comb his small pigtail.

XXVII

高 高 山 上 有 一 家
十 間 房 子 九 間 塌
老 頭 子 出 來 拄 拐 棍 兒
老 婆 子 出 來 就 地 兒 擦
看 家 的 狗 兒 三 條 腿
避 鼠 的 貍 貓 短 個 尾 巴

NOTES

拄 **chu^3**, to lean on a stick. **拐棍兒** **kuai^3 kun^4 'r**, a stick used by old men to lean on. **就地兒** **chiou^4 ti^4 'r**, bent to the ground (walking) as very old men do.[1] **擦** **ts'a^1**, to walk painfully dragging (rubbing) the feet on the ground. **避鼠的貓** **pi^4 shu^3 ti^1-mao^1**, a cat which shuns (does not catch) mice. **貍貓** **li^2 mao^1**, the wild cat.

TRANSLATION

On a very high mountain there lives a family — of the ten rooms in the building nine rooms are in ruin — the old man goes out leaning on a stick —

[1] "就地儿" chiou^4 ti^4'r，像老年人那样弯着腰走路。

and the old wife walks painfully and bent to the ground. — the dog which watches the house has only three legs — the wild cat which does not catch the mice is without a tail.

XXVIII

香 香 蒿 子
刺 刺 鑵 兒
苦 蔴 兒
香 菜 兒
喇 叭 喇 叭 花 兒
翠 雀 兒
買 我 的 是 好 漢 兒
買 別 人 的 是 龜 蓋 兒 喲

NOTES

These words are sung by Pekinese boys who want to imitate the ambulant grocer, and tell aloud the names of their wares.❶ 香蒿子 hsiang[1] hao[1] tzŭ, the Artemisia annua-the chinese make with its dry stalks a sort of vegetable rope which they burn to keep away mosquitoes.❷ 刺刺鑵兒 la[1] la[1] kuan[4] 'r, a wild grass which grows at the beginning of spring.❸ 苦蕒兒 or 苦菜 k'u[3] ts'ai[4], the sowthistle (lat. *Lonchus arvensis*). 香菜 hsiang[1] ts'ai[4], "odorous herbs" (lat. *Coriandrum sativum*) the chinese use its leaves for

❶ 这首歌谣是北京的男孩子们唱的，他们想模仿流动的商贩，大声喊出货物的名字。

❷ "香蒿子" hsiang[1] hao[1] tzŭ，即青蒿。中国人把它的干茎编成草绳，点燃后可以驱蚊。

❸ "刺刺鑵儿" la[1] la[1] kuan[4]'r，一种在初春时生长的野草。

parsley. 喇叭花 la[3] pa[1] hua[1], "trumpet flowers" is the white stramony (lat. *Datura alba*). 翠雀兒 ts'uei[4] ch'iao[3] 'r, the larkspur (lat. *Delfinium anthriscifolium*). 龜蓋兒 kuei[1] kai[4] 'r, a mild form of the common chinese insult "turtle-shell".

TRANSLATION

Here is Artemisia annua — here is lalaqua'r grass — here are sowthistle and parsley — white stramony flowers — and larkspur — who buys my ware is a good fellow — and who buys other people's is a "turtle-shell".

XXIX

泥泥泥泥餑餑
泥泥泥泥人兒
老頭兒喝酒不讓人兒
買我的是個好漢兒
不買我的是個王八蛋兒

NOTES

Chinese boys are till a certain age as busy in the manufacture of mud-pies as any other boy in foreign countries. They buy for a few cash ready-made moulds out of which they work pagodas, small fishes, turtles, and so forth. When the wares are ready and dry, the small merchants sing these verses as if they meant to sell the products of their work.❶ **泥餑餑 ni² puo¹ puo¹**, is the exact equivalent of the english "mud-pie".❷

TRANSLATION

Here are mud pies — here are mud figures — the old man drinks wine and does not offer to others — who buys my ware is a good fellow — and who does not buy mine is a turtle's egg.

XXX

水牛兒水牛兒
先出犄角後出頭
你爹你媽
給你買下燒肝兒燒羊肉

NOTES

In all countries children have verses to address snails, and in China too, although the meaning of the verses is not to be looked for.❶ **水牛兒 shuei³ niu² 'r**, the snail.❷

TRANSLATION

Snail, snail — you first show out your horns and

❶ 与其他国家的男孩一样，中国的男孩们到了一定年龄都忙于做泥饽饽。男孩们花一点儿钱买一些现成的模子，用来制作宝塔、小鱼、海龟等等。当做完这些东西并晾干后，男孩们唱着这些词，就好像在卖自己的产品一样。

❷ "泥饽饽" ni² puo¹ puo¹，完全等同于英语中的"泥团"（mud-pie）。

❶ 每个国家的孩子都有关于蜗牛的歌谣，在中国也是如此，但是没有必要弄清楚这些歌谣的意思。

❷ "水牛儿" shuei³ niu² 'r，蜗牛。

then your head — your father and mother — will buy for you some roasted liver and roasted mutton.

XXXI

妞兒要吃麪
給你找老叚
寬條兒細條兒
簾子棍兒來不哼哎喲
妞兒要吃肉
給你找老六
腰窩兒後腿兒
眞肥瘦來不哼哎喲
妞兒要吃棃糕
還得氷糖熬
眞酥呀眞脆呀
好大的一個塊兒呀哼哎喲
妞兒要喝豆汁兒
還得找老西兒
酸酸兒的辣辣兒的
酸黃瓜菜兒來不哼哎喲
妞兒要吃白薯
給你找老五
黃瓤兒大塊兒
栗子的味兒呀哼哎喲

4

❶“妞儿”niu¹’r，即女孩，常见的一种称呼是“姑娘”ku¹ niang²。

❷“老段”Laô³ tuan⁴，姓Tuan的老人，可能是位店主。

❸“帘子棍儿”lien²-tzŭ³ kun⁴’r是另一种面条。之所以这么叫，是因为它很像将竹子捆在一起做成的夏季帘子。

❹“来不哼哎哟”lai² pu eng a-yo，无意义的叠词。

❺“真肥瘦”chen¹ fei² shou⁴，“的确有肥有瘦”，这是很好的肉——买主到肉店去，如果对肥肉或瘦肉没有特别要求，他要买的肉就叫“肥瘦”fei² shou⁴，即肥瘦都有。所以“你给我一斤肥瘦儿”ni³ kei³ uo³ i¹ chin¹ fei² shou⁴’r的意思是“给我一磅好肉”。

❻“豆汁儿”tou⁴ chih¹’r，一种在春天喝的豆子汁，被认为具有很好的清火功效，主要由旗人饮用。

NOTES

妞兒 niu¹ 'r, girl, familiar term for **姑娘** ku¹ niang². ❶ **吃麪** ch'ih¹ mien⁴, to eat vermicelli. **麪** mien⁴ is here for **麪條兒** mien⁴ t'iao² 'r, **老段** Laô³ tuan⁴, the old man named Tuan, probably a shop-keeper. ❷ **寬條兒** k'uan¹ t'iao² 'r, flat and large vermicelli. **細條兒** hsi⁴ t'iao² 'r, finer vermicelli. **簾子棍兒** lien²-tzŭ³ kun⁴ 'r, another sort of vermicelli so called because of its resemblance to the bamboo sticks which are bound together to form a summer curtain. ❸ **來不哼哎喲** lai² pu eng a-yo, meaningless refrain. ❹ **腰窩兒** iao¹ uo¹ 'r, "the loins nest" the best part of the loins of a mutton or a beef. **後腿兒** hou⁴ t'uei³ 'r, the back part of the thigh. **眞肥瘦** chen¹ fei² shou⁴, "really there are both fat and lean", that is very good meat-a buyer going to the butcher's shop, if not particularly wishing to get more fat or more lean, calls the meat he wants **肥瘦** fei² shou⁴ that is fat and lean together. So the phrase **你給我一斤肥瘦兒** ni³ kei³ uo³ i¹ chin¹ fei² shou⁴ 'r, means "give me a pound of good meat". ❺ **梨糕** li² kao¹, pear jam dried in slices. **酥** su¹, is said of the food and particularly of pastry, when it is so delicate that it melts in the mouth-french "fondant". **脆** ts'uei⁴, crisp. **豆汁兒** tou⁴ chih¹ 'r, a decoction of seeds which is drunk in spring time and is thought a powerful agent to cool one's blood: it is mostly used by Bannermen. ❻ **老西兒** lao³ hsi¹ 'r, nickname given by the Pekinese to the natives of the Shan-hsi province, who do not enjoy a very good reputation, even among Pekinese. Here they are quoted because they are generally fond of sour food as the **tou⁴-chih¹** is.⑦ 黃瓜菜 **huang² kua¹ ts'ai⁴**, salted cucumber. 白薯 **pae² shu³**, the sweet potatoes. 穰兒 **jang² 'r**, the pulp of a fruit, the stuff of a pudding, generally the interior of objects, from a cake to a clock.⑧

TRANSLATION

Young lady, if you want to eat vermicelli, — we will go to see the old Tuan for you, — who has flat vermicelli, and thin vermicelli — and "curtain-sticks" vermicelli — Young lady, if you want to eat meat — we will go to the old Six's for you — he has got good loin of mutton and good haunch of mutton — both fat and lean meat — Young lady, if you want to eat pear-jam — we must also boil it in white sugar — it is really melting in the mouth and so crisp! — and what a big slice of it! — Young lady, if you want to drink bean decoction — then we must go to the old Shan-hsi man's — how sour it is! how bitter it is! — and how sour the salt cucumbers taken with it — Young lady, if you want to eat sweet potatoes — we will go to the old Five's — who has there large slices of sweet potato pulp — which smell like chestnuts.

⑦“老西儿” lao³ hsi¹'r，北京人给山西人，甚至是生活在北京的山西人起的绰号。这里提到“老西儿”是因为山西人一般喜欢像豆汁儿一样酸的食物。

⑧“穰儿” jang²'r，水果的果肉、布丁的填充物，通常指物体的内部，从蛋糕到钟表都可以这样说。

❶ 这首歌谣应该是一个乞丐唱的，他在一个冬日抱怨自己运气不佳。歌谣通过在每一句的末尾添加汉字“儿”eur² 来实现押韵。

❷“抱着肩儿”pao⁴ cho² chien¹'r，字面意为抱着肩膀，中国的乞丐感到寒冷时会双臂交叉放在胸前。

❸“寻”hsin²，意思是向某人讨要某物，寻找。这个字的本音是 hsün。

XXXII

出了門兒
陰了天兒
抱着肩兒
進茶館兒
靠爐台兒
找個朋友尋倆錢兒
出茶館兒
飛雪花兒
老天爺
竟和窮人鬧着頑兒

NOTES

These verses are supposed to be uttered by a beggar who complains of his bad luck on a winter's day. The song is rhymed by adding the character 兒 eur² at the end of each verse.❶ 抱着肩兒 pao⁴ cho² chien¹ 'r, lit. "embracing one's shoulder" that is to keep the arms folded on the breast, as chinese beggars do when they feel cold.❷ 爐台兒 lu² t'ai² 'r, a small stove made of bricks. 尋 hsin², means to ask something from somebody, to look for, the ordinary sound of the character is hsün.❸ 老天爺 lao³ t'ien¹ ye², the old gentleman in the sky. Has no relation whatever with our religious beliefs. — the expression is a very common one but the same Chinese are the first to be puzzled when asked for the meaning. It is a personification of the providence, luck, justice, and also weather, and is as undefined a word as many others in Chinese.[4] **雪花兒** **hsüê^3 hua^1 'r**, lit. snow-flowers, snow-flakes. **鬧着頑兒** **nao^4 cho^2 uan^2 'r**, to play with, to make sport with.

TRANSLATION.

As soon I have gone out — the weather has become cloudy — folding my arms on my breast — I enter a tea-shop — I lean against the brick stove — and look for a friend from whom I may beg some money — as I go out of the tea-shop — here snow-flakes are falling — the old gentleman in the sky — only likes to make sport with us poor people.

XXIII[1]

褡連[2]兒搭
我和褡連兒作親家
親家的姑娘會梳頭
一梳梳了個麥子熟
麥子磨成麪
芝蔴磨成油
黃瓜上了架
茄子打提溜

[4]“老天爷”lao^3 t'ien^1 ye^2，天上的老先生，与西方的宗教信仰没有任何关系。这是一个常见的表达，但当问及其含义时，中国人也感到困惑。它是天意、运气、正义和天气的人格化表述，就像汉语中许多其他没有明确定义的词一样。

[1] 此处序号应为XXXIII。——编译者

[2]“褡连”疑为“褡裢”。——编译者

❸这首歌谣的开头似乎没有任何含义，我只能逐字逐句翻译。

❹“褡连儿”ta^1 lien^2’r，中国人放钞票的布钱包，又叫作“钱褡连儿”ch’ien^2 ta^1 lien^1’r，即钱包。它的另一种样式为“槟榔褡连儿”ping^1 lang^2 ta^1 lien^2’r，顾名思义用于放槟榔。

❺“作亲家”tsuo^4 ch’in^1 chia^1，成为亲戚。亲家这个词指的是姓氏不同的亲属。这个词在现代北京人中被错误地读作 ch’ing^4 chia^1。

❻“梳了个麦子熟”shu^1 la^1 ko^4 mai^4 tzŭ shou^2，她花了很长时间梳头，就像田里的小麦成熟所需要的时间一样长。

❼“打提溜”ta^3 ti^1 liu^1，摇摆，被风吹动。

NOTES

The beginning of the song does not seem to have any comprehensible meaning and I can only translate it literally.[3] **褡連兒** ta^1 lien^2 ’r, cloth purse in which the chinese keep their banknotes, called also **錢褡連兒** ch’ien^2 ta^1 lien^1 ’r, money purse. Another sort is styled **檳榔褡連兒** ping^1 lang^2 ta^1 lien^2 ’r, and is used for holding betel nuts, as the name shows.[4] **作親家** tsuo^4 ch’in^1 chia^1, to become a relative. The word ch’in^1 chia^1 means all relations who bear a different family name. The word is in modern Pekinese wrongly pronounced ch’ing^4 chia^1.[5] **梳了個麥子熟** shu^1 la^1 ko^4 mai^4 tzŭ shou^2, she has taken as much time to comb her hair, as would be required for the wheat to become ripe in the fields.[6] **上了架** “has grown on the bower”. Cucumber plants are made creep on small bowers. **打提溜** ta^3 ti^1 liu^1, to swing, pushed by the wind.[7]

TRANSLATION

The purse, the purse — I have become a relation of the purse — the purse family’s girl knows how to dress her hair — and has taken as much time to comb it as is required for the wheat to get ripe — for the wheat to be ground and made into flour — for the sesamum to be ground and made into ail — for the cucumber to grow on the bowers — and for the brinjal fruit to be swung by the wind.

XXXIV

羅 鍋 子 橋
一 磴 兒 到 比 一 磴 兒 高
燈 籠 兒 閘 草 水 皮 兒 漂
金 魚 兒 咬 着 銀 魚 尾 兒
大 肚 子 的 蝦 蟆
哇 兒 呱 哇 兒 呱 的 叫

NOTES

This stanza is composed in praise of the fine scenery in the Emperor's Summer palace grounds, where the hun.hbacked bridge is also to be seen.[1] 一 磴 兒 i¹ teng⁴ 'r, a step in a staircase, in a flight of stairs. 閘 草 cha² ts'ao³, grass wich grows near the gatelocks, called also 燈 籠 兒 草 teng¹ lung² 'r ts'ao³, "lantern grass" from its leaves being strung to a stalk like so many chinese lanterns to a rope.[2] 金 魚 兒 chin¹ yü² 'r, "goldfish". 水皮兒 shuei³ p'i² 'r, the surface of the water, lit. "the water skin". 銀 魚 兒 yin² yü² 'r, "silverfish".

TRANSLATION

On the hunchback bridge — one step is higher than the other — under the bridge the leaves of the lantern grass float on the water — the goldfish

❶ 这首歌谣是为了赞美颐和园的美景，在那里可以看到罗锅子桥。

❷ “闸草”cha² ts'ao³，长在闸门边的草，也被叫作“灯笼儿草”teng¹ lung²'r ts'ao³，因为它的叶子缠绕在一根茎上，就像很多中国灯笼挂在一根绳子上。

run after the silverfish and bite their tails — and the toads with big bellies — cry kurkuà kurkuà.

XXXV

東嶽廟
東廊下
東廊下有個墪兒
蹲着個金眼緑毛龜兒
解南來了個鬼兒
挑着一担水兒
擱下水兒撿根棍兒
單打金眼緑毛龜兒的腿兒

NOTES

東嶽 tung[1] yü[4], one of the five sacred mountains, the 泰山 t'ai[4] shan[1], in the Shantung province.❶ 墪兒 tun[1] 'r, a small earth moud. Each verse ends with the character 兒 eur[2], which gives fun to the song.❷

TRANSLATION

In the temple of mount T'ai-shan — under the east verandah — under the east verandah there is an earth mound — on which squats a turtle with golden eyes and a shell covered with green moss — from the south has come a devil — bearing on his

❶ "东岳" tung[1] yü[4]，五座圣山之一，指位于山东省的泰山 t'ai[4] shan[1]。

❷ 每一句都以"儿" eur[2] 结尾，增加了这首歌的乐趣。

shoulders a load of water — he lays down the water, picks up a stick — and only strikes the legs of the turtle with golden eyes and the shell covered with moss.

XXXVI

大娘子喝酒
二娘子篩
三娘子棒過小菜碟兒來
四娘子來回的去端菜
五娘子一傍把座兒安排
他說是大家湊個團圓會
滑拳行令樂開懷

NOTES

大娘子 ta⁴ niang² tzŭ, is the wife of the first brother in the family. **二娘子** eur⁴ niang² tzŭ, is the wife of the second brother and so forth. **篩酒** shai¹ chiou³, to warm the wine before drinking it.❶ **棒** p'eng³, to keep on one's hands, to present, to offer. **小菜兒** hsiao³ ts'ai⁴ 'r, salted vegetables with which the Chinese relish their food.❷ **端菜** tuan¹ ts'ai⁴, to bring the food on the table. — **傍** i p'ang², by the side, aside. **團圓會** t'uan² yüan² huei⁴, general feast in which all the members of the family collect to dine together. This day falls on the fifteenth of the

❶ "筛酒" shai[1] chiou[3], 喝之前把酒加热。

❷ "小菜儿" hsiao[3] ts'ai[4]'r, 中国人用来调味的咸菜。

③“团圆会”t'uan² yüan² huei⁴，全家人聚在一起吃饭的盛宴。一般在八月十五，因为那晚的满月象征着“团圆”t'uan² yüan²。

④“行令”hsing² ling⁴，文字游戏。聚会中的某个人先给出一句诗或一个经典的词，其他成员则必须以同样的韵律、类似的词语或相同的典故说出另一句诗或词。第一个词穷的人会被惩罚喝几杯酒。

eighth month, because in that night the moon is perfectly full **團圓** t'uan² yüan².③ **搳拳** hua² ch'üan², to play at guessfingers, at morra. **行令** hsing² ling⁴, literary amusement. Somebody in the company begins by giving a verse or a classical phrase, and the other members of society must follow by inventing another verse or phrase with the same rhyme, or with the same parallelism of words, or the same style of allusions. The man who first exhausts his tock of phrases is punished by being forced to drink a number of glasses of wine.④

TRANSLATION

The first lady drinks wine — the second lady warms the wine — the third ladies come bringing in small saucers with salted cucumbers — the fourth lady at the side arranges the places (covers) — she says that every body has come for a complete meeting — to play at guessfingers, to play at allusions game, and to be merry.

XXXVII

禿子禿　　箍出油來
上腦箍　　煎豆腐

NOTES

These words are sung to tease the boys, who

have their hair shaven.[1] 箍 ku¹, a whoop, an iron belt put about barrels. 腦箍 nao³ ku¹, is the name of an old instrument of torture consisting of a red hot circle of iron which was put on the head.[2]

TRANSLATION

You baldhead — we will hut a red hot whoop round your head — and with the oil we will press out of it — we will fry bean-cake.

XXXVIII

褡 連 兒 搭
我 和 褡 連 兒 作 親 家
親 家 的 姑 娘 病 兒 沉
請 了 個 大 夫 把 脈 診
開 了 個 藥 方 兒 把 藥 尋
開 的 是 蚊 子 膽
虼 蚤 心
蒼 蠅 翅 髈 兒 要 半 斤

NOTES

The beginnig of this song is identical with that of song N° 33.[1] 診脈 chen⁴ muo⁴, to feel the pulse as chinese doctors do. 藥方 iao⁴ fang medical prescription written and signed by the physician.

❶ 唱这首歌谣是来戏弄那些剃光头的男孩们的。

❷ “脑箍”nao³ ku¹（“箍”同“箍”），一种古老的刑具的名称，由一个烧红的铁圈组成，铁圈被箍在头上。

❶ 这首歌谣的开头和第33首（见本书第77页）一样。

蚊子 uen² tzu, the mosquito. 虼蚤 ko⁴ tsao³, the flea. 蒼蠅 ts'ang¹ ying², the fly.

TRANSLATION

The purse, the purse — I am now a relation of the purse family — but their daughter has grown dangerously sick — and they have called a physician who has felt her pulse — and then has written a prescription, and people have gone to buy the medicines — on the prescription there is written: mosquito's livers, flea's hearts and half a pound of flies wings.

XXXIX

三兒三兒
穿的是甚撒兒
穿的是青洋縐褲子
青洋縐汗禢兒
梳着個牛糞觚兒
左邊戴着晩香玉
右邊戴着茉莉花兒
五分底兒的雙臉兒鞋
漂白的襪子明期臉兒

NOTES

These words are addressed to a young girl, as

may be seen from the description of her dress, which follows. The slang word sa² 'r, not generally known even among Pekinese, means dress, fashion, toilette. As no written character exists to represent this sound and this meaning, I have used for it the character sa 撒 which being originally in the first tone, here ought to be read in the second. Wanting to find a character for the word, it could be formed this combination 襒 to be read sa² 'r. — One of the phrases commonly heard is this 你有撒兒沒撒兒 ni³ iou³ sa² 'r, mei² sa² 'r? — meaning "have you got a good dress or not?[1] 洋縐 yang² chou⁴, crape imported by foreigners. 汗褟兒 han⁴ t'a¹ 'r, sort of cloth under-dress or shirt worn by Chinese in contact with the skin. European shirts are mostly styled 汗衫 han⁴ shan¹.[2] 牛糞 niu² fen⁴ "ox-dung", name for a sort of head dress, more decently called 圓頭 yüan² t'ou² "round head". 𠈬 p'ai³, character not noted in the dictionaries but mentioned by Sir T. Wade in his Tone exercises. It means "to let onself down, to lie down, and then to be seated, placed". Here it is used as a noun, and is referred to the chignon placed on the girl's head.[3] 晚香玉 uan³ hsiang¹ yü⁴, the gem which smells in the evening, the tuberosa (lat. *Polianthes tuberosa*). 五分底兒 u³-fen¹ ti³ 'r, thick five fen. The fen is the tenth part of the ts'un, an inch. The shoe sole is called 底兒 ti³ 'r, or 底子 ti³ tzu, and may be as thick as five or six inches. That sort of heel which is placed sometimes in the center of the sole in

[1] 这些词是唱给小女孩的，从对她穿着的描述可以看出来。这个俚语里的 sa²'r 甚至在北京话中也不常见，意思是衣服、时装、装扮。因为没有汉字可以对应其发音和意义，所以我用了“撒”sa 这个字。它原本是一声，这里应该读作二声。可以使用合成字“襒”sa²'r 作为其代替字。常见的说法之一是“你有撒儿没撒儿” ni³ iou³ sa²'r, mei² sa²'r？意思是“你有没有一件好衣服？”

[2] “汗褟儿” han⁴ t'a¹'r，一种中国人穿的与皮肤接触的内衣或衬衫。欧洲的衬衫多被称为“汗衫” han⁴ shan¹。

[3] “牛粪” niu² fen⁴，一种头饰的名称，文雅的说法是“圆头” yüan² t'ou²。“𠈬” p'ai³ 是字典里没有的字，但韦德爵士在他的声调练习中提到过。其意思是“下来，躺下，然后坐下，安顿下”。在这里它被用作名词，指女孩头上的发髻。

④ “五分底儿” u³-fen¹ ti³'r，厚五分。分是寸的十分之一，寸指一英寸。鞋底称为“底儿” ti³'r或者“底子” ti³ tzu，厚度可达五六英寸。这种安在女性鞋底中部的鞋跟，常被称为“花盆底儿” hua¹ p'en² ti³'r。

⑤ “双脸儿鞋” shuang¹ lien'r hsie²，字面意思为“双脸的鞋”，指鞋面前缝有两条平行的皮脸。

⑥ “明期脸儿” ming² ch'i lien³'r，这样说是因为中国人的袜子接缝位于中间。

ladies shoes is called 花盆底兒 **hua¹ p'en² ti³ 'r**, "flower-pot heel". ④ 雙臉兒鞋 **shuang¹ lien 'r hsie²**, literally "two faced shoes,, are so called when two ornamental leather strings, come from under the sole on the point of the shoe. ⑤ 漂白 **p'iao¹ pai²**, whitewashed, painted in white — the character 漂 is here vulgarly **p'iao³**. 明期臉兒 **ming² ch'i lien³ 'r**, chinese socks are so called when the seam is to be seen in the middle. ⑥

TRANSLATION

San'r, San'r, what sort of dress have you put on? — "I have put on trowsers made of foreign crape — and a shirt made of foreign crape — my hair is combed in a round chignon — on the left of it I have stuck a tuberose — and to the right a jasmine — then I have got shoes with a sole half-inch thick and with leather ornaments — and white socks with the seam to be seen outside.

XL

哶哶羊　　抓把草
跳花牆　　餵他娘

NOTES

哶 **mie¹**, the sheep's bleating. 他娘 **t'a¹ niang²**, the small sheep's mother. This is one of those little songs the mothers teach their children, when they begin to speak.[1]

TRANSLATION

The bleating small sheep — has jumped over the flowery wall — to catch a bunch of grass — and to feed her mother.

XLI

大翻車
小翻車
一翻翻了個花大姐
紅裙兒
綠襖兒
丁香小脚兒
對面喝酒兒
倒像親姐兒倆

NOTES

The beginning of this song is not clear; it appears that the disposition of words in the first and in the second verse is irregular, saying 大翻車 小翻車 ta⁴ fan¹ tch'o¹-hsiao³ fan ch'o instead of 大車翻 小車翻 ta⁴ ch'o¹ fan¹-hsiao³ ch'o¹ fan¹, meaning the big cart has overturned, the small cart has overturned. Furthermore the song speaks at the

[1] 孩子开始说话时，母亲便教他们唱这首短歌。

❶ 这首歌的开头很含糊，第一句和第二句的词似乎毫无规则，说的是“大翻车　小翻车”ta[4] fan[1] tch'o[1]-hsiao[3] fan ch'o 而不是“大车翻　小车翻　”ta[4] ch'o[1] fan[1]-hsiao[3] ch'o[1] fan[1]，意思是大车翻了，小车翻了。而且这首歌开头时只有一个女孩，结尾却出现两个。这说明该歌谣并不完整，应该每辆车都有一个女孩才对。

❷ “花大姐”hua[1] ta[4] chie[3]，字面意思为“花一般的大姐姐”，指漂亮且衣着讲究的女孩，同样的意思也用“花妞儿”hua[1] niu[1]'r 表达。

beginning of only one girl and it ends with two. That shows the song is not complete and every cart is supposed to be occupied by a girl.❶ 花大姐 hua[1] ta[4] chie[3], lit. "a flowery elder sister" means, a beautiful and well dressed girl. It is also said in the same sense 花妞兒 hua[1] niu[1] 'r.❷ 丁香 ting hsiang, clove, very small feet are compared to grains of clove.

TRANSLATION

A big cart has overturned — a small cart has overturned — and a very beautiful young lady has fallen out of one — (and another young lady has fallen too) — with a red petticoat — and a green overcoat — with feet as small as grains of clove — they drink wine one in front of the other — and really are very much like two sisters.

XLII

高 高 山 上 一 座 小 廟 兒
裏 頭 坐 着 個 神 道 兒
頭 上 戴 頂 羅 帽 兒
身 上 穿 件 外 套 兒
兩 個 小 鬼 喝 道 兒
四 個 小 鬼 抬 着 籐 轎 兒
出 了 門 兒 一 遶 兒
出 巡 回 來 歸 廟 兒

NOTES

神道 shen² tao⁴, a spirit. 外套兒 uai⁴ t'ao⁴ 'r, "external cover" is a sort of long dress, worn externally. 喝道兒 ho¹ tao⁴ 'r, and also 喝道子 ho¹ tao⁴ tzŭ, to shout before the chair of an official to make way.[1] 籐轎 t'eng² chiao⁴, a light chair made of rattan. 一遶兒 i jao⁴ 'r, a turn, a stroll. 出巡 ch'u¹ hsün¹, to go out on a tour of inspection.

TRANSLATION

On a very high mountain there is a small temple — and inside sits a spirit — he wears on his head a crape-hat — and wears on his body a long gown — two small devils go in front shouting for room — four small devils bear the rattan-chair — he has gone out for a stroll — to make an inspection and then returning comes back to the temple.

XLIII

新打一把茶壺亮堂堂
新買一個小猪兒不吃糠
新娶一個媳婦兒不吃飯
眼淚汪汪想他親娘

NOTES

打 ta³, to beat, to strike, to work in metal. 亮

[1] "喝道儿" ho¹ tao⁴'r, 也叫 "喝道子" ho¹ tao⁴ tzŭ, 在官轿前大喊让道。

[1] “亮堂堂” liang⁴ t’ang¹ t’ang¹，非常明亮。“堂”字原本读作二声，在这里读作一声。

堂堂 liang⁴ t’ang¹ t’ang¹, very bright; the character 堂 is originally read in the second tone, but here is pronounced in the first.[1] 糠 k’ang¹, husks of grain with which pigs are fed.

TRANSLATION

A newly made metal tea-kettle is very bright — a newly bought small pig does not eat husks of grain — a newly married wife does not take food — she weeps profusely and thinks of her mother.

XLIV

一進門兒喜冲冲
院子裏頭搭大棚
洞房屋子把燈點
新姑娘一傍淚盈盈
新郎不住的來回覷
說你不吃點兒東西兒
我可心疼

NOTES

This song contains a sketch of marriage ceremonies.[1] 喜冲冲 hsi³ ch’ung¹ ch’ung¹ very merrily and with much noise. The character 冲 ch’ung means to shake, to dash against, but here it is only used to mean confusion, hurry, disorder.[2] 洞房 tung⁴ fang², the bridal room. 淚盈盈 lei⁴ ying¹

[1] 这首歌描述的是婚礼的概况。

[2] “喜冲冲” hsi³ ch’ung¹ ch’ung¹，指非常愉悦，热热闹闹的。“冲” ch’ung 这个字的意思是摇晃、冲撞，但在这里它用来表示局促、匆忙、混乱。

ying, with many tears. 盈 盈 ying¹ ying, flowing, in great quantity, said of tears. The character 盈 is here in the first tone, but its regular tone is the second, and ought to be read ying². ❸ 新 郎 hsin¹ lang², the bridegroom. 不 住 的 pu⁴ chu⁴ ti, without interruption. 來 囘 lai² huei², repeatedly.

TRANSLATION

Entering the gate, how merry it is! — in the courtyard they have raised a big shed — in the bridal room the lamp is lighted — the bride in a corner is weeping bitterly — the bridegroom repeatedly calls to her — and says: if you do not take some food — my heart will ache.

❸ "泪盈盈" lei^4 ying^1 ying，泪汪汪。"盈盈" ying^1 ying，流泪，流了很多泪。"盈"字在这里是一声，但正常的声调是二声，应该读作 ying^2。

XLVII

一呀二呀
倒打連三棍兒
花棍兒五
銅錢數
鏨鏨兒六
銀錠兒七
花花打打兩丈一
兩甚麽兩
二馬掌
二甚麽二
雙夾棍兒
雙甚麽雙
虎擯槍
虎甚麽虎
牛皮鼓
牛甚麽牛

磕郎毬
磕甚麽磕
燕子窩
燕甚麽燕
扯花線
扯甚麽扯
孫臏扯
孫甚麽孫
呂洞賓
呂甚麽呂
瘸拐兒李
瘸甚麽瘸
竈王爺
竈甚麽竈
城隍廟
城甚麽城

肚兒疼
肚甚麽肚
搖葫蘆
搖甚麽搖

雪花兒飄
雪甚麽雪
孫猴兒倒打猪八戒

NOTES

Chinese children practice a game which is also known by boys in foreign countries. Two boys sit one facing the other and strike first their own hands together and then each other's. To keep measure with the movement they mark, the time with these words, which are meaningless, and are huddled together only for the sake of the final rhymes. The game is called 打花巴掌 ta³ hua¹ pa¹ chang³.[1] 呀 ya¹, is purely phonetic and meaningless. 倒打 tao⁴ ta³, to strike alternately — here the character 倒 is pronounced in the fourth and not in the third tone. 連三棍兒 lien² san¹ kun⁴ 'r, uninterruptedly three sticks (that is to say three blows). 數 in the third tone shu³, means to calculate, to reckon. 鏨 tsān, to carve, to chisel. 鏨子 tsan⁴ tzŭ, a chisel. 銀錠 yin² ting⁴, an ingot of silver. 夾棍兒 chia¹ kun⁴ 'r, an instrument of torture to squeeze the ankles lit. squeezing sticks.[2] 嗑郎毬 k'o¹ lang¹ ch'iu²; I cannot find any explanation of this. The Chinese say that they do not know the meaning of the word. All that I could get from them is that the vulgar word k'o¹-lang 'r, means a corner, and is used instead of the more common 噶拉兒 ka¹-la² 'r (written

[1] 中国的孩子们常玩一种外国男孩也知道的游戏。两个男孩面对面坐着，先把手放在一起，然后互相击掌。这个叫“打花巴掌”ta³ hua¹ pa¹ chang³ 的游戏把毫无意义的词堆砌在一起，只是为了押韵并保持动作和节奏的一致。

[2] “夹棍儿”chia¹ kun⁴'r，一种挤压踝关节的刑具，字面意为夹东西的棍子。

according to Sir Thomas Wade's manner). The word ch'iu^2 is a ball. Could it be an "empty ball"?[3] — 孫臏 Sun^1-pin^1 a remarkable minister in the old state of Jen; generally known by all children. 呂洞賓 Lü^3 tung^4 pin^1, one of the eight genii. 鐵枴李 t'ie^3 kuai^3 li^3, another of the eight genii, a lame man called also: 瘸枴李 ch'üe^2 kuai^3 li^3, 竈王爺 tsao^4 uang^2 ye^2, The god of the cooking stoves, familiar chinese god to whom a sacrifice is offered the 23^d day of the twelfth moon. The god is said to have a wife called 竈王奶奶 tsao^4 uang^2 nai^2 nai^3; she is worshipped in chinese families, but not in the shops, in which only the Tsao-uang is worshipped.[4] 城隍廟 ch'eng^2 huang^2 miao^4, the tutelar god of chinese cities. 搖葫蘆 iao^2 hu^2 lu^2, to shake a pumpkin, one of the favourite amusements of chinese babies, who are very often seen deeply absorbed in shaking a small calabash.[5] 孫猴兒 sun^1 hou^2'r, the monkey traveller in the novel 西遊記 Hsi^1-yu^2-chi^4, Recollections of wanderings in the west countries. 猪八戒 chu^1 pa^1 chie^4, a pig spoken of in the same novel as lazy and uxorious and therefore severely beaten by the monkey who was in charge of his education. These notions although taken from a novel in literary style, yet are generally known by the people, that have besides many ditties and rhymes on the subject.[6]

TRANSLATION

One, two — let us strike alternately three

[3] "嗑郎球" k'o^1 lang^1 ch'iu^2，我找不到任何解释，中国人自己也不知道这个词的意思。从他们那里我只了解到这是俗语 k'o^1-lang'r，意思是角落，用来代替更常见的"噶拉儿" ka^1-la^2'r（根据托马斯·韦德爵士的写法）。ch'iu^2 指球。它会是一个"空心球"吗？

[4] "灶王爷" tsao^4 uang^2 ye^2，灶神，中国人熟知的在腊月二十三祭拜的神。据说他的妻子是"灶王奶奶" tsao^4 uang^2 nai^2 nai^3。只有灶王爷才被供奉在店铺中，灶王奶奶则被供奉在中国的家里。

[5] "摇葫芦" iao^2 hu^2 lu^2，这是中国宝宝最喜欢的游戏之一，他们总是很容易被摇葫芦吸引住。

[6] 这些说法虽然取自文言小说，但却广为人知，围绕这些主题还有许多小曲和歌谣。

blows — five flowery sticks — count the cash — six chisels — seven ingots of silver — let us strike as long as two chang and one foot (!) — two, what two? — two horse shoes — two, what two? — a pair of squeezing sticks — a pair, what pair? — the tiger bears a gun on its shoulders — tiger, what tiger? — a drum covered with ox skin — ox, what ox? — an empty ball (?) — **K'o**[4], what **K'o**[4] **?** — a swallow's nest — swallow, what swallow? — pull the flowery thread — pull, what pull? — Sun pin pulls — Sun, what Sun? — **Lü**[3]**-tung**[4] pin — **Lü**[3], what **Lü**[3] **?** — The lame genius **Ch'üe**[2] **kuai**[3] **'r li**[3] — **Ch'üe**[2], what **ch'üe?** — The god of the cooking stoves. — Stove, what stove? — The god protector of the city — City, what city? — The belly aches — belly, what belly? — shake the pumpkin — shake, what shake? — Snow-flakes are whirling round — snow, what snow? — The monkey **Sun**[1] **Chu**[1]**-po**[1]**-chie**[4],

---

XLVIII

打花巴掌的正月正
老太太愛逛個蓮花兒燈
燒着香兒念着佛兒
茉莉茉莉花兒串枝蓮
打花巴掌的二月二
老太太愛吃個白糖棍兒
燒着香兒念着佛兒

茉莉茉莉花兒串枝蓮
打花巴掌的三月三
老太太愛吃個關東烟
燒着香兒念着佛兒
茉莉茉莉花兒串枝蓮
打花巴掌的四月四
老太太吃魚不摘刺
燒着香兒念着佛兒
茉莉茉莉花兒串枝蓮
打花巴掌的五月五
老太太愛吃個生白薯
燒着香兒念着佛兒
茉莉茉莉花兒串枝蓮
打花巴掌的六月六
老太太愛吃個白煮肉
燒着香兒念着佛兒
茉莉茉莉花兒串枝蓮
打花巴掌的七月七
老太太愛吃個白煮鷄
燒着香兒念着佛兒
茉莉茉莉花兒串枝蓮
打花巴掌的八月八
老太太愛吃個白燉鴨
燒着香兒念着佛兒
茉莉茉莉花兒串枝蓮
打花巴掌的九月九

老 太 太 愛 吃 個 白 花 藕
燒 着 香 兒 念 着 佛 兒
茉 莉 茉 莉 花 兒 串 枝 蓮
打 花 巴 掌 的 十 月 一
老 太 太 愛 吃 個 雪 花 梨
燒 着 香 兒 念 着 佛 兒
茉 莉 茉 莉 花 兒 串 枝 蓮

NOTES

This song, like the last one is also sung by boys when playing at 打花巴掌 ta³ hua¹ pa¹ chang³.❶ 正月正 cheng¹ yüe⁴ cheng¹, the first moon. 蓮花燈 lien² hua¹ teng¹, Lantern made of paper and shaped like a lotus flower. 逛燈 kuang⁴ teng¹, means to go out on the streets to look at the different shows of lanterns exhibited during five days, from the thirteenth to the seventeenth in the first month in the year. The regular day for the show is the 15th on which falls the 燈節 teng¹ chie² feast of lanterns.❷ 念着佛 nien⁴ cho Fuo², uttering prayers before Buddha. 串枝蓮 ch'uan⁴ chih¹ lien², a wild flower not unlike the lotus. This refrain is repeated at every couplet. We translate it only once.❸ 白糖棍兒 pai² t'ang² kun⁴'r, small sugar sticks bought by children.❹ 關東烟 kuan¹ tung¹ yen¹, toba co from Manchuria, the best quality of tobacco.❺ 摘刺 chai² tz'u⁴, to take away the bones from a fish. 生白薯 sheng¹ pai² shu³, uncooked sweet potato. 燉鴨 tun⁴ ya¹, a stewed duck. 白花藕 pai² hua¹ ou³, a flour made from the

❶ 这首歌和上一首一样，也是男孩们在玩“打花巴掌”ta³ hua¹ pa¹ chang³ 时唱的。

❷ “逛灯”kuang⁴ teng¹，指在每年正月十三到正月十七这五天里，走上街头看各种灯会。最常见的灯会是正月十五的“灯节”teng¹ chie²。

❸ “串枝莲”ch'uan⁴ chih¹ lien²，一种与莲花很相似的野花。每一节都重复这一句，因此我们只翻译一遍。

❹ “白糖棍儿”pai² t'ang² kun⁴'r，孩子们买的小糖棒。

❺ “关东烟”kuan¹ tung¹ yen¹，来自东北的烟，是质量最好的烟。

⑥ “雪花梨”hsüe³ hua¹ li²，山东的优质梨，据说果肉像雪花一样白。

root-stock of the lotus. 雪花梨 hsüe³ hua¹ li², sort of very good pears found in Shantung, whose pulp is said to be as white as flakes of snow.⑥

TRANSLATION

Strike the hands, in the first month of the year — the old lady likes to go out to look at the lotus-lanterns — burning incense and saying prayers — with jasmines, jasmines and wild lotus — Strike the hands, the second day of the second moon — the old lady likes to eat sugar sticks — Strike the hands, the third day of the third moon — the old lady likes to smoke Manchurian tobacco. Strike the hands, the fourth day of the fourth moon — the old lady likes to eat fish without taking the bones away. — Strike the hands, the fifth of the fifth moon — the old lady likes to eat raw yams — strike the hands, the sixth day of the sixth moon — the old lady likes to eat boiled pork — strike the hands, the seventh day of the seventh moon — the old lady likes to eat a boiled chicken with no sauce — strike the hands, the eighth day of the eighth moon — the old lady likes to eat stewed duck — strike the hands, the ninth day of the ninth moon — the old lady likes to eat lotus root flour — strike the hand, the first day of the tenth moon — the old lady likes to eat snow-white pears.

XLIX

打 羅 兒 篩
曳 羅 兒 篩
麥 子 熟 了 請 你 的 伯
你 伯 愛 吃 肉 兒 的
你 叔 愛 吃 豆 兒 的

NOTES

These words are not heard within the walls of Peking, but in the country.[1] 羅 兒 luo² 'r a sift to bolt flour. 曳 ye⁴, to drag, to pull, to shake. 伯 read by the peasants not puo² but pai¹, one's father's elder brother. This character is read also pai³, in the word 大 伯 子 ta⁴ pai³ tzu, title given to a man by his younger brother's wife. 叔 shu² read here shou², as the peasants do. One's father's younger brother.[2]

TRANSLATION

Beating the sieve sift ! — shaking the sieve sift ! — when the wheat is ripe, we will invite your uncle — your elder uncle likes to eat meat — your younger uncle likes to eat beans.

---

[1] 这些词不是在北京城里听到的，而是在北京乡下。

[2] 农民们把“伯”读作 pai¹ 而不是 puo²，指父亲的哥哥。在“大伯子”ta⁴ pai³ tzu 中也读作 pai³，已婚妇女对丈夫的哥哥的称呼。“叔”shu² 在这里也被农民们读作 shou²，指父亲的弟弟。

❶ 孩子们唱着这些词来模仿走街串巷的小贩。

❷ “八根儿绳” pa[1] ken[1]’r sheng[2]，八根绳子。因为每一个筐都用四根绳子固定在扁担的末端，所以八根绳指的是挑夫的扁担，泛指挑着扁担的各行各业的小贩们。

❸ “九城” chiu[3] ch’eng[2]，即北京城。

L

一 副 筐
八 根 兒 繩
挑 起 了 扁 擔 遊 九 城
賣 葱 阿
賣 蒜 兒 阿
賣 青 菜 兒
打 鼓 兒
喝 雜 銀 錢 兒
唉 首 飾 來 賣

NOTES

These words are sung by children to imitate the perambulating vendors in the street.❶ 一副筐 i[1] fu[4] k’uang[1] a pair of baskets hanging from the pole called 扁擔 pien[3] tan. 八根兒繩 pa[1] ken[1]’r sheng[2], eight strings. As every basket is attached to an end of the pole by four strings, so eight strings comes to mean a porter’s pole and more generally every sort of small chinese industry practiced by vendors furnished with such a pole.❷ 九城 chiu[3] ch’eng[2], the nine cities, the city of Peking.❸ 青菜 ch’ing[1] ts’ai[4] every sort of green vegetable. After speaking of the vendors of vegetables the song comes to speak of a curious sort of small industry practiced in Peking. Two men go together. One marches forward and beats a little drum, the other bearing on the shoulder a pole with baskets calls loudly for people who are willing to sell silver head-ornaments, or other small objects of value. This proceeding is called 喝雜銀錢 ho[1] tsa[2] yin[2] ch'ien[2], to call for different (and bad quality) silver to buy them for ready money.[4]

TRANSLATION

With a pair of baskets — are provided all the small pedlars — with pole and baskets they go all over the city — to sell onions — to sell garlic — to sell green vegetables — the man who beats the drum — and the other who cries: I buy objects of silver — ohè, (who has got) head ornaments let him come and sell.

LI

翻餅烙餅
油炸餡兒餅
翻過來瞧瞧

NOTES

Chinese boys playing together take each other by the hands and then turn round without separating the hands. The movement of turning round is likened to the action of turning a pie on the pan,

[4] 这首歌谣在提到卖菜的小贩之后，又提到了"喝杂银钱"这种北京的奇特行业。两个男人走在一起，一个在前面打着一面小鼓，另一个在肩膀上挎着一个带筐的扁担，后者大声吆喝着，以吸引那些想卖掉银头饰或其他值钱小玩意的人。这个过程称为"喝杂银钱"ho[1] tsa[2] yin[2] ch'ien[2]，即吆喝着用现钱来购买质量参差不齐的银饰。

❶ 中国的男孩们互相牵着手在一起玩耍，然后拉着手转身。转身的动作就像在锅上翻饼一样，所以这个游戏叫作“翻饼烙饼”fan[1] ping[3] lao[4] ping[3]。

❶ “凉凉簪儿”，夏天戴的发簪。女人们在夏天会摘下银簪，戴上玉簪、玉手镯和戒指。买不起玉簪的人，就拿一块玻璃做的簪子代替玉。这就是“凉凉簪儿”liang[2] liang[2] tsan[1]'r。

and so this game is called 翻餅烙餅 fan[1] ping[3] lao[4] ping[3]. ❶ 烙餅 lao[4] ping[3], to cook a pie. 油炸 iu[2]-cha[2], fried in the oil.

TRANSLATION

Turn the pie, cook the pie — the pie with stuffing fried in oil — turn it round and let us sel.

LII

高高山上一落磚兒
磚兒上坐着個老太太兒
三根頭髮馬尾纂兒
一心要戴個涼涼簪兒

NOTES

一落磚兒 i[1] luo[4] chuan[1]'r, a pile of bricks 馬尾纂兒 ma[3] i[3] tsuan[3] 'r, sort of sham chignon made of the hair of a horse tail. 一心 i[1] hsin[1], she has no other thought but, compare latin "*toto corde*". 涼涼簪兒 summer hair-pins; during the summer ladies are supposed to lay aside silver-pins and to wear jade pins and also jade bracelets and rings. People who cannot afford to buy jade pins, get for a trifling sum pins made of glass, imitating the jade. These last are called liang[2] liang[2] tsan[1]'r.❶

TRANSLATION.

On a very high mountain there is a pile of bricks. — On the bricks there is sitting an old lady — with three hairs and a false horse-tail chignon — and she only thinks that she wants to wear summer pins on her hair.

LIII

厚 底 兒 鞋
幫 兒 窄
我 到 娘 家 走 一 百
哥 哥 說 炕 上 坐
嫂 子 說 炕 不 熱
哥 哥 說 搬 板 凳
嫂 子 說 搬 不 動
哥 哥 說 搬 椅 子
嫂 子 說 沒 腿 子
哥 哥 說 給 妹 妹 點 兒 錢
嫂 子 說 還 半 年
哥 哥 說 給 妹 妹 點 兒 米
嫂 子 說 還 不 起
我 也 不 吃 你 們 的 飯
我 也 不 喝 你 們 的 酒
瞧 瞧 親 娘 我 就 走

❶ 中国的已婚妇女们经常可以回娘家待上几天。这首歌描述了一个已婚妇女去看望母亲时的悲伤之情，她在娘家遇到了对自己很好的哥哥和讨厌她的嫂子。歌词朴素而动人。

❷ "帮儿窄" pang[1] eur chai[3]，鞋帮很窄，因此走路时脚很疼。"帮儿"是"用于加固鞋背的皮质鞋帮"[翟理斯(Giles)]。

— 81 —

出門兒遇見個大黄狗
撕了我的裙兒
咬了我的手
忍心的哥哥出來打打狗

NOTES

Chinese wives are allowed from time to time to visit their old family, and to stay there for some days. Here this song depicts the grief of a wife who goes to visit her mother, arrived there she meets with her brother who treats her well and with her sister-in-law who hates her. The words are simple and touching.❶ 厚底兒鞋 **hou⁴ ti³ 'r hsie²**, shoes with a thick heel. 幫兒窄 **pang¹ eur chai³**, the heel-band is narrow, and therefore it is painful to walk. Pang¹ eur is "the leather heel-band of a shoe, for strengthening the back of a shoe" (Giles).❷ 娘家 **niang² chia¹**, a wife's family. 走一百 **tsou³ i⁴ pai³** I walk a hundred, it is understood 里地 **li³ ti⁴**, chinese miles. The **k'ang⁴**, chinese brick bed is warmed during winter by fuel. 板凳 **pan³ teng⁴**, a wooden stool. 還半年 **huan² pan⁴ nien²**, it may be understood so "to give her a little money we shall borrow it and then we shall not be able to repay it back until after a good half-year". 還不起 **huan² pu⁴ ch'i³**, in the same meaning, we shall not be able to give it back to the person who lends the rice to us. The expression **pu⁴ ch'i³** following the verb, that verb acquires a negative potential meaning, as not to be able to... or better corresponding to the Chinese, "not to be up to..."❸ 忍心 jen^3 $hsin^1$, these words are a reproach to the brother, meaning you who may tolerate in your heart that I suffer so much, meaning that the brother after all his good intentions lets his wife do as she likes.❹

TRANSLATION

With high-heeled shoes — and narrow heel-bands — I walk a hundred *li* to arrive at my home, — My elder brother says: Sit on the **k'ang**^{4} — my sister-in-law says: the k'ang is not warm — my elder brother says: bring here a wooden stool — my sister-in-law says: it cannot be brought round — my elder brother says: bring here a chair — my sister-in-law says: the chair has no legs — my elder brother says: give your younger sister some money — the sister-in-law says: we would take half a year to pay it back — my elder brother says: give your gounger sister a little rice — the sister-in-law says, we could not give it back to the lender — But I will not eat your rice — and I will not drink your wine — I will only see my mother and then go away — going out of the gate I have met with a big yellow dog — that has torn my apron — and has bitten my hand — My patient elder brother, come out and beat the dog!

---

❸ "还不起" $huan^2$ pu^4 $ch'i^3$，同样地，我们向别人借了米，但是还不起。动词后边紧跟短语"不起" pu^4 $ch'i^3$，动词便有了一个潜在的否定意义，指不能够……或更准确地理解为"不能够达到……"

❹ "忍心" jen^3 $hsin^1$ ，这些词是在埋怨哥哥，意思是你竟然能容忍我承受这么多，竟然脾气好到让嫂子为所欲为。

❶ 这些词是父母唱给小女孩听的。前两句与其他部分没有关系，但是作为一首以女孩为主题的歌谣，这两句却非常合适。

LIV

杜 梨 兒 樹
開 白 花
養 活 丫 頭 作 甚 麼
拿 起 剪 子 瞎 嘎 搭
嘎 搭 會 了 給 人 家
爹 也 哭
娘 也 哭
女 婿 過 來 勸 丈 母
丈 母 丈 母 你 別 哭
我 家 還 有 二 斗 穀
碾 小 米 兒
熬 豆 粥
餓 不 死 你 的 禿 丫 頭

NOTES

These words are sung to small girls by their parents. The first two verses have nothing to do with the rest, but, as a girl is the subject of the song, they fit very well.❶ 杜梨兒 **tu[4] li[4] 'r**, a pear with small fruit (*Pyrus betulaefolia*). 瞎嘎搭 **hsia[1] ka[2] ta[1]**, familiar expression, it means to make noise using a pair of scissors and without good effect, and it is said of the small girls who begin to learn how to cut the cloth to make dresses of it. **Hsia[1]** originally means blind, and then irregularly, badly as a blind man could do.❷ 給人家 kei³ jen² chia¹, they give (the parents) her to people, that is to say they get her married.❸ 豆兒粥 tou⁴ 'r chou, a gruel made of rice and beans. 禿丫頭 t'u¹ ya¹ t'ou² bald-headed servant, title given in the family to small girls, who are generally called by their parents ya¹ huan² or 丫頭 ya¹ t'ou².❹ 餓不死 ngo⁴ pu⁴ ssu³, negative potential form, she cannot be starved to death.

TRANSLATION

The small pear-tree — has opened its white flowers — to bring to light a small girl — what is the use of it? — she begins first to take the scissors and to cut badly the cloth — then when she has learned to cut the cloth, one must give her up to other people — the father also weeps — the mother also weeps — the bridegroom comes over to console his mother-in-law — and says: mother-in-law, mother-in-law, do not weep — I have got at home three pecks of grain — we will grind the oats — and boil a rice congee with beans — so that your bald-headed daughter shall not be starved to death.

LV

紅葫蘆
軋腰兒
我是爺爺的肉姣兒

❷ "瞎嘎搭" hsia¹ ka² ta¹，俗语，意思是徒劳地用剪刀发出声响，说的是刚开始学着剪布料做衣服的小女孩。"瞎"本义是盲的，后来意为不整齐的，像盲人剪的那样。

❸ "给人家" kei³ jen² chia¹，他们（指父母）把她给其他人，意思是把她嫁出去了。

❹ "秃丫头" t'u¹ ya¹ t'ou²，小女孩在家里的称呼，她们通常被父母叫作 ya¹ huan² 或 "丫头" ya¹ t'ou²。

❶ 这些词应该是一个小女孩唱的。

❷ “红葫芦” hung[2] hu[2] lu[2]，红色的葫芦。那些没有足够的钱去买玩具的男孩们，会用跑起来转个不停的葫芦自得其乐。

❸ “轧腰儿” ya[4] yao[1]'r，一种葫芦的名字，其形状是两个摞在一起的球。从中间把葫芦切开，可以得到两个杯状的葫芦。至于这些词与下文的关系，我想这个女孩是把自己比作一件珍贵的小玩意儿，因为中国人很喜欢“轧腰儿”，有时他们会花二三两银子买个最小的葫芦，戴在身上作为装饰品。

我 是 哥 哥 的 親 妹 子
我 是 嫂 子 的 氣 包 兒
爺 爺 爺 爺 賠 甚 麽
大 箱 大 櫃 賠 姑 娘
奶 奶 奶 奶 賠 甚 麽
針 線 笸 籮 兒 賠 姑 娘
哥 哥 哥 哥 賠 甚 麽
花 布 手 巾 賠 姑 娘
嫂 嫂 嫂 嫂 賠 甚 麽
破 罈 子
爛 罐 子
打 發 那 丫 頭 嫁 漢 子

NOTES

The words are supposed to be said by a small girl.❶ 紅葫蘆 hung[2] hu[2] lu[2], red pumpkin; the boys who have not enough money to buy playthings, content themselves with pumpkins which they go whirling about.❷ 軋腰兒 ya[4] yao[1] 'r, "with crushed sides" is the name of a sort of pumpkin shaped in the form of two balls placed one on the other. Cutting this pumpkin in the middle one has two cups. As to the relation between these words to what follows, I suppose the girl speaks of herself as of a precious little thing, because that kind of pumpkin is sometimes appreciated by the Chinese who buy the smallest for two or three taels, and wear them on the body as an ornament.❸ 肉皎兒

jou[4] chiao[1] 'r, lit. "my flesh dear", an endearing term for a little girl, meaning to say: you are my own flesh and blood.④ 氣包兒 ch'i[4] pao[1] 'r, curious expression said of a person who has the privilege of irritating somebody constantly. The literal translation would be "the wrath-bundle". The small girl speaks so because it is generally admitted and practiced in chinese families that the elder brother's wife carries on continual warfare with her sisters-in-law. Afterwards the girl pretends to want to know what their relations will give her on her wedding day.⑤ To give cadeaux to a bride to form her dowry is called 賠 p'ei[2], or more completely 賠送 p'ei[2] sung[4]. 奶奶 nai[3] nai,[3] one's father's mother. The bannermen call nai[3] nai[3] a mother.⑥ 針線笸籮 chen[1] hsien[4] p'uo[3] luo[2], a basket where needles, pin, thread, scissors are kept and everything else required for ladies' work. 姑娘 ku[1]-niang[2], is here used instead of the personal pronoun thou or you. 罈子 t'an[1] tzŭ, a big bottle to contain salt vegetables, water and also coal. 罐子 kuan[4]-tzŭ, other sort of vessel made of porcelain or of earthenware. 嫁漢子 chia[4] han[4] tzŭ to marry a husband, a man. Here it would perhaps be better to translate "a fellow" as the woman's words are not inspired with friendly feelings altogether.⑦

TRANSLATION

The red pumpkin — has crushed sides — I am my grandfather's "own dear flesh and blood" —

④ "肉姣儿" jou[4] chiao[1]'r，字面意思为“我的亲骨肉”，是对一个小女孩的昵称，意思是“你是我的骨肉”。

⑤ "气包儿" ch'i[4] pao[1]'r，不常见的说法，指一个很容易被激怒的人。直译为“气包”。小女孩之所以这么说，是因为在中国家庭中，经常能见到嫂子与小姑子闹别扭。然后，女孩假装询问在结婚当天家人会给她陪嫁什么。

⑥ "奶奶" nai[3] nai[3]，父亲的妈妈。旗人称妈妈为 nai[3] nai[3]。

⑦ "嫁汉子" chia[4] han[4] tzŭ，嫁给丈夫、嫁给男人。这里翻译成“汉子”最合适，因为嫂子的话并不友善。

I am my brother's "carnal sister" — and I am my sister-in-law's "bundle of wrath" — grandfather, grandfather, what will you give me at my marriage? — "I will give you a big chest and a big wardrobe" — "Grandmother, grandmother, what will you give me?" — "I will give you a work basket" — "Elder brother, elder brother, what will you give me?" — "I will give you a fancy cloth towel" — Sister-in-law, sister-in-law, what will you give me?" — "A broken jar — and a smashed bottle — and send you, that girl, away to marry a fellow".

LVI

樹 葉 兒 黑
呀 呀 喲 子 煤
小 黑 兒 長 的 像 李 逵
呑 着 牙 兒 瞪 着 眼 兒
手 裏 揝 着 個 黑 鞭 杆 兒
騎 着 黑 牛 兒
喫 着 個 黑 麵 餅 兒
一 上 上 在 山 頂 兒

NOTES

These words are sung to children of a brown complexion. The second verse is simply a refrain with no meaning.[1] 小 黑 兒 hsiao³ hei¹ 'r, nickname

[1] 这些词是唱给皮肤比较黑的孩子听的。第二句只是一个没有意义的叠句。

given to a brown child. The word hei¹ contains all the shades of colour from black to brown.❷ 李逵 Li³ k'uei², a celebrated brigand in the Sung dynasty, who was of a brown complexion. He is spoken of in the Novel 水滸 shuei³ hu³. His nickname was 黑旋風 hei¹hsüan² feng¹, the black whirlwind. 咨着牙 tzŭ¹ cho¹ ya², showing the teeth.

TRANSLATION

The tree-leaves are dark — yaya yüetzu mei — the small brown boy is very like Li-k'uei — showing his teeth and staring — he grasps in his hand a black whip-stick — he rides on a black ox — eats a cake made of black flour — and going up he gets as far as the mountain summit.

LVII

荆條棍兒
用處兒多
編了柳斗兒
編笸籮
笸籮倒比柳斗兒大
管着柳斗兒叫哥哥

NOTES

荆 ching¹ is instead of 荆蒿花 ching¹ hao¹ hua¹, the *Vitex incisa*, with stems of which baskets are

❷"小黑儿"hsiao³ hei¹'r，皮肤比较黑的孩子的绰号。hei¹ 这个词包含了从黑色到棕色的所有颜色。

woven. 柳斗 liou^3 tou^3, a measure made of willow branches; sometimes it is made of *Vitex* stems, but it is even then called a "willow-peck". 管着 kuan^3-cho^1, with regard to, giving a denomination. 荊條棍兒 ching^1 t'iao^2 kun^4 'r stems of *Vitex*.

TRANSLATION

The stems of the *Vitex incisa* — are fit for many uses — one may make of it a "willow-peck" — and one may make of it a basket — the basket is indeed larger than the willow-peck — and calls the willow peck "elder brother".

LVIII

鐵蠶豆
大把兒抓
娶了個媳婦兒就不要媽
要媽就要叉
要叉就分家

NOTES

The first two verses with which the song begins are called 頭子 t'ou^2 tzŭ "head". They do not seem to have here any relation with the meaning of the following words. The song speaks about some cases in which new-married men forget the duty of obedience to their own mother, and want to set up a family by themselves. The words are ironical and there is in them a sense of reproach and grief.[1] 鐵 t'ie³, iron, here "as hard as iron". 蠶豆 ts'an² tou⁴, broad beans, which are sold to children on the streets for the modest sum of a ta for a handful. 大把兒 ta⁴ pa³ 'r, a big handful. 要叉 shua³ ch'a¹, to fight with a pronged stick, metaph. for "to quarrel".[2] 分家 fen¹ chia¹, to set up an autonomous family, to separate from the old stock.

TRANSLATION.

Broad beans as hard as iron — to be had in big handfuls — after having married a wife, then he does not want his mother — if he wanted his mother then they would quarrel — and if they quarrelled, then he ought to separate from the old house.

LIX

娶 媳 婦 兒 的
門 口 兒 過
宮 燈 戳 燈 十 二 個
旗 鑼 傘 扇 跕 兩 傍
八 個 鼓 手 奏 細 樂
轎 子 抬 着 姑 娘 走
抬 到 婆 家 的 大 門 口
進 門 兒 入 洞 房

[1] 这首歌的开头前两句被称为"头子" t'ou² tzŭ。在这里，它们似乎与下文的内容没有多少关系。这首歌讲的是一些新婚的男人想要分家，忘记了孝顺母亲的义务。这些词很讽刺，充满了责备和悲伤的感觉。

[2] "要叉" shua³ ch'a¹，用分叉的棍子打架，比喻吵架。

❶"宫灯"kung[1] teng[1]，一种在婚宴上手持的灯。宫灯由丝绸或玻璃做成，里面不点蜡烛。

❷"戳灯"ch'uo[1] teng[1]，另一种固定在长棍上的灯笼，可以插在地上。

❸"鼓手"ku[3] shou[3]，字面意为"鼓－手"，是对那些跟着花轿的乐手的通称。一些人打鼓，另一些人吹"唢呐"suo[3] na[1]（"锁"同"唢"。——编译者）。这些人也被称为"吹鼓手的"ch'ui[1] ku[3] shou[3] ti。

❹"细乐"hsi[4] yüe[4]，由不同乐器合在一起演奏的音乐。

去會小新郎
娶了三年並二載
丫頭小子沒處兒擺

NOTES

娶媳婦兒的 ch'ü[3] hsi[2] fu[4] 'r ti, the persons who go to fetch the bride and take her to the bridegroom's house. A marriage procession. **宮燈** kung[1] teng[1], "palace lanterns" a sort of lanterns taken in hand by people in the marriage cortège. They are made with silk, or glass doors, and have no lighted candles in them.❶ **戳燈** ch'uo[1] teng[1], another kind of lanterns fixed on a long stick, which may be stuck in the ground.❷ **鼓手** ku[3] shou[3], literally "drum-hands" general name for all musicians who accompany the bride-chair. Some beat drums, other play on a sort of trumpet called **鎖吶** suo[3] na[1]. These men are also called **吹鼓手的** ch'ui[1] ku[3] shou[3] ti.❸ **奏樂** tsou[4] yüe[4], to play solemn music. **細樂** hsi[4] yüe[4], a concert, a supposed harmony produced by different instruments.❹ **婆家** p'uo[2] chia[1], mother-in-law, mother-in-law's family, in the husband's family. **小新郎** hsiao[3] hsin[1] lang[2], the young bridegroom. **二載** two years. **三年並二載** san[1] nien[2] ping[4] eur[4] tsai[3], a curious expression to mean 5 years.

TRANSLATION

The bridal procession — passes by the gate —

there are twelve "palace lanterns" and "fixed lanterns" — banners, gongs, umbrellas, fans are on each side — eight musicians produce music — the chair which contains the girl passes on — and brings her as far as her mother-in-law's family house-gate — she enters the door and goes into the bridal room — she goes to stay with her young bridegroom — after having married her these five years there are so many babies and girls that there is no more room in the house for them.

LX

喜 雀[1] 尾 巴 長
娶 了 媳 婦 兒 不 要 娘
媽 媽 要 吃 窩 兒 薄 脆
沒 有 閒 錢 補 笊 籬
媳 婦 兒 要 吃 梨
備 上 驢
去 趕 集
買 了 梨
打 了 皮
媳 婦 兒 媳 婦 兒 你 吃 梨

NOTES

This song is inspired by the same feeling as song N° 58.[2] 窩兒薄脆 uo¹ 'r pao² ts'uei⁴, sort of

[1] "喜雀"疑为"喜鹊"。——编译者

[2] 这首歌与第 58 首（见本书第 112 页）有着相同的情感。

❸ “窝儿薄脆” uo¹’r pao² ts’uei⁴，一种又硬又便宜的饼。

❹ “笊篱” chao⁴ li²，柳条做成的大勺子，用来从锅中盛出食物。“我们没有多余的钱补笊篱”，意思是一个人并不想为无用的东西花钱，就像去补笊篱一样。

very hard and cheap cake.❸ 笊籬 chao⁴ li², a big spoon made of willow stems and used to take food out of the pan. The current phrase "we have no idle money to mend the willow spoon" means that a person has no intention of spending money for useless things, as would be to mend a willow spoon.❹ 打皮 ta³ p'i², to peel a fruit.

TRANSLATION

The magpie has a long tail — after he has taken a wife he no more wants his mother — when his mother wants to eat some cheap cake — then (he says) "there is no idle money to mend willow spoons" — when his wife wants to eat pears — then he gets ready his ass — and goes to the market — when he has bought the pears — he peels them — and asks wife, wife, will you eat pears?

LXI

小秃兒
長檪兒
你媽養活一對雙棒兒
多大了
會走咧
你媽肚子裏又有咧

NOTES

These words are addressed by one boy to another

in a joking way.[1] 小禿兒 hsiao^{3} t'u^{1} 'r, the small baldhead, the boy, used here instead of the personal pronoun "you".[2] 長樣兒 chang^{3} yang^{4} 'r, he is grown up, lit. "his figure has grown". 養活 yang^{3} huo^{2}, to bear of women; it means also to nourish, to give food. 雙棒兒 shuang^{1} pang^{4} 'r, twins, in literary language they are called 雙生 shuang^{1} sheng^{1}.[3]

TRANSLATION

You small bald-heads — are grown up — your mother has born a couple of twins — how old are they? — "they can walk" — "your mother is again in the family way".

LXII

花紅柳綠線兒
又買針兒
又買線兒
又買王媽媽褲腿帶兒

NOTES

These words are for young girls who want to begin to work early with needle and thread.[1] 花紅 hua^{1} hung^{2}, as red as red flowers are. 柳綠 liou^{3} lü^{4}, as green as willow-trees are 褲腿帶兒 k'u^{4} t'uei^{3} tai^{4} 'r, cloth bands used by women to bind the trowsers to their ankles.[2]

❶ 这些词是一个男孩以开玩笑的方式对另一个男孩说的。

❷ "小秃儿" hsiao^{3} t'u^{1}'r，小秃子，小男孩，用在这里代替人称代词"你"。

❸ "双棒儿" shuang^{1} pang^{4}'r，双胞胎，书面语称为"双生" shuang^{1} sheng^{1}。

❶ 这些词是唱给那些希望尽早做针线活的女孩们的。

❷ "裤腿带儿" k'u^{4} t'uei^{3} tai^{4}'r，妇女们用来把裤子绑在脚踝的布带。

TRANSLATION

I want red thread as red as red flowers and green thread as green as green willows — and I want to buy needles — and to buy more thread —, and to buy ankle-bands for mother Wang.

LXIII

糊糊
糊狗肉嘔
大鍋裏香
二鍋裏臭
請王媽媽來吃狗肉嘔

NOTES

Dog meat is a much appreciated dish in China. The character 糊 hu[2], is used here in want of another, and is pronounced hu[1], in the first tone. It means a special chinese way of preparing meat, by smearing it with sauce and then having it roasted in a pan. There is in the western city a restaurant called 狗肉居 kou[3] jou[4] chü[1], where roasted dog meat is provided for "amateurs".[1] 嘔 ou[4], phonetic character with no meaning here.[2]

TRANSLATION

Roast, roast — roast dog meat, oh! — the first pan smells — and the second pan stinks — I beg mother Wang to come and eat dog meat, oh!

[1] 狗肉在中国是一道很受欢迎的菜。这里的“糊”hu[2]字是为了代替另一个读作一声的hu[1]。它指的是中国一种特殊的烹饪方法，即把酱汁抹在肉上，然后放在锅里烤。城西有一家名为“狗肉居”kou[3] jou[4] chü[1]的餐馆，专为“爱好者们”提供糊狗肉。

[2] “呕”ou[4]，在这里是无意义的汉字读音。

LXV

煤模兒　　杜黎子
炒豆兒　　咕咕唒兒

NOTES

Coal dust is mixed up with sand and water and then put into small wood square boxes, out of which the coal comes in the form of a small brick. This sort of coal is called 煤鰜兒 mei[2] chien[3] 'r. When pekinese boys are so lucky as to get hold of one of those wood-boxes called 煤模兒 mei[2] mu[2] 'r, they put inside of it all their small property, as toys, or food.❶ 咕咕唒兒, ku[1] ku[1] tiu[1] 'r, seeds of dates.❷

TRANSLATION

(In) the coal-mould — (there are) roast beans — small pears — and date seeds.

LXVI

丫頭丫
會看家

❶ 煤灰与沙子、水混合后，放进方形的小木箱里，拿出来时煤就变成了小块。这种煤被称为“煤碱儿”mei[2] chien[3]'r。当北京男孩们有幸得到其中一个被称为“煤模儿”mei[2] mu[2]'r 的木箱时，他们会把玩的、吃的等所有东西都放进里面。

❷ “咕咕唒儿”，ku[1] ku[1] tiu[1]'r，枣核。

❶ "油熗蜜" iu[2] cha[2] mi[4]，由花瓣、糖和蜂蜜做成的油炸甜食。

偷老米
換芝蔴
芝蔴細
油熗蜜
棗兒糕
熱火燒
撑的丫頭叫姥姥

NOTES

油熗蜜 iu[2] cha[2] mi[4], sort of sweet cake made of flower, sugar and honey, and then fried in oil.❶ **棗兒糕** tsao[3] 'r kao, pudding of date jam. **火燒** huo[3] shao[1], "roasted on the fire" name of a cake. **撑的** ch'eng[1] ti, with a full stomach from having eaten too much.

TRANSLATION

The small girl — knows how to watch the house — she steals old rice — and barters it for sesamum seeds — the sesamum seeds are small — (and then) a sweet cake — a date-pudding — and a roasted cake — the small girl feels so overeaten that she calls for her grandmother.

LXVII

玲瓏塔
塔玲瓏

玲玲寶塔十三層
塔前有座廟
廟內有老僧
老僧當方丈
徒弟有六名
一個叫青頭愣
一個叫愣頭青
一個是僧僧點
一個是點點僧
一個奔葫蘆把
一個把葫蘆奔
青頭愣會打磬
愣頭青會棒笙
僧僧點會吹管
點點僧會撞鐘
奔葫蘆把會說法
把葫蘆奔會念經

NOTES

玲瓏 ling[2] lung[2], elegant, pleasant, smart. 老僧 lao[3] seng[1], an old buddhist priest. 方丈 fang[1] chang[4], the abbot in a buddhist monastery. 徒弟 t'u[2] ti[4], pupils who are supposed to learn the law and read the sacred books to become priests afterwards. 青頭愣 ch'ing[1] t'ou[2] leng[4], expression impossible to translate; it is applied by Chinese in a despising sense to different objects, as for instance to an

❶ "青头愣" ch'ing[1] t'ou[2] leng[4]，无法翻译。它是中国人对一些东西的蔑称，如未成熟的水果或者蝎子。

❷ "撞钟" chuang[4] chung[1]，敲钟。中国的钟没有钟槌，而是用木棍从外面敲击，木棍则用绳子挂在离钟不远的地方。

unripe fruit, or to a scorpion.❶ 磬 **ch'ing[4]** a musical stone used as a bell. 笙 **sheng[1]**, a sort of pipe. 捧笙 **p'eng[3] sheng[1]**, to hold the sheng near the mouth by the two hands, that is to say, to play the sheng. 管 **kuan[3]**, a flute. 撞鐘 **chuang[4] chung[1]**, to strike the bell; chinese bells are not provided with a clapper, but are struck from outside by means of a wood truncheon hanging by cords at a small distance from the bell.❷ 說法 **shuo[1] fa[4]**, to speak about the law, to recite a pious sermon.

TRANSLATION

How elegant is the pagoda! — how the pagoda is elegant! — the elegant pagoda has thirteen stores — before the pagoda there is a temple — in the temple there is an old bonze — the old bonze acts as abbot — and has by himself six pupils — one is called — **Ch'ing[1] t'ou[2] leng[4].** — one is called **Leng[4] t'ou[2] ch'ing[1]** — one is **Seng[1] seng[1] tien[3]** — one is **Tien[3] tien[3] seng[1]** — one is **P'en[1]-hu[2]-lu[2]-pa[4]** — one is **Pa[4]-hu[2]-lu[2]-pen[1]** — **Ch'ing[2] t'ou[2] leng[4]** can strike the musical stone — **Leng[4] t'ou[2] ch'ing[1]** can play the pipe — **Seng[1]-seng[1]-tien[3]** can play the flute — **Tien[3] tien[3] seng[1]** can strike the bell — **Pen[1]-hu[2]-lu[2]-pa[4]** can recite a sermon — and **Pa[4]-hu[2]-lu[2]pen[1]** can read the sacred books.

LXVIII

雉雞翎
抱馬城

馬城開
丫頭小子送馬來

NOTES

The military officers in the preceding dynasties used to wear on their hats feathers of the ringed pheasant (*Phasianus torquatus*) called 雉雞翎 **chih^4 chi^1 ling^2**. The boys of the present day like to ape these old fashions and stick on their hats some cock feathers, which they suppose to be those of the pheasant. Then some of them have a pasteboard horse's head, and horse's rump; the first they tie to the stomach, the other to the back, and their infantile imagination is quite satisfied, as they gallop here and there singing these verses the meaning of which is very doubtful. The pasteboard horse has inside a frame of bamboo sticks and is called 竹馬 **chu^2 ma^3**. ❶

TRANSLATION

With ringed pheasant feathers — I gallop to the horse city — the city opens the gate — and girls and boys come out leading a horse for me.

LXIX

藍靛廠
四角兒方

❶ 前朝军官习惯在自己的帽子上插上雉鸡(*Phasianus torquatus*)的羽毛。这种雉鸡的羽毛被称为“雉鸡翎”chih^4 chi^1 ling^2。现在的男孩们喜欢模仿这些旧装扮，在帽子上插一些鸡毛当作雉鸡翎。一些男孩拥有纸板做成的马头和马尾。他们发挥天真的想象力，把马头绑在肚子上，马尾绑在背上，到处飞奔唱着这些意义含混的句子。纸马内有竹子做的框架，被称为“竹马”chu^2 ma^3。

[1] 这首歌没有其他的目的，只是收集了北京和北京附近的地名。

[2] “蓝靛厂” lan^2 tien^4 ch’ang^3，大钟寺（Ta-chung-ssu）附近的一个地名，现在被旗人的军队占领。（清代蓝靛厂是旗人聚居区。——编译者）

[3] “宫门口” kung^1 men^2 k’ou^3，平则门（P’ing-tse-men）附近一条街的名称。

[4] “六郎庄” liu^4 lang^2 chuang^1，六郎的庄园。圆明园（Yüan^2-ming^2-yüan^2）南边的一个地方。事实上宫门口大街并没有对着六郎庄，因为宫门口大街在城内，而六郎庄在海淀（Hai^3-tien^4）。

[5] “跑马” p’ao^3 ma^3，士兵训练如何在马背上驰骋射箭的地方。

[6] “万寿山” uan^4 shou^4 shan^1，北京附近山上一座受人追捧的皇家行宫。这里曾经是可以参观的，但现在外国人不能进去。

宫門口緊對着六郎莊
羅鍋兒橋怎麼那麼高
香山跑馬好熱鬧
金山銀山萬壽山
皇上求雨黑龍潭

NOTES

This song has no other aim then that of collecting names of places in Peking and near Peking.[1] 藍靛廠 lan^2 tien^4 ch’ang^3 the indigo factory, name of a place near Ta-chung-ssu; the ground is now occupied by military quarters for bannermen.[2] 宫門口 kung^1 men^2 k’ou^3, is the name of a street near the P’ing-tse-men.[3] 六郎莊 liu^4 lang^2 chuang^1 “the Liou^4 lang^2’s” farm. A place to the South of Yüan^2-ming^2-yüan^2. As a matter of fact the Kung^1 men^2 k’ou^3 street and this farm cannot face one another because the street is inside of the city and the farm is in the Hai^3-tien^4.[4] 羅鍋橋 luo^2 kuo^1 ch’iao^2, the hunchbacked bridge in Yüan^2-ming^2-yüan^2 (see song N° 34). 香山 hsiang^1 shan^1 “perfumed mountains” hills near Peking. 跑馬 p’ao^3 ma^3, the place in which military men train themselves to shoot arrows whilst galloping on horseback.[5] 金山 chin^1 shan^1, gold mountain, name of another hill in the neighbourhood of Peking. 萬壽山 uan^4 shou^4 shan^1, a favourite imperial villa on a hill near Peking. It was once permissible to visit the grounds but now foreigners are no longer admitted.[6] 求雨 ch’iu^2 yü^3 to pray for rain, as the

Emperor in time of drought does himself or by deputy, according to the gravity of the situation.[7] 黑龍潭 **hei¹ lung² t'an¹**, a temple near Peking, so called because in its grounds there is a pool where a black dragon is supposed to live. The Temple is a Government one and in time of drought imperial kins are sent there to pray for rain. In this small song there is no syntaxis; the names are huddled together without distinction or explanation. The last phrase in order to express correctly the sense, ought to say in the simplest form **皇上爲求雨遣官到黑龍潭** **huang² shang⁴ wei⁴ ch'iu² yü³ ch'ien³ kuan¹ tao⁴ hei¹ lung² t'an¹**. The chinese original phrase could however be translated "and the temple of **Hei-lung-t'an** where the Emperor (goes to pray for rain or) sends people to pray for rain". As a matter of fact from **Ch'ien² lung²** till now no Emporor has gone there in person to pray for rain. He prays now for it in the 大高殿 **ta⁴ kao¹ tien⁴**, the very high hall, in the interior of the Palace.[8]

LXX

風來咯
雨來咯
老和尚背了鼓來咯

NOTES

When a storm is coming on with wind, rain,

[7] "求雨" ch'iu² yü³，祈求雨水。干旱的时候，皇帝依情况之轻重，亲自或由人代为求雨。

[8] "黑龙潭" hei¹ lung² t'an¹，北京附近的一座寺庙，如此称呼是因为在寺庙中有一个水池，池里据说住着一条黑龙。黑龙潭是一座皇家寺庙，干旱的时候，皇亲国戚会被派到那里求雨。这首小歌里没有衔接，由没有区别也没有解释的地名堆砌在一起。为了表达准确的意思，最后一句最简练的表达应该是"皇上为求雨遣官到黑龙潭" huang² shang⁴ wei⁴ ch'iu² yü³ ch'ien³ kuan¹ tao⁴ hei¹ lung² t'an¹。然而，这句汉语原文可以翻译成"皇帝在黑龙潭（求雨或）派人去求雨"。事实上，从乾隆（Ch'ien² lung²）到现在，还没有一位皇帝亲自到那里去求雨。皇帝现在在皇宫里的"大高殿" ta⁴ kao¹ tien⁴ 内求雨。

❶暴风雨来临时电闪雷鸣，北京的男孩们就会唱这些词。雷声被认为来自一个敲击的大鼓，像那些四处云游的僧人背着的鼓一样。

and thunders Pekinese boys say these words. The thunder is supposed to be produced by the striking of a big drum like those which the wandering priests take round with them.❶

TRANSLATION

The wind has come — the rain has come — the old priest with the drum on his back has come.

LXXI

高 高 山 上 一 顆 蒿
兩 個 禿 子 去 耍 刀
兩 把 刀 尖 兒 落 在 葫 蘆 兒 上
一 個 葫 蘆 兩 扇 瓢

NOTES

一顆蒿 i[1] k'o[1] hao[1], a stem of *artemisia*. This 蒿 is for 香蒿 hsiang[1] hao[1]. 禿子 t'u[1]-tzŭ, small boys, as explained before. 耍刀 shua[3] tao[1], to fence, to play with swords. 兩扇瓢, two gourd ladles-a gourd cut in the middle forms two ladles, used by poor people to put the rice in. The vulgar numeral is not 扇 but 個 ko[4].❶

TRANSLATION

On a very high mountain there is a stem of Artemisia — two boys fence with swords — the two

❶"两扇瓢"，两个葫芦勺——一个葫芦从中间切开形成两个勺，穷人用来装米。方言里的量词不是"扇"而是"个"ko^4。

sword points fell on a calabash — and from a calabash were made two ladles.

LXXII

香 爐 兒
瓦 燈 臺
爺 爺 兒 娶 了 個 奶 奶 兒 來
不 梳 頭
不 作 活
嘴 饞 手 懶 竟 愛 喝
爺 爺 兒 沒 法 兒 治
氣 的 竟 哆 嗦
說 我 打 你 這 個 拙 老 婆

NOTES

The first two verses are the ordinary **t'ou²-tzu** without any reference to what follows.❶ **香 爐 兒 hsiang¹ lu² 'r**, a metal or clay vessel to burn incense before the Gods; it means literally perfume-stove. **瓦 燈 臺 ua³ teng¹ t'ai²**, a sort of earthenware oil-lamp used in very poor houses.❷ **氣 的 ch'i⁴-ti**, he is so irritated. **哆 嗦 tuo¹ suo¹**, to tremble, to shake with anger.

TRANSLATION

An incense-stove and an earthenware lamp —

❶ 前两句是常用的"头子"（t'ou²-tzu），与下文没有任何关系。

❷ "瓦灯台" ua³ teng¹ t'ai²，一种在穷人家里用的陶制油灯。

the gentleman has married a lady — who does not comb her hair — does not work — is gluttonous and lazy and likes nothing but drinking — the husband has no way of correcting her — and is so angry that he trembles — and says : I will beat you stupid old woman !

LXXIII

小妞兒　　　錐幫子兒
坐椅子兒　　衲底子兒

NOTES

Girls in poor families make their own shoes.[1] 錐幫子 **chui¹ pang¹ tzü**, to bore with an awl holes into the cloth for binding it to the sole. 衲底子 **na⁴ ti³-tzŭ**, to beat the sole to harden it. The sole is made of felt.

[1] 穷人家的女孩要自己做鞋。

TRANSLATION

The little girl — is sitting on the chair — bores the sides of the shoe — and beats the sole of the shoe.

LXXIV

爺爺抱孫子
坐在波稜蓋兒

羊肉包子蘸醋蒜兒
吃完了撒嬌兒
過來打你爺爺三嘴巴兒

NOTES

蘸 chan[4], to dip in, said of a brush in the ink, or of meat in the sauce. 醋蒜兒 ts'u[4] suan[1] 'r, sort of sauce made of vinegar and bits of garlic. 撒嬌兒 sa[1] chiao[1] 'r, to gambol, to tease, said of spoilt children. 嘴巴 tsuei[3] pa[1], a blow in the face.

TRANSLATION

The grandfather embraces his grandson — who sits on his knees — (the grandfather says) here are meat-balls to dip in vinegar sauce — when you have finished eating you will be saucy — and will come over to hit your grandfather three blows in the face.

LXXV

小脚兒娘
愛吃糖
沒錢兒買
搬着小脚兒哭一塲

❶"搬脚" pan[1] chiao[3]，用手握着两脚，双腿交叉而坐。孩子们在难过和哭的时候经常这样坐着。

NOTES

搬脚 pan[1] chiao[3], to sit down with crossed legs holding the feet in the hands. Children often sit so when disappointed and weeping.❶

TRANSLATION.

The little lady with the small feet — likes to eat sugar — but has no money to buy it — and sits crosslegged and weeps for a good while.

LXXVI

高 高 山 上 一 座 樓
兩 個 姑 娘 去 梳 頭
大 姐 梳 的 盤 龍 髻
二 姐 梳 的 賽 花 樓
三 姐 沒 的 梳
一 梳 梳 了 個 獅 子 滾 繡 毬
大 姐 坐 的 是 金 板 凳
二 姐 坐 的 是 銀 板 凳
剩 下 三 姐 沒 的 坐
一 坐 坐 在 一 盤 磨
大 姐 抱 着 個 金 娃 子
二 姐 抱 着 個 銀 娃 子

— 109 —

三姐沒得抱
一抱抱着個樹磕杈

NOTES

盤龍髻 p'an[2] lung[2] chi[4], sort of women's head dress; literally coiled dragon chignon.[1] 賽花樓 sai[4] hua[1] lou[2], another sort of head dress very high and adorned with flowers; it means literally "tower which emulate the flowers".[2] 獅子滾繡毬 shih[1] tzŭ kun[3] hsiou[4] ch'iu[2], "a lion who rolls an embroidered ball" sort of amusement in the fairs. Two men dress themselves as lions and then fight, in the same time pushing with the feet a large embroidered ball. Here the phrase is used in the meaning of "confused, not well done, ruffled".[3] — 盤磨 i[1] p'an[2] muo[4], a mill-stone.

TRANSLATION

On a very high mountain there is a high tower — two girls go there to comb their hair — the eldest sister combs her hair into a "coiled dragon chignon" — The second sister combs her hair into a "rivalling flowers tower chignon" — the third sister has no other way of combing her hair — and combs it in a ruffled way — the first sister sits on a golden stool — the second sister sits on a silver stool — there remains the third sister who has no room to sit — and sits on a stone-mill — the first sister folds in her arms a golden baby — the second

❶"盘龙髻" p'an[2] lung[2] chi[4]，女人头饰的一种，字面意思是盘绕的龙脊。

❷"赛花楼" sai[4] hua[1] lou[2]，另一种很高的用花装饰的头饰，字面意思是"像赛花楼一样"。

❸"狮子滚绣球" shih[1] tzŭ kun[3] hsiou[4] ch'iu[2]，集市上的一种娱乐活动。两个男人把自己打扮成狮子，打闹着，同时用脚推着一个大绣球。这个短语在这里的意思是"乱的、不好的、皱巴巴的"。

— 110 —

sister folds in her arms a silver baby — the third sister has nothing to fold in the arms — and folds a forked branch.

LXXVIII

你 媽 七
我 媽 八
你 媽 小 脚 兒 開 黃 花
左 一 盤 兒
右 一 盤 兒
你 媽 肚 子 裏 有 小 孩 兒
多 大 了
會 走 了
你 媽 肚 子 裏 又 有 了

NOTES

Two things are to be observed in the first two verses. Apparently there is nothing wrong in them but it is quite the contrary. Ladies generally avoid pronouncing in succession the numbers seven ch'i[1] and eight pa[1], because, these two syllabes put together, give a sound very similar to that of an

❶ 在前两句中有两件事要注意。虽然它们好像没有错，但恰恰相反。妇女们通常会避免将数字“七”（ch'i^{1}）和“八”（pa^{1}）连读，因为这两个音节连读的时候，其发音与中国男人们常说的一个双关词非常相似。现在，在这首歌谣中，这两个音节是分开的，但中国人都能理解它的意思。更重要的是，简单地翻译为数字并不能传达头两句的意义。而且，数字“八”是中国人称呼“玉门”yü^{4} men^{2} 的高级说法。因此，第二句会让人不适。

❷ “开黄花”k'ai^{1} huang^{2} hua^{1}，在北京俚语中，“黄花脚”的意思好像是小脚。

❸ “一盘儿”i^{1} p'an^{2}'r，一次旅程，散步。

equivocal word largely spoken by Chinamen. Now in this case the two syllabes are separated but no Chinese will fail to understand the meaning of it, so much more that translating the numerals simply as they are, would convey no meaning in the two first verses. Again-the word 八 that is to say the number eight, has been chosen by Chinese to mean what in higher style would be called 玉門 **yü^{4} men^{2}**. Therefore the meaning of the second verse cannot be an edifying one.❶ 開黃花, **k'ai^{1} huang^{2} hua^{1}**, "to open yellow flowers" it seems that in Pekinese slang a "yellow flower foot" means a small foot.❷ — 盤兒 **i^{1} p'an^{2} 'r**, a tour, a walk.❸

TRANSLATION

Your mother "seven" — your mother "eight" — your mother has small feet — a tour to the left — and a tour to the right — your mother is in a family way — "how old is the baby"? — "he can walk" — your mother is again in a family way.

LXXIX

桃 樹 葉 兒 尖
荷 花 葉 兒 圓
梔 子 開 花 兒 喚 牡 丹
仙 人 掌 手 拿 三 棱 兒 草
淑 氣 花 開 挨 了 一 頓 覇 王 鞭

NOTES

仙人掌 hsien[1] jen[2] chang, a cactus, (*Opuntia Dillenii*). 三棱草 san[1] leng[2] ts'ao[3], lit. "grass with three edges" a three-cornered sedge (*Cyperus*). 淑氣花 shu[2] ch'i[4] hua[1], called in vulgar language 蜀角 shou[2] chiao[4] (the original pronunciation and tones ought to be shu[3] chiao[3]), the hollyhock (lat. *Althæa rosea*). 覇王鞭 pa[4] uang[2] pien[1], tyrant's whip, a sort of cactus, called so because of its resemblance to an iron whip property of a king of the Ch'u 楚 kingdom, renowned for his bodily strength, named 項羽 Hsiang[4] yü[3]. In the last verse the phrase has a double meaning as 挨一頓鞭 ai[2] i[1] tun[4] pien[1], means to receive a number of whip blows.❶

TRANSLATION

The peach tree leaves are pointed — the lotus leaves are round — the gardenia opens its flowers and calls the peony tree flower — the cactus (the wise man's palm) holds in its hands the three cornered sedge — the hollyhock flower opens and receives a good many blows from the "tyrant's whip".

LXXX

小小子兒
拿倒錘兒

❶“霸王鞭”pa[4] uang[2] pien[1]，仙人掌的一种，之所以这样叫，是因为它类似于楚霸王项羽的铁鞭，楚霸王以身体强壮而闻名。在最后一句中，“挨一顿鞭”ai[2] i[1] tun[4] pien[1]有双重含义，意思是受鞭打。

❶ “锤” ch’ui², 男孩的玩具，它模仿的是一种古老的武器，这种武器现在只能在戏院里看到。锤是由一个附着在手柄上的大铁球组成的，可以与西方中世纪的权杖相媲美。

❷ “怯屋子” ch’ie⁴ wu¹ tzŭ，普通简陋的房间，像田间劳动者的房子。

開 開 怯 屋 子 兩 扇 門 兒
八 仙 棹 子 兒 漆 椅 子 兒
足 登 着 脚 搭 子 兒
水 滿 壺
洗 臉 子 兒
四 樣 兒 菜 有 名 景
嫩 根 兒 嫩 韭 菜
八 大 燴 蝦 仁 兒
燒 猪 燒 鴨 子 兒
天 上 大 娘 是 個 道 人 兒
撤 下 葷 席 擺 素 席 兒
叫 聲 大 娘 吃 飽 了
上 南 台
聽 大 戲
芭 蕉 扇 兒
打 蚊 子 兒

NOTES

拿倒 na² tao⁴, to hold a thing just in the opposite way form that in which it ought to be held, for instance taking a sword by the point. 錘 ch'ui², a toy for boys which imitates an ancient weapon to be seen now only on the theatres, it is formed of a large ball of iron to which is attached a handle, and can be compared to our mace used in the middle ages.❶ 怯屋子 ch'ie⁴ wu¹ tzŭ, a common, plain room, as of labourers in the fields.❷ 八仙棹子 pa¹ hsien¹ chuo¹ tzŭ, a table for eight persons. 漆椅子 ch'i¹ i³ tzŭ, lacquered chairs. **脚搭子** chiao^{3} ta^{1} tzŭ, a small four-legged stool to lay the feet on. **竄子** ts'uan^{4} tzŭ, very vulgar name for a kettle.❸ **名景** ming^{2} ching^{3}, fame, renown. **嫩根兒** nen^{4} ken^{1}'r, with delicate stems. **韭菜** chiou^{3} ts'ai^{4}, leeks. **八大** pa^{1} ta^{1} instead of **八大碗** pa^{1} ta^{1} wan^{3}, the eight entries in a good chinese dinner. The verse is very laconic.❹ **燴蝦仁兒** huei^{4} hsia^{1} jen^{2}'r, shrimp pulp with sauce. **天上大娘** t'ien^{1} shang^{4} ta^{4} niang^{2}, a fairy in heaven, but here very probably a term of flattery for a nun.❺ **道人兒** tao^{4} jen^{2}'r, said also in relation to above, a person who has reached the perfection of reason, a holy person. **葷席** hun^{1} hsi^{2}, a dinner comprising meat and food, which persons in monastic life should abstain from eating.❻ **南台** nan^{2} t'ai^{2}, the theatre placed on the Southern side. **芭蕉** pa^{1} chiao^{1}, palm tree. **打蚊子** ta^{3} uen^{2}-tzŭ, to drive away the sandflies.

TRANSLATION

The small boy — holding the mace by the head — opens the two leaves of the door of the plain room — (inside there are) one table for eight people and varnished chairs — he leans his feet on a small footstool — the tea pot is overfilled with water — and washes the kettle — four sorts of food are there spread out — delicate leeks with delicate stems — and eight plates with sauced shrimp pulp — pork with sauce and roasted duck — (the nun) like the great lady in heaven is a holy person — and she has the common food removed and vegetable food

❸“窜子”ts'uan^{4} tzŭ，水壶的俗称。

❹“八大”pa^{1} ta^{1} 代替了“八大碗”pa^{1} ta^{1} wan^{3}，八大碗是一顿不错的中餐。这一句很简洁。

❺“天上大娘”t'ien^{1} shang^{4} ta^{4} niang^{2}，天上的仙女，但这里很可能是对尼姑的奉承说法。

❻“荤席”hun^{1} hsi^{2}，由肉食组成的宴席，这是出家人禁食的。

prepared — people call out: the great lady has eaten to fullness — and goes to the Southern stage — to see the play — and with a palm-leaf fan — strikes away the mosquitoes.

LXXXI

高高山上一顆蔴
有個吉了兒往上爬
我問吉了兒爬怎的
他說渴了要吃蔴

NOTES

吉了兒 chi² liao³'r, the cicada, correctly written **蝍蟟兒**.❶ **怎的 tsen³ ti**, antiquated form for **怎麼着 tsem³ mo cho**, how? why?❷ **吃蔴 ch'ih¹ ma²**, to eat hemp, a curious way of letting thirst pass away.❸

TRANSLATION

On a very high mountain there is a stem of hemp — there is a cicada who creeps on it — I ask the cicada, why do you creep on? — and she says: I am thirsty and want to eat hemp.

LXXXII

好熱天兒
掛竹簾兒

❶"吉了儿"chi² liao³'r，蝉，正确的写法是"蝍蟟儿"。

❷"怎的"tsen³ ti，"怎么着"tsem³ mo cho 的旧说法，意思是怎么样、为什么。

❸"吃麻"ch'ih¹ ma²，一种奇怪的解渴方式。

歪脖兒樹底下
有個妞兒哄着我頑兒
穿着一件大紅坎肩兒
沒有沿邊兒
梳油頭
別玉簪兒
左手拿着玉花籃兒
右手拿着梔子茉莉串枝蓮兒

NOTES

歪脖兒樹 uai[1] puo[2]'r shu[4], "trees with a crooked neck" crooked trees. 大紅 ta[4] hung[2], deep red. 沿邊兒 yen[2] pien[1]'r, coloured border of ladies dresses. 油頭 iu[2] t'ou[2] a hairdress combed with odorous oil. 別 pie[2], there is no particular character for the meaning; it means to wear pins in the hair as women do.❶ 花籃兒 hua[1] lan[2]'r, a flower basket.

TRANSLATION

What a hot day — set up the bamboo curtain! — under the crooked trees — there is a small girl who plays and jests with me — she wears a deep red waistcoat — without coloured border — she has combed her hair with oil — and has stuck jade pins into her hair — in the left hand she helds a flower basket — and in the right hand she helds gardenias, jasmine and wild lotus flowers.

---

❶ "别" pie[2]，没有哪个汉字能对应这个意思。它指的是像女人一样在头发上戴发夹。

❶ 这首歌的开头很不雅，但我不能把它从这首歌中删掉。

❷ "鼻儿" pi^2'r，笛子的吹口，因此"吹鼻儿" ch'ui[1] pi^2'r，意为吹笛子或其他管乐器。这句话暗指随新娘花轿伴奏的乐手。

LXXXIII

羊 巴 巴 蛋 兒
用 脚 撮
你 是 兄 來 我 是 哥
打 壺 酒 兒 偺 們 倆 人 喝
喝 醉 了
打 老 婆
吹 鼻 兒 打 鼓 再 娶 一 個

NOTES

The beginning of this song is nasty but I could not cut it off the song.❶ 羊巴巴蛋兒 yang[2] pa[3] pa[3] tan[4]r, goat dung — 打壺酒兒 ta[3] hu[2] chiou[3], to go to buy a bottle of wine. 鼻兒 pi[2]'r, the mouth of a flute, therefore 吹鼻兒 ch'ui[1] pi[2]'r, means to play the flute or other wind instrument. This phrase alludes to the band of players which accompanies the chair of a bride.❷

TRANSLATION

Goat's dung — crushed by the foot — you are my second brother and I am your first brother — go and buy a bottle of wine; we will both drink it — when I am drunk — I will beat my wife — and then with flute-players and drummers I will marry another.

LXXXIV

高高山上有個小廟兒
裏頭住着個神道兒
頭戴草帽兒
身穿藍罩兒
腿穿皮套兒
腰繫草要兒
四個小鬼抬轎兒
兩個小鬼嗢兒哇嗢兒哇吹號兒
解南來了一個青春年少兒
手裏提溜千張元寶兩吊兒
進廟兒
求個懷抱兒
給我懷抱兒還罷了
不給我懷抱兒
點把火
灰兒花兒燒你的小廟兒
神道兒聞聽心好惱
叫聲小鬼發票兒
快拿青春年少兒
嚇的青春年少兒
咕嘟咕嘟冒泡兒

NOTES

罩兒 chao^{4}'r, very thin overcoat which the Chinese

❶“罩儿”chao^{4}'r，中国人穿在衣服之外的非常薄的外套。

❷“草要儿”ts'ao^{3} yao^{4}'r，一种用干草做成的绳子，用来把蔬菜捆在一起，在这里用作腰带。

❸“温儿哇”weur^{1} wa^{1}，模仿喇叭的声音。

❹“千张”ch'ien^{1} chang^{1}，一种在仪式中燃烧的纸梯子，以便给鬼魂一条升天之路。

❺“元宝两吊”yüan^{2} pao^{3} liang^{3} tiao^{4}，两串形似银元宝的纸钱，中国人把它和其他祭品一起烧给死者。

❻“灰儿花儿”hui^{1}'r hua^{1}'r，想要模仿大火的声音。

❼“发票”fa^{1} p'iao^{4}，签发逮捕令去抓捕人。

❽“冒泡儿”mao^{4} p'ao^{4}'r，像刚从水里出来的鱼那样大口喘气。这样说是为了表现小女孩极度的恐惧。

❾“咕嘟咕嘟”ku^{1} tu^{1} ku^{1} tu^{1}，模仿从喉咙里呼气发出的咕噜声。

wear over their clothes.❶ 草要兒 ts'ao^{3} yao^{4}'r, sort of rope made of dry grass to bind vegetables together, and in this case as a girdle.❷ 温兒哇 weur^{1} wa^{1}, imitates the sound of the trumpet.❸ 吹號 for 吹號筒 ch'ui^{1} hao^{4} t'ung^{3}, to blow the trumpet. 青春 ch'ing^{1} ch'un, the pure spring, the flower of life, youth. 千張 ch'ien^{1} chang^{1}, a paper ladder burned in ceremonies in order to give the spirits a way to ascend to heaven.❹ 元寶兩吊 yüan^{2} pao^{3} liang^{3} tiao^{4}, two strings of paper money, resembling the silver yüan-pao, which the Chinese burn for their dead and in other offerings.❺ 懷抱兒 huai^{2} pao^{4}'r, something to carry in the bosom, a child. 一把火 i^{1} pa^{4} huo^{3}, a bundle of combustible matter for obtaining a fire. 灰兒花兒 hui^{1}'r hua^{1}'r, wants to imitate the noise of a conflagration.❻ 發票 fa^{1} p'iao^{4}, to issue a warrant to arrest a man.❼ 冒泡兒 mao^{4} p'ao^{4}'r, to gasp and let air out of the mouth as fish does when just taken out of the water; that is said to show the agonizing fear of the young girl.❽ 咕嘟咕嘟 ku^{1} tu^{1} ku^{1} tu^{1}, imitates the gurgling round of the air gasping out of the throat.❾

TRANSLATION

On a very high mountain — there is a small temple — inside is sitting a holy man — who wears on his head a dry grass hat — and on his body an azure cloak — and on his legs skin leggings — and round his waist a grass rope for girdle — four small devils bear the chair — two small devils blow the trumpet — from the South has come a young girl in the bloom of life — who has in her hands a paper ladder and paper money — she enters the temple — to pray for a child — (she says:) give me a child and it shall be all right — if you do not give me a child — I will make a fire — and burn your small temple — the holy man hearing this is very much angry — and calls for the small devils to issue a warrant of arrest — (saying) quickly apprehend this young woman in the bloom of life, — but the young woman in the bloom of life is so scared that she gasps for breath.

LXXXV

有個妞兒不害羞
管着賣花的叫舅舅
舅舅舅舅給我一朶紅石榴
懷裏揣
袖裏袖
利利拉拉一大溜

NOTES

揣 ch'uai, means to feel, to grope, and also to hide in the bosom, as Chinese do because of their not having pockets.[1] 袖 hsiou⁴, a sleeve, and also, to place in the sleeve 利利拉拉 li⁴ li⁴ la¹ la¹ — without interruption-without end. 一大溜 i¹ ta⁴ liu⁴, a great row a great number of.

[1] "揣" ch'uai，意思是感受、摸索，藏在怀里。中国人这样做是因为他们没有口袋。

TRANSLATION

There is a small girl who does not feel ashamed — and calls the flower seller her own uncle — uncle, uncle give me a flower of the red pomegranate — I will put it in my bosom — I will put it in my sleeve — and all the ground shall be strown with flowers.

LXXXVI

有 個 小 禿 兒 本 姓 高
初 一 十 五 把 香 燒
人 家 燒 香 爲 兒 女
禿 子 燒 香 爲 長 毛
到 了 三 天 毛 長 上
又 燒 香
又 掛 袍
到 了 三 天 毛 掉 了
搬 倒 了 老 爺 架 火 燒
老 爺 一 見 冲 冲 怒
拿 起 大 刀 就 開 瓢

NOTES

The Chinese are accustomed to burn incense on the first and fifteenth of a month.❶ 爲長毛 uei[4] chang[4] mao[2], to make the hair grow. 掛袍 kua[1] p'ao[2], "to put on Buddha's body a jacket". Some people who want to get a favour from the Divinity, to soothe

❶ 中国人习惯在每月的初一和十五烧香。

him, buy a silk or satin jacket which they themselves put on his body.[2] 搬倒了 pan¹ tao³ la, he upset the God. 老爺 lao³ ye², Mister, Sir, gentleman, here it is instead of 關老爺 kuan¹ lao³ ye², the God of war.[3] 架 chia⁴, to lean the object on a stand, here in order to burn it completely. 冲冲怒 ch'ung¹ ch'ung¹ nu⁴, in great irritation.

TRANSLATION.

There was a small bald-headed man, whose name was Kao — who went to burn incense on the first and on the fifteenth — people burn incense to get a son or a daughter — but the baldheaded man burns incense to make his hair grow — after three days the hair was growing — and he burns incense — and dresses the God with a new jacket — after three days the hair fell off — and he upset the Kuanti statue and placed him against a stand to burn him — But Kuanti seeing that, was awfully irritated — he took up his great halberd and split the man's calebash (head) into two ladles.

LXXXVII

立立立立站兒
上河沿兒
一個猪劈兩半兒
你一半兒
我一半兒
打酒就酒菜兒

[2] "褂袍" kua¹ p'ao², "给佛身穿上袍子"。有些人想得到神的恩惠，就买一件丝绸或缎子做的袍子，披在佛身上。

[3] "老爷" lao³ ye², 先生、爵士、绅士，这里代替的是战神"关老爷" kuan¹ lao³ ye²。

❶ 为了押韵，第一个字“立”重复了四遍。

❷ “就酒菜儿” chiou[4] chiou[3] ts'ai[4]'r，喝酒时吃的食物，这里指的是猪头肉。

NOTES

The first word li[4] is reapeted four times for the sake of the rhythm.❶ 就酒菜兒 chiou[4] chiou[3] ts'ai[4]'r, to accompan ythe food which is generally taken whilst drinking wine; here it alludes to the pig's head.❷

TRANSLATION

I top here — go on the banks of the river — of a pig's head we will make two portions — you will get a half — and I will get a half — and we will go and buy wine to suit the wine-food.

LXXXVIII

鑼鍋兒橋❶
萬壽山
鎭海銅牛在上邊
賣豆腐腦兒的
喝喝連連在海淀

NOTES

This song is not very intelligible; names of places are put together without any apparent reason. 鎭 chen[4], to protect against bad luck and danger. 鎭物 chen[4] u[4], an object which counteracts evil influences. The brass ox which is spoken of here is on the shore of the lake k'un[1] ming[2] hu[2] and is there to oppose the danger which chinese believe would arise from the overflowing of the lake. In the lake there is suppo-

❶ “罗锅儿桥”原文疑错为“锣锅儿桥”。——编译者

sed to be a 海眼 hai[3] yen[3], that is to say a "sea-eye" a hole in the bottom of the lake which communicates with the sea, and out of which all the sea water would rise and overflow the country.[2] The lake 昆明湖 k'un[1] ming[2] hu[2] is in the Haitien in the neighbourhood of Peking. 在上邊 tzai[4] shang[4] pien[1], on the shore. 豆腐腦 tou[4] fu[3] nao[3], sort of bean-curd. 喝喝 ho[1] ho[1], cries of vendors in the street. 連連 lien[2] lien[2], without interruption.[3]

TRANSLATION

The hunchback bridge — Wan-shou-shan — the brass oxen on the shore, which protects the country from the sea water — the vendors of bean curd — go along crying their ware without interruption.

LXXXIX

黑老婆兒
滿地滾
嗔着他男人不買粉
買了粉他不搽
嗔着他男人不買蒜
買了蒜他不打
嗔着他男人不買馬
買了馬他不餵
嗔着他男人不買櫃
買了櫃他不盛

[2] 这首歌不太容易理解，莫名其妙地将地名堆积在一起。“镇”chen^4，防止厄运和危险。“镇物”chen^4 u^4，指辟邪物。这里所说的铜牛被放在昆明湖岸边，以对抗中国人认为的因湖水泛滥而产生的危险。湖中应该有一个“海眼”hai^3 yen^3，也就是湖底与海相连的一个洞，所有海水都会从那里涌出，淹没整个国家。

[3] “喝喝”ho^1 ho^1，街头小贩的叫卖声。“连连”lien^2 lien^2，不间断地。

嗔着他男人不買繩
買了繩他上弔
嚇了他男人一大跳

NOTES

滿地滚 man[3] ti[4] kun[3], rolls all over the ground. 嗔着 ch'en[1] cho[2], speaking angrily, scolding. 打蔴 ta[3] ma[2], to beat the hemp, to take away the bark from the stems. 盛 here read ch'eng[2], to fill something with, to put, to place in. 上弔 shang[4] tiao[4], to hang oneself.

TRANSLATION

The old brown woman — rolls herself all over the ground — scolding because her husband does not buy cosmetic for her — but when he has bought cosmetic then she does not use it — scolding because her husband does not buy hemp for her — when he has bought hemp, then she does not thrash it — scolding because her husband does not buy a horse — when he has bought a horse, she does not feed it — scolding because her husband does not buy a wardrobe — when he has bought the wardrobe, she does not puts her things there — scolding because her husband has not bought a cord — when he has bought a cord, she hangs herself — and frightens her husband to death.

XC

小 小 子 兒
胖 咕 圇 整 兒
骼 臂 上 戴 着 個 金 鐲 子 兒
身 穿 紅 兜 肚 緑 褲 子 兒
腦 袋 瓜 兒 梳 着 個 歪 毛 兒
一 笑 倆 酒 窩
一 走 一 哆 嗦
拉 着 姐 姐 偕 們 買 果 子

NOTES

胖咕圇整兒 p'ang^4 ku^1 lun^1 tun^1'r, fat and round, said of a child. 兜肚 tou^1 tu^4, a covering for the stomach worn by children. 腦袋瓜兒 nao^3 tai^4 kua^1'r, the head, the skull, a jocular expression. 歪毛兒 uai^1 mao^2 'r, a round tuft of hair which small boys wear either on the right or on the left of the head.[1] 酒窩兒 chiu^3 uo^1'r, dimples in the cheek.

TRANSLATION

The very little boy — is round and fat — he wears a gold bracelet on his arm — and wears a red stomach protector and green trowsers — on his head he wears a tuft of hair — when he laughs two dimples appear on his cheeks — when he walks all his body trembles — and taking the elder sister by the hand says: elder sister, let us go and buy fruit.

---

[1] “歪 毛 儿” uai^1 mao^2'r，小男孩留在头的右边或左边的一绺圆形的头发。

❶ 为了押韵，用“妞人儿”niu[1]-jen[2]，代替“妞儿”niu[1]'r。

❷ “排环坠儿”p'ai[2] huan[2] chuei[4]'r，一种女性耳饰。

XCI

黃 城 根 兒
一 溜 門 兒
門 口 兒 站 着 個 小 妞 人 兒
有 個 意 思 兒
白 布 汗 褟 兒 藍 布 褲 子 兒
耳 朵 上 戴 着 排 環 墜
頭 上 梳 的 是 大 抓 髻 兒
搽 着 胭 兒
抹 着 粉 兒
誰 是 我 的 小 女 婿 兒

NOTES

皇城 huang[2] ch'eng[2], the wall which goes round the imperial city. 城根兒 ch'eng[2] ken[1]'r, near the wall, opposite to it. 妞人兒 niu[1]-jen[2], rather affected for the sake of rhyme instead of the simple 妞兒 niu[1]'r.❶ 有個意思兒 iou[3] ko[4] i[4] ssu[4]'r, there is a thought, it is amusing pleasant to look at it and to think of it. 排環墜兒 p'ai[2] huan[2] chuei[4]'r, a sort of earrings for women.❷ 搽胭 ch'a[1] yen[1], to rub rose cosmetic on the cheeks or on the palms of the hands. 抹粉 muo[3] fen[3], to rub white cosmetic powder on the cheeks. 小女婿兒 hsiao[3] nu[3] hsü[4], a small son-in-law, said to a girl to mean her bridegroom.

TRANSLATION

Near the wall of the imperial town — there is

a row of doors — near a door there stands a small girl — she is really nice — with a shirt of white cloth and trowsers of blue cloth — she wears round ear-rings — and has a great chignon on her head — on the face she has rubbed red powder — and white powder — who shall be my bittle bridegroom?

XCII

蒼蝙蝠　　你是奶奶兒
穿花鞋　　我是爺

NOTES

The first two verses are the common introduction without definite meaning.❶ 簷蝙蝠 the bat is called in suhua yen⁴ pien⁴ hu³, but the regular pronunciation ought to be yen² pien⁴ fu². As to the fact of wearing embroidered shoes, the chinese explain as follows: sometimes in order to catch a bat, a shoe is thrown in the air, and the bat himself runs into the shoe and so falls to the ground and is taken. Very likely the need of a rhyme has forced in the whole phrase.❷

TRANSLATION

The bat — wears embroidered shoes — you are a wife — and I am a husband.

---

❶前两句是常见的开头，没有明确的意思。

❷俗话称蝙蝠为“檐蝙蝠”yen^4 pien^4 hu^3，但正常的发音应该是yen^2 pien^4 fu^2。至于穿花鞋的事，中国人如此解释：有时为了抓住蝙蝠，他们会把鞋扔到空中，蝙蝠会自己跑到鞋里，然后掉到地上被人捡走。很有可能是因为押韵的需要，整段都被压缩了。

❶“花儿花儿”hua¹'r hua¹'r，是在叫一只猫，相当于英语里的“咪咪！咪咪！”“花儿狐狸”hua¹'r hu² li²，带斑纹的狐狸，它是老太太养的一只猫的名字。

❷“鞭打绣球”pien¹ ta³ hsiou⁴ ch'iu²，字面意思是“打绣球的鞭子”。人们会以稀奇古怪的名称来区分猫的毛色。鞭打绣球指一只有黑色尾巴、前额上有一个黑点的猫，它用长长的黑色尾巴（鞭子）打前额上的黑点（绣球）。

❸“金镶玉”chin¹ hsiang¹ yü⁴，猫的毛色的另一个名称。金镶玉指猫的皮毛是白色的，上面有黄色的斑点。

❹“雪里送炭”hsüe³ li³ sung⁴ t'an⁴，另一个猫的名字，字面意思是“把炭送到雪里”，指长着黑色皮毛、四个白色爪子的猫。

XCIII

老太太叫貓
花兒花兒花兒狐狸喲
我們的貓有名兒
鞭打繡球金鑲玉
雪裏送炭四個銀蹄
有人要偷了我們的貓兒去
抽了你的筋來
剝了你的皮

NOTES

花兒花兒 **hua¹'r hua¹'r**, is equivalent to the english puss! puss! to call a cat. **花兒狐狸** **hua¹'r hu² li²** striped fox-the name of one of the cats belonging to the lady.❶ **鞭打繡球** **pien¹ ta³ hsiou⁴ ch'iu²**, means literally "a whip that beats the embroidered ball". The coats of cats have different curious names to distinguish them. This phrase means a cat which has a black tail and a black spot on the forehead, meaning that with his long black tail (the whip) he strikes the black spot on the forehead (the embroidered ball).❷ **金鑲玉** **chin¹ hsiang¹ yü⁴**, another name for a cat's coat "jade inlaid with gold" a cat with a white coat with yellow spots.❸ **雪裏送炭** **hsüe³ li³ sung⁴ t'an⁴**, another name, literally explained "coal sent in the snow" a black coat with four white paws.❹ **銀蹄** **in²-t'i²**, a silver hoof, said of white hoofs and paws.

TRANSLATION

The old lady calls the cat — puss, puss ! Fox — our cats have all a name — (there is) " the whip that beats the embroidered ball " and " jade inlaid with gold " — and more " coal brought in the snow " with four white paws — if there is a man who wants to steal away my cat — I will draw out your muscles — and peel away your skin.

XCIV

小秦椒兒
怎麼不辣
我爸爸瞧見我媽就害怕
跪在地下頂着個燈
還怕流了油兒搾了蠟
我媽要洗脚
我爹往前跑
脫了襪子還說香
要是說臭挨嘴巴
裝過袋烟兒
遞過碗茶兒
樂的我媽呲着牙兒
我爸爸叫了一聲孩兒他媽
老太太兒饒了我罷
再要生氣我滾出去
從今兒永遠我不囘家

❶ 这首歌应该是一个小男孩唱的，他天真地讲述了父母之间的争执。在中国，虽然家法严格，而且与西方的不同，但还是有不少怕老婆的丈夫。现在流传着很多的轶事。

❷ “秦椒” ch'in^{2} chiao^{1}，辣椒（拉丁语 *Capsicum annuum*）。这里把家庭主妇比作辣椒并无不妥。

❸ “顶着灯” ting^{3}-cho^{1}-teng^{1}，头上顶着一盏灯。一个怕老婆的丈夫被开玩笑要求跪在妻子面前，妻子命令他头上顶着一盏油灯，并一直保持这个姿势，作为惩罚。因此，丈夫必须忍受油从灯上滴下来烫伤背的痛苦。这个说法非常常见，因此取笑一个人最常见的伎俩之一就是警告他背上有油渍。每个人都知道这个谎言暗示了什么。

❹ “孩儿他妈” hai^{2}'r t'a^{1} ma^{1}，丈夫对给他生了孩子的妻子的称呼。而妻子则称丈夫为“孩儿他爸爸” hai^{2}'r t'a^{1} pa^{1} pa^{1}。它们的省略形式是“他妈”和“他爹”。

NOTES

This song is supposed to be sung by a small boy who innocently relates the strife between father and mother. In China although the family laws are severe and different from ours, yet there exists a sufficient number of henpecked husbands. A number of anecdotes regarding uxorious husbands are currently spread.❶ 秦椒 ch'in^{2} chiao^{1}, chillies (lat. *Capsicum annuum*); very likely here the house wife is not wrongly likened to the chillies.❷ 爸爸 pa^{4} pa^{4}, common appellation for father, and the same as our papa. 頂着燈 ting^{3}-cho^{1}-teng^{1}, bearing a lamp on the head; a henpecked husband is jestingly supposed to kneel down before his wife, who orders him as a punishment to stay a long time in that position, with an oil-lamp on his head. So the husband must endure the pain of being scalded by the oil that drops down from the lamp and runs on his back. This notion is so generally known and jested about that one of the must common tricks to produce general hilarity is to alarm a friend by saying he has got oil-stains on his back. Everybody understands what fictions that alludes to.❸ 油 iu^{2}, for oil is intended here the product of the melting of wax. —袋烟 i^{1} tai^{4} yen^{1}, a pipe filled with tobacco. 孩兒他媽 hai^{2}'r t'a^{1} ma^{1}, "the children's mother" title given by the husband to a wife who has born children to him. The wife in her turn calls the husband 孩兒他爸爸 hai^{2}'r t'a^{1} pa^{1} pa^{1}, the children's father. Two abridged phrases for that are 他媽 and 他爹.❹

TRANSLATION

The small chillies — how could they not be bitter? — when my father catches sight of my mother, he is afraid — he kneels down with a lamp on his head, — and is also afraid lest the oil should run down, or the candle should fall — when my mother wants to wash her feet — my father runs forward — when he has taken down the socks he says that it is scented — if he says it is bad smelling he gets a slap on the face — when he has filled her pipe — and handed over to her a cup of tea — my mother is so delighted that she shows her teeth — my father has once called her : o mother of my children — old lady, forgive me, now — if you are going to get angry again, I will roll away — and from now henceforward I will never come back home.

XCV

蒿子燈　　今兒點
荷葉燈　　明兒個扔

NOTES

On the fifteenth day of the seventh moon is celebrated the Feast of the Spirits 中元節 chung^{1} yüan^{2} chie^{2}. In the evening many lanterns are lighted on the streets.[1] 蒿子燈 hao^{1} tzŭ^{3} teng^{1}, it is not a lantern but a whole plant of artemisia on the branches of which incense sticks are bound and then lighted.[2]

[1] 七月十五是祭祀亡魂的节日“中元节”chung^{1} yüan^{2} chie^{2}。晚上在街上会点亮许多灯。

[2] “蒿子灯”hao^{1} tzŭ^{3} teng^{1}，它不是一个灯笼，而是一整株蒿属植物，在蒿子秆上绑上香然后点燃。

❸“荷叶灯”ho[2] ye[4] teng[1]，另一种做成荷叶状的灯笼，上面固定着蜡烛。

荷葉燈 ho[2] ye[4] teng[1], another lantern formed of a leaf of lotus on which a candle has been fixed.❸

TRANSLATION

The artemisia lantern — and the lotus-lantern — to day they are lighted — and to-morrow they are thrown away.

XCVI

小三兒他媽
頂房柁
窩樞眼
挺長脖
穿着一件破袮襬
窟窿兒大
補丁多
渾身的鈕子沒有兩個
告訴你媽嫁了我罷
又得吃來又得喝

NOTES

頂 ting[3], to reach with the head. 房柁 fang[2] t'uo[2], the principal beam in the roof. 樞 k'ou[1] means here sunken, deep and 窩樞眼 uo[1] k'ou[1] yen[3], sunken eyes.❶ 挺 t'ing[3], character used to form the superlative in very common language, used instead of 頂 ting[3].❷

❶“抠”k'ou[1] 此处意为凹陷、深的，“窝抠眼”uo[1] k'ou[1] yen[3]，凹陷的眼睛。

❷“挺”t'ing[3]，俗语中表示最高级的字，用来代替“顶”ting[3]。

移襬 tuo³ luo², sort of old dress consisting of a long gown with a high collar, worn in winter time.[3] **補丁** pu³ ting¹, patches. A chinese coat has never more than six buttons.[4]

TRANSLATION

Sar's mother — is as tall as the roof — has sunken eyes — and a very long neck — she wears a broken overcoat — with big holes — and many patches — on her whole person there are not even two buttons — now, tell your mother to marry me! — she will get food and drink.

XCVII

小耗子兒　偷油吃
上燈台　下不來

TRANSLATION

The small mouse — has climbed up the candlestick — to steal oil to eat — and now cannot come down.

XCVIII

兩枝蠟
一股香
二十三日祭竈王
一碟兒草料

[3] “移褶” tuo³ luo²，在冬天穿的一种高领长袍的旧衣服。

[4] 中国人外套的扣子从不超过六个。

❶ 这首歌唱的是腊月二十三祭灶的仪式。在灶王神像前焚香，并在桌子上放一碗水，还有一碟献给灶王的草料。然后把水倒在地上，把草扔向空中，就意味着仪式结束了。

❷ “当家的” tang[1] chia[1] ti，家中年龄最大的男人，他被叫来进行祭祀和所有的宗教仪式。

❸ “关东糖” kuan[1]-tung[1] t'ang[2]，东北的糖。中国人向灶王献上糖，目的是把他的牙粘在一起，以免他把一年内在家里看到的所有是非和恶行都向上天汇报。带着这种希望，中国人欢欢喜喜地开始过年。

一 碗 水
潑 在 地 下 上 天 堂
當 家 的 過 來 把 頭 叩
三 聲 爆 竹 响 叮 噹
竈 王 爺
囘 來 罷 囘 來 罷
給 你 留 着 關 東 糖

NOTES

This song speaks about the ceremony for the God of the stove on the 23[d] day of the twelfth moon. Before the God's picture incense is burning and on the table there is a dish containing water, and one with grass which is supposed to serve for the God's horse. The water then is thrown to the ground and the grass in the air. That means the end of this ceremony.❶ 當家的 tang[1] chia[1] ti, the oldest man in the family who is called to perform the sacrifices and all religious ceremonies.❷ 天堂 t'ien[1] t'ang[2], the Heavenly hall, the paradise. 爆竹 p'ao[4] chu[2], fire crackers. 响叮噹 hsiang[3] ting[1] tang[1], the noise is ting-tang; 關東糖 kuan[1]-tung[1] t'ang[2], Manchurian sugar. The Chinese offer sugar to this God, with the aim of letting his teeth stick together and so prevent him from relating to Heaven all the inconvenience and misdeed he had occasion to see in the family during twelve months; with this hope, the Chinese merrily begin their New-year.❸

TRANSLATION

Two candles — a bundle of incense sticks — on the 23d day it is sacrificed to the God of the hearth — there is a dish full of grass — and a dish full of water — when the water is thrown on the ground the God ascends to Heaven — the eldest of the family comes over and knocks his head on the ground — then three volleys of crackers with a great noise — God of the hearth — come back! come back! — we keep for you Manchurian sugar.

XCIX

八 仙 棹 兒
四 角 兒 方
盤 子 碗 兒 擺 在 中 央
燒 猪 燒 鴨 子 東 坡 肉
保 府 帶 來 的 八 寶 香 腸

NOTES

四角兒 ssu⁴ chiao³'r, with four corners. **中央** chung yang¹, in the middle-the word yang¹ is pronounced vulgarly yang². [1] **東坡肉** tung¹ p'uo¹ jou⁴, sort of meat prepared in a special way as directed by a certain old literary man who was a great authority also on kitchen matters. His name was **蘇軾** Su¹-shih⁴ and his surname, hao, was Tung p'uo¹. [2] **保府** Pao³-fu³ is instead of **保定府** Pao³ ting⁴ fu³, the head

[1] "中央" chung yang¹，中间。"央" yang¹ 在俗语里发音为 yang²。

[2] "东坡肉" tung¹ p'uo¹ jou⁴，一种以特殊方式烹饪的肉，由一位在厨艺上也是内行的古代大文学家所创。这位大文学家名叫苏轼，号东坡。

❸“保府”Pao³-fu³代替的是直隶省的省会“保定府”Pao³ ting⁴ fu³。

❹“八宝香肠”pa¹ pao³ hsiang¹ ch'ang²，一种把猪肉塞进鸡肠里的香肠。八宝指的是原料里的香料、香味。这种香肠来自保定府。

prefecture in the Chih-li province.❸ 八寶香腸 pa¹ pao³ hsiang¹ ch'ang² "the odorous sausages with eight treasures" a sort of sausages made of pork stuffed into chicken's intestines. The eight treasures alluded to are the spices, aromas which are in the stuff. These sausages come from Pao-ting-fu.❹

TRANSLATION

A table for eight persons — with four corners square — plates and cups are placed in the middle of it — roast pork, roast duck, and meat prepared à la Tung-p'uo — and sausages from Pao-ting-fu.

C

喜兒喜兒吃豆腐
小鷄兒過來嗛把穀
狗兒汪汪要看家
貓兒過來會樸鼠

NOTES

喜兒 hsi³'r stands for 喜雀 hsi³ ch'iao³, the magpie.❶ 嗛 ch'ien¹, to peck. 汪汪 uang¹ uang¹, imitates the noise of barking. 樸鼠 p'u¹ shu³, to rush on mice, to catch mice as cats do. These words are repeated by children when they catch sight of magpies.❷

TRANSLATION

The magpie, the magpie eats beancurd — the chicken comes over and pecks a handful of grain —

❶“喜儿”hsi³'r代表“喜雀”hsi³ ch'iao³。

❷当孩子们看到喜鹊时，就会重复这些词。

the dog barks and wants to look after the house — the cat comes over and wants to catch the mice.

CI

喜兒喜兒買豆腐
該我的錢
臘月二十五

NOTES

Chinese accounts and debts are paid at the end of every quarter and the great bulk of money accounts ought to be paid, in the 12th month from the 25th day to the 30th at midnight.[1]

TRANSLATION

The magpie, the magpie buys beancurd — those who owe me money — (I shall see them) on the 25th day of the 12th moon.

CII

顧不得一時睡着
你擡槍
我揹鎬
上南窪
刨元寶

[1] 中国的账和债都是在每个季度末结算的，但大额的现金债都应该在腊月二十五到三十的半夜前还清。

❶ 这首歌讲述了一个梦。

❷ “镐” kao³，又叫 “镢头” chüe³ t'ou²，即锄头。字典中没有第一个字。

一刨刨出個大蒲包
隔着蒲包望裏瞧
金元寶銀元寶
金鋼鑽兒
兩大筲
珊瑚子樹兩丈高
要買人怕逃跑
要買房子怕火燒
要買驢怕倒槽
要開當鋪眼力兒潮
要開錢棹子沒人兒保
東邊兒摸
西邊兒摸
摸了個青頭愣的蠍子
螫的我鬼哭神嚎

NOTES

The song relates a dream.❶ 顧不得 ku⁴ pu⁴ to², without aperceiving it; insensibly. 鎬 kao³, said also 钁頭 chüe³ t'ou², a hoe. The first character is not noted in dictionaries.❷ 刨 p'ao², to dig the ground with a hoe. 蒲包 p'u² pao¹, a bundle made of rushes. 金鋼石 chin¹ kang¹ shih², the diamond. 金鋼鑽兒 chin¹ kang¹ tsuan⁴'r, the diamond-pointed awl used by menders of crockery. 倒槽 tao³ ts'ao², said of animals "to die near the manger, in the stable". 眼力兒潮 yen³ li⁴'r ch'ao², lit. the strenght of the eyes is damp, that is to say we have not eyes good enough to distinguish good objects from bad ones - a faculty which is necessary in such an establishment as a pawn-shop. The word **ch'ao**[2] has also in other cases the meaning of not up to, insufficient, as in **潮銀子 ch'ao**[2] **yin**[2] **tzu**, bad silver, with too much alloy.[3] **錢棹子 ch'ien**[2] **cho**[1]**-tzu**, lit. "money-table" a bank authorized to issue small banknotes and guaranteed by other banks.[4] **摸 muo**[1], to feel with the hands, read here vulgarly **mao**[2]. **鬼哭神嚎 kuei**[3] **k'u**[1] **shen**[2] **hao**[2], "the devils weep and the spirits wail" that is "in a very painful way".

TRANSLATION

Without perceiving it in a moment I fell asleep — (I dreamed) you had shouldered a gun — and I shouldered a hoe — and went to the South morass — to dig out silver ingots — and digging we dug out a big rush wrapper — through the rush wrapper we looked in — there were gold ingots and silver ingots — and two large buckets of diamonds — and two coral trees two chang high — but if we buy servants I am afraid they would run away — if we buy houses I am afraid they would burn — if we buy an ass, I am afraid he would die near the manger — if we open a pawn-shop, we have not eyes good enough for that — if we open a money-shop, there is none who will guarantee us — but feeling for the East — and feeling for the West — I felt a big ugly

❸ "眼力儿潮" yen[3] li[4]'r ch'ao[2]，字面意指眼力是潮的，是说我们没有足够好的眼力来区分东西的好坏——这种能力在典当行这样的机构中是必需的。在另外一些情况下，"潮"字也有"不到""不足"的意思，例如"潮银子" ch'ao[2] yin[2] tzu，指成色差的、有太多杂质的银子。

❹ "钱桌子" ch'ien[2] cho[1]-tzu，字面意为"钱－桌子"，被授权发行小额钞票并由其他银行担保的银行。

scorpion — which bit me so painfully that it made me scream.

CIII

小大姐
小二姐
你拉胡琴我打鐵
掙了錢兒
腰裏掖
買個蒲包兒瞧乾爹
乾爹戴着紅纓帽
乾兒穿着厚底兒鞋
走一步
格登登
扎蝴蝶兒鴨蛋青

NOTES

拉胡琴兒 la^1-hu^2-$ch'in^2$'r, to play the tartar fiddle. 打鐵 ta^3 $t'ie^3$, to beat the iron, to work the iron. 腰裏掖 yao^1 li^3ye^1, to hide, to place something in the waist. — These baskets made of rushes are especially used for containing objects for gifts. 格登登 ko^2 $teng^1$ $teng^1$ imitates the noise of the shoes slapping on the ground. 鴨蛋青 ya^1 tan^4 $ch'ing^1$. of the same colour as the eggs of ducks.

TRANSLATION

You the first small young lady — and I the second small young lady — you play on the fiddle — and I will strike the iron — when we will have gained money — we will put it in the waist — we will buy a rush basket and will go to see our adopted father — Our adopted father has a red fringed hat — and our adopted mother has shoes with a thick sole — at every step — the creaking is heard — the butterflies embroidered on the shoes are of duck's egg colour.

CIV

新 姑 娘 十 幾 咯
婆 婆 家 要 娶 了
一 對 兒 龍
一 對 兒 鳳
金 瓜 鉞 斧 朝 天 鐙
小 紅 鞋 兒
蝴 蝶 兒 夢
跳 了 棹 子 上 板 凳

NOTES

The dragon is compared to the bridegroom and the phoenix bird to the bride. In the marriage cortege there are taken round a pair of banners on which the dragon is painted and another pair on

❶ 把新郎比作龙，把新娘比作凤凰。在婚礼队伍中，有一对画着龙的旗和一对画着凤凰的旗。

❷ "金瓜" chin¹ kua¹，把木葫芦镀上金，粘在杆子的末梢转来转去。

❸ "蝴蝶儿梦" hu² t'ier²'r meng⁴（t'ier²r 疑为印刷错误。——编译者），绣有蝴蝶图案的鞋。

which is painted the phoenix.❶ 金瓜 chin¹ kua¹, gilt wood gourd stuck to the end of a pole and taken round.❷ 鉞斧 yüe⁴ fu³, a sort of wooden axe. 朝天鐙 ch'ao² t'ien¹ teng⁴, a stirrup iron turned upside down and stuck on a pole. 小紅鞋兒 hsiao³ hung² hsie²'r, red satin shoes worn by the bride. 蝴蝶兒夢 hu² t'ier² r meng⁴, the Dream of the butterflies, name of a pattern of shoes on which butterflies are embroidered.❸

TRANSLATION

The bride is ten years and more — the mother-in-law wants to take her home — a pair of dragon flags — and a pair of phoenix flags — and gilt gourds, gilt axes, and reversed stirrups. — (the bride wears) small red shoes — and she jumps on the table and then on the bench.

CV

有邊兒有邊兒眞有邊兒
藍布的大衫兒
靑坎肩兒
時興花兒的褲子賽檣船兒

NOTES

These words describe the toilet of a small girl.❶ 有邊兒 iou³ pien¹'r, slang phrase which means to be

❶ 这些词描述了小女孩的打扮。

very nice, to be first rate.❷ 衫兒 shan¹'r, read here shan³'r, a summer thin bodice. 時興 shih² hsing¹, the fashion. 賽糧船兒 sai⁴ liang² ch'uan²'r, bigger, larger than a ship used to bring the grain tributes.

TRANSLATION

She is first rate, first rate, really first rate! — with a great bodice of azure cloth — and a brown waistcoat — and trowsers with a new pattern, as large as a rice junk.

❷ "有边儿" iou³ pien¹'r, 俚语，意思是非常好、一流的。

CVII

咚 咚 咚
坐 轎 兒
一 坐 坐 到 二 廟 兒
二 廟 東
二 廟 西
裏 頭 坐 着 個 肥 公 鷄
哏 哏 哏 兒
上 草 垛

NOTES

咚咚咚 tung¹ tung¹ tung¹, imitates the noise of a drum and 根兒 imitates the cock's crowing.❶ 草垛 ts'ao³ tuo⁴, a heap of straw, of oats.

❶ "咚咚咚" tung¹ tung¹ tung¹，模仿的是鼓声，"哏儿"（原文疑错为"根儿"——编译者），模仿的是公鸡打鸣。

TRANSLATION

The drums are striking — (she) is sitting in the chair — and has gone as far the second temple — the east of the temple — and the west of the temple — inside there sits a fat cock — which crows — and flies on a heap of straw.

CVIII

一進門兒黑咕窿咚
先當銅盆後當燈
一進門兒本是一窩耗子精
說一聲不好牆要咕咚

NOTES

The interior of a miserable house is described.❶ 黑咕窿咚 hei[1] ku[1] lung[2] tung[1] (pronounce with the accent on the last) the first syllabe only gives a clear sense-the other cannot be explained but the general sense is that of complete obscurity, chaos.❷ 耗子精 hao[4] tzŭ ching[1], transformation of mice: fantastical mouse-like elves. 不好 pu[4] hao[3] here alas!

TRANSLATION

Upon entering all was pitch dark — because first the copper basin had been pawned and then the lamp too — going inside (I perceived) I was in a nest of mouse-like elves — and just when I was saying: alas! here the wall is coming down!

❶ 描写了一座破房子的内部。

❷ "黑咕窿咚" hei[1] ku[1] lung[2] tung[1]（发音时重音在最后）只有第一个音节有明确意思——其他的音节无法解释，但完整意思是完全模糊、混乱。

[1] 一开始，我很难理解这四句的意思，但最后，我从一个没什么文化的人那里得到了解释，可以解决所有的困惑。上面的词指的是戏剧和演员。中国没有女演员，所以第二句说的是一个在舞台上梳着女人头表演的男人。在第三句中，我们还可以看到，尽管舞台上的演员经常扮演考试中的状元，但是他们没有真正的理由感到高兴。第四句的意思是说，虽然恩爱夫妻会出现在舞台上，但那是假的，因为他们是同性。

CIX

高高山上一座樓
男人梳着女人頭
狀元及第空歡喜
恩愛夫妻不到頭

NOTES

At first it was very difficult for me to get any sense out of these four verses but at last I got from quite an uncultivated person this explanation which could solve all the difficulties. The words above refer to the theatre and to the actors. In China no female actors are allowed and so the second verse could represent a man who combs the hair as a woman, to act on the stage. It seems furthermore to say in the third verse that although the actors on the stage very often play the part of scholars approved at the examinations yet they have no real reason to be glad there at. The fourth verse then means to say that although loving and affectionates pairs are to be seen on the stage yet that is sham as they are of the same sex.[1] **及第** chi² ti⁴, technical phrase to mean "to be approved at the examinations". **空** k'ung¹, void, vainly. **恩愛** en¹-ai⁴, mutual love derived from gratitude and esteem, as that between husband and wife. **不到頭** pu⁴ tao⁴ t'au², "does not come to a point" that is, has no aim, no regular fruit, as expected after marriage.

TRANSLATION

On a very high mountain there is a high tower (stage) — a man is combing there as a woman — the first candidate approved at the examinations rejoices in vain — and loving husband and wife will never come to a point.

CX

小 元 兒 小 元 兒
偺 們 倆 人 頑 兒
踢 球 打 嘎 兒
上 二 閘 兒
吃 了 一 個 飯 兒
喝 了 一 個 茶 兒
回 到 家 去
偺 們 倆 人 頑 兒

NOTES

小元兒 hsiao³ yüan²'r, "the small First" surname for a boy. 踢球 t'i¹ ch'iu² to kick balls" sort of game in which the ability consists in pushing with the feet a stone ball and trying to touch the adversary's.❶ 打嘎兒 ta³ ka²'r, another game which consists in throwing very far a wooden ball by mean of a wooden racket called 棒兒 pang⁴'r.❷ 二閘兒 eur⁴ cha²'r, the second canal lock near the Tung-pien-men. On the banks there is a very elegant resort for young men. Eating-houses provide

❶ "踢球" t'i^{1} ch'iu^{2}，一种游戏，需要用脚踢一个石子，并接到对手的。

❷ "打嘎儿" ta^{3} ka^{2}'r，另一种游戏，用一种叫作"棒儿" pang^{4}'r 的木制球拍把木球打到很远的地方。

❸“二闸儿”eur[4] cha[2]'r，东便门附近的第二道闸。河岸上有一个年轻人的玩乐去处。食肆里有饭食、歌女、船和一切供中国人消遣的必需品。

meals, female singers, boats and all that is necessary to make a Chinese happy. ❸

TRANSLATION

Small Yüar[2], small Yüar[2] — now, let us play — let us kick the balls or play at rackets — and go to the second Canal lock — when we shall have taken a meal — and when we shall have drunk tea — we will go back home — now, let us play!

CXI

月亮爺
亮堂堂
開開後門兒洗衣裳
洗得白褩得白
娶了個媳婦兒
不存財
愛喝酒
愛鬭牌
燒餅麻花兒一大落
黑麪火燒
倆大錢個
隔壁兒倒有
姜三哥
也會過
綠靴子

绿帽子
绿袍子
绿套子

NOTES

月亮爺 yüe4 liang2 ye2, "the father moon" name given to the moon by children.❶ 亮堂堂 liang4 t'ang1 t'ang1, very bright. Observe here the change of tone in the word 堂 to be read regularly t'ang2.❷ 存財 ts'un2 ts'ai2, to be economical, to put aside money. 麻花兒 ma2 hua1'r, a sort of bun. 一落 i1 luo4, a pile. These words are supposed to be uttered by a wife who in the night, goes out in the court to wash her linen and working, thinks of her sorrows.❸ 姜三哥 Chiang1 san1 ko1, the word Chiang is a family name. San1 ko1, means that the man in question is the third in his family. 過 kuo4 is here for 過日子 kuo4 jih4 tzu, to pass one's life, to live and spend one's days peacefully, that is to say economically and frugally. 綠帽子 lü4 mao4 tzu, "a green hat; the green colour is in China reserved for deceived husbands, and the phrase "to wear a green hat" means to have a partner in the marriage.❹

TRANSLATION

The father moon — is so bright! — I open the back door to wash my linen — I wash it white and I starch it white — but (my husband) after having

❶ "月亮爷" yüe4 liang2 ye2，小孩们给月亮起的名字。

❷ "亮堂堂" liang4 t'ang1 t'ang1，非常亮。"堂"正常读作 t'ang2，很明显在这里音调变了。

❸ 这些词应该是一个妻子说的，她一想到晚上还要出去洗衣服干活，就觉得悲伤。

❹ "绿帽子" lü4 mao4 tzu，一顶绿色的帽子。在中国，绿色专门指被出轨的丈夫。而"戴绿帽子"这个短语的意思是婚内出轨。

married me — is thrifty with his money — he likes to drink wine — he likes to play cards — (and likes too) a great pile of cakes and buns — and brown flower biscuits — which cost two big cash each — but here living by us — there is a neighbour, Chiang the third — who knows how to live well — because he has got green boots — and a green hat — and a green garment — and a green jacket.

CXII

啣 兒[1] 啣 兒
上 草 垛
一 年 養 活
七 八 個
好 的 都 賣 了
剩 了 禿 丫 頭
讓 他 刷 缸
缸 裏 洗 褲 襠
讓 他 刷 鍋
鍋 裏 洗 裹 脚
讓 他 擦 碟 兒
碟 裏 洗 面 兒
讓 他 掃 地
掃 到 南 邊 兒 看 穀 地
看 着 穀 葉 兒 黄
再 上 家 裏 去

[1]“哏儿”原文疑错为“啣儿”。——编译者

NOTES

From the beginning of the song I could think that the matter is about a cock, but that is only in a jocose way because afterwards it comes to speak of a girl.[2] 褲襠 k'u[4] tang[4], the bottom of the trowsers. 裹脚 kuo[3] chiao[3], foot-bands used by women with small feet.

TRANSLATION

The cock crowing — has jumped on the heap of grass — every year he bears seven or eight times — the good ones he has all sold — only a bald-headed (small) girl is left — if he lets her wash the vats — she washes there the bottom of the trowsers — if he lets her wash the ricepot — she washes there her footbands — it he lets her wash the saucers — she washes her face in the saucers — if he lets her sweep the ground — she runs away towards the South to look at the grain fields — when she has seen that the grain is yellow — she comes back home.

CXIII

茉莉花兒丈夫
茉莉花兒的郎
串枝蓮兒的枕頭綉海棠
虞美人兒姑娘走進了房

[2] 我认为这首歌的开头是关于一只公鸡的，但那只是在戏谑，因为后来又说到了一个女孩。

❶ "玫瑰露" mei[2] kuei[4] lu[4]，玫瑰水，在另一些情况中也指一种白酒。

❷ 这首歌似乎是由其他歌的碎片拼凑成的。

眼 淚 汪 汪 想 親 娘
臉 擦 官 粉 玫 瑰 露 兒 香
嘴 點 梅 花 胭 脂 玫 瑰 瓣 兒 香
走 一 步 亮 堂 堂
新 買 了 個 小 猪 兒 不 吃 糠
鼓 靠 鼓
鑼 靠 鑼
新 娶 媳 婦 兒 靠 公 婆

NOTES

玫 瑰 露 mei[2] kuei[4] lu[4], rose water ; in other cases it means also a sort of white wine.❶ This song seems to be composed of scraps of other songs.❷

TRANSLATION

The jasmine-husband — the jasmine-bridegroom (is there) — on the wild lotus pillow is embroidered the flower of the *Pyrus spectabilis* — the Rhoeas young-lady enters the room — and weeps bitterly thinking of her own mother — she rubs on her face good cosmetic powder scented with rose water — and she rubs rouge scented like rose petals on her lips — by means of a round cloth shaped like a plum-flower.

CXIV

平則門拉大弓
過去就是朝天宮
朝天宮寫大字
過去就是白塔寺
白塔寺掛紅袍
過去就是馬布橋
馬布橋跳三跳
過去就是帝王廟
帝王廟搖葫蘆
過去就是四牌樓
四牌樓東
四牌樓西
四牌樓底下賣估衣
問問估衣多兒錢賣
打個火抽袋烟兒
過去就是毛家灣兒
毛家灣兒扎根刺兒
過去就是護國寺兒
護國寺賣大斗
過去就是新街口兒
新街口兒賣大糖
過去就是蔣家房
蔣家房安烟袋
過去就是王奶奶
王奶奶啃西瓜皮

❶ 这首歌描述了北京的街道。

❷ “平则门” p'ing^{2} tso^{2} men^{2}，满洲城西墙的中央大门。

❸ “挂红袍” kua^{4} hung^{2} p'ao^{2}，得到佛祖护佑的人会给佛像披上一件红色的袍子。（白塔寺归属于藏传佛教，信众会在白塔的台基上献上红色的哈达，民间称之为“挂红袍”。——编译者）

❹ “摇葫芦” iao^{2} hu^{2} lu^{2}，摇动葫芦，为了让婴儿保持安静就让他们摇葫芦。

❺ “四牌楼” ssu^{4} p'ai^{2} lou^{2}，十字路口四条街交叉形成的广场。广场两边各有一个木制的纪念性牌楼。北京有两个这样的广场，一个在鞑靼城东，称为“东四牌楼”；另一个在城西，称为“西四牌楼”。这里提到的是“西四牌楼”。

過 去 就 是 火 藥 局
火 藥 局 賣 鋼 針 兒
過 去 就 是 老 城 根 兒
老 城 根 兒 兩 頭 兒 多
過 去 就 是 王 八 窩
晴 天 曬 蓋 子
陰 天 蹭 湯 鍋

NOTES

This song contains a description of the streets in Peking.❶ **平則門** p'ing^{2} tso^{2} men^{2}, the central gate in the west-wall of the Manchu city.❷ **拉大弓** la^{1} ta^{4} kung^{1}, to practice archery using a large bow; lit. to draw the long bow. **朝天宮** chao^{2} t'ien^{1} kung^{1}, name of a temple. **白塔寺** pai^{2} t'a^{3} ssu^{4}, the temple of the white pagoda. **掛紅袍** kua^{4} hung^{2} p'ao^{2}, to put a red coat on the image of Buddha, as people do who have received a favour.❸ **馬市橋** The horse mart bridge. A bridge on the canal. **搖葫蘆** iao^{2} hu^{2} lu^{2}, to shake a gourd, as babies are allowed to do, in order to keep them quiet.❹ **四牌樓** ssu^{4} p'ai^{2} lou^{2}, a square formed by the junction of four streets at right angles. At each side there is a wooden monumental arch. Two of these squares exist in Peking, one in the east of the Tartar city called **東四牌樓** tung^{1} ssu^{4} p'ai^{2} lou^{2} and another in the west of the city called **西四牌樓** hsi^{1} ssu^{4} p'ai^{2} lou^{2}, which is alluded to here.❺ **估衣** ku^{4} i^{1}, old clothes, the word **ku**[1] is here pronounced **ku**[4]. ⑥ **打火 ta**[3] **huo**[3], to strike the fire-stone to get fire. Matches are not yet in general use. ⑦ **毛家灣 mao**[2] **chia**[2] **uan**[1]**'r** Mao family's corner-name of place. **扎根刺 cha**[1] **ken**[1] **tz'u**[4], to be pricked by a thorn, a needle. This phrase is merely introduced for the sake of rhyming with the next verse. ⑧ **護國寺 hu**[4] **kuo**[2] **ssu**[4], temple for the protection of the State. **斗 tou**[3], a willow peck, a chinese measure. **新街口 hsin**[2] **chie**[1] **k'ou**[3], Mouth of the new street, name of a street. **大糖 ta**[4] **t'ang**[2], sticks of sugar sold to children. **蔣家房 chiang**[3] **chia**[1] **fang**[2], " the house of the Chiang family " name of street. **安烟袋 an**[1] **yen**[1] **tai**[4], to fit the mouth piece of pipe. In the afore-said street there is a pipe-shop. **王奶奶** " the old lady Wang " there is a temple dedicated to her. She was a very good and religious woman who lived during the present dynasty and who after her death was thought to have become a saint spirit, so that temples were erected to her. ⑨ **啃 k'en**[3], to gnaw; this is naturally purely imaginary as the good lady had lost all her teeth a very long time before. ⑩ **火藥局 huo**[3] **yao**[4] **chü**[2], the powder factory. **兩頭兒多 liang**[3] **t'ou**[2]**' r tuo**, each part has the same lenght. **多** is here for **長 ch'ang**[2]. **王八窩 uang**[2] **pa**[1] **uo**[1], a nest of turtles; this imaginary lair is thought to give a saucy and witty end to the song. ⑪ **躥湯鍋 ts'uan**[1] **t'ang**[1] **kuo**[1], they jump in the broth kettle. These words are purely absurd. ⑫

⑥“估衣”ku[4] i[1]，旧衣服。“估”ku[1] 在这里发音为 ku[4]。

⑦“打火”ta[3] huo[3]，击打火石生火，因为火柴还没有普及。

⑧这个短语的出现只是为了与下一句押韵。

⑨“王奶奶”即“王老太太”。有一座庙是纪念她的。她生活在当朝，是一位非常善良和虔诚的妇女。王奶奶死后成了仙，因此为她建起了庙。

⑩“啃”k'en[3]。这完全是想象出来的，因为这位善良的老太太的牙齿早就掉光了。

⑪“王八窝”uang[2] pa[1] uo[1]，这个编造的窝是为了给这首歌一个诙谐幽默的结尾。

⑫“蹿汤锅”ts'uan[1] t'ang[1] kuo[1]，他们蹿进汤锅里。这些话纯属荒谬。

TRANSLATION

Near the Ping-tso-men they draw long-bows — next there is the temple Ch'ao-t'ien-kung — " Ch'ao-t'ien-kung " is written on the temple in big characters — next there is the temple of the white Pagoda. — In the white pagoda people come to give Buddha a red jacket — next there is the Horse mart bridge. — Near the Horse mart bridge, take three jumps — and there is the temple of T'i-wang. — near this temple, shake the gourd — next there are the four archs. — At the east of the four archs — and at the west of the four archs — and under the four archs old clothes are sold — you ask how much for these old clothes ? — you strike a light smoke a pipe — you go on and get to the " Corner of the Mao family ". — Near the corner of the Mao family one is pricked by a thorn — after that comes a " temple for the protection of the State " — near the " temple for the protection of the State " they sell large willow-pecks — after that there comes " the mouth of the new street — near the " mouth of the new street, they sell sugar sticks — after that is " the house of the Chiang family — in " the house of the Chiang family " they fit together smoking pipes — after that there is the temple of old lady Wang. — Old lady Wang gnaws the peel of a melon — next comes the powder factory — near the powder factory they sell steel needles — after that there is the wall — the wall is of the same lenght on both sides — after that comes a nest of turtles — in fine weather they warm that shells in the sunshine — and in bad weather they spring in the hoth-pot.

CXV

紫不紫
大海茄
八月裏供的是兎兒爺
自來白
自來紅
月光馬兒
供當中
毛豆枝兒亂烘烘
鷄冠子花兒紅裏個紅
圓月兒的西瓜皮兒青
月亮爺吃的哈哈笑
今夜的光兒分外明

NOTES

The first two verses are the common **t'ou²-tzu** which has nothing to do with what follows.[1] 海茄 **hai³ ch'ie²**, the egg plant fruit. The Chinese pretend to see in the moon a hare, to which they give offerings on the fifteenth of the 8th moon.

[1] 前两句是常用的“头子”（t'ou²-tzu），与下面的内容无关。

❷ 中国人自称在月亮上看到了一只兔子，他们会在八月十五向兔子献祭。这只兔子被称为“兔儿爷”t'u^{4}'r ye^{2}。

❸ “马儿”ma^{3}'r，一幅画着月亮的画。月亮里面有一只兔子在捣药。这幅画会在献祭后烧掉。

❹ “毛豆枝儿”是给兔子吃的，它非常喜欢这种食物。

❺ 在这个场合西瓜被称为“团圆西瓜”t'uan^{2} yüan^{2} hsi^{1} kua^{1}。团圆西瓜会被切成和家里的人数一样多的块。

This hare is called 兎兒爺 t'u^{4} 'r ye^{2}.❷ 自來白 tzu^{4} lai^{2} pai^{2}, " naturally white " a sort of white cake. 自來紅 tzu^{4} lai^{2} hung^{2}, " naturally red " — a cake with sugar on it. 馬兒 ma^{3} 'r, a picture on which is drawn the moon. Inside the moon the hare is sun piling drugs in a mortar. This picture is burned after the offering.❸ 當中 tang^{1} chung^{1}, in the middle. 毛豆枝兒 soy beans are offered to the rabbit, as this animal is very fond of this food.❹ 亂烘烘 luan^{4} hung^{1} hung^{1}, disorderly irregularly, said of the beans on the branches. 鷄冠子 chi^{1} kuan^{1} tzu, the cocks comb flower. 紅裏個紅 hung^{2} li^{3} ko^{4} hung^{2}, " red in the red " very red. 圓月兒 yüan^{2} yüe^{4} r, like the round moon. The water melon which is called on this occasion 團圓西瓜 t'uan^{2} yüan^{2} hsi^{1} kua^{1} (the meeting melon) is cut in as many slices as there are persons in the family.❺

TRANSLATION

Purple or not purple — the big fruit of the egg-plant ? — In the eighth moon Lord Rabbit is worsh'pped — white cakes — brown cakes — the picture of the moon — is worshipped and placed in the middle — the soy beans are in disorder — the cockscomb flowers are of the deepest-red — the peel of the melon offered to the moon is dark — the Lord moon eats and laughs heartily — to-night the moonlight is brighter than usual.

CXVI

說開船就開船
開了船下江南
江南有一個大王廟
大王廟一邊兒一個和尚
一邊兒一個旗杆
今年有一對子戲
過年跑馬上刀山
刀山上有根線兒
兩根紅兩根藍
男的搬的朝天鐙
女的搬的鐙朝天

NOTES

跑馬 or **跑馬獅的** p'ao³ ma³ hsie⁴ ti, circus riders. **上刀山** shang⁴ tao¹ shan¹, lit. " to climb on the sword mountain " is the name for an exercise seen very often in our circuses; that of jumping from one side of a row of standing swords to the other. **朝天鐙** ch'ao² t'ien¹, teng⁴, " the staff looking towards the sky " other feat of desterity which consists in raising one's leg up perpendicularly turning the foot-sole to the sky.[1] **鐙朝天** teng⁴ ch'ao² t'ien¹, the same phrase as before in a different form.

TRANSLATION

We say " set sail " and the ship starts — the

[1] "朝天镫" ch'ao² t'ien¹ teng⁴（t'ien¹，疑为印刷错误。——编译者），另一项绝技，就是把腿垂直地抬起来，脚底朝天。

ship is in motion and we go downwards to Kiang-nan — in Kiang-nan there is a big temple to the great king of heaven — at each side of the Tai-wang-miao there is a priest — and at each side a flagstaff — this year there are a couple of theatrical performances — and next year there will be circusriders and " jumping on the swords " — on the row of swords there are four threads — two of them are red and two are blue — the men perform the feat of " the stirrup looking to the sky — and the women perform the feat of the " stirrup which looks to the sky.

CXVII

拉 拉 穀 的 車 三 哥 哥
女 孩 兒 上 車 娘 也 哭
叫 聲 娘 娘 你 別 哭
等 着 我 三 娘 坐 齊 了 哭
芝 麻 稭 兒 樹
掛 鈴 鐺
想 我 三 娘 一 陣 風
想 我 三 娘 打 門 鐘
蒺 藜 開 花 蒺 藜 找
誰 想 親 娘 誰 知 道

NOTES

拉 拉 穀 la[1] la[1] ku[3], sort of a locust. The beginning of the song is hard to translate. In the second verse there begins to be light.[1] 三娘 san^1 niang^2, perhaps it is meant her uncles wife, the uncle being the third in his family. 坐齊了 tsuo^4 ch'i^2 la, to sit together, in full number. 芝麻楷兒樹 chih^1 ma^2 chie^{1}'r shu^4, the sesamus plant. This verse and the following form a sort of 頭子 in the very middle of the song, and it is hard to guess why a bell is spoken of as being attached to that plant.[2] 一陣風 i^1 chen^4 feng^1, my thought goes as quick as a gust of wind. 打門鐘 ta^3 men^2 chung^1, it seems to me as if I were striking the door-bell. 蒺藜花兒 chi^2 li^2 hua^{1}'r, caltrop flowers.

TRANSLATION

The locust cart and the third brother (?) — when I, the girl sit down in the cart, my mother also weeps — I say once: mother, mother do not weep — wait till the third aunt sits also and then weep — on the sesamum-tree there hangs a bell — thinking of my aunt my thought travels as quick as a guest of wind — thinking of my aunt methinks I am striking the door-bell at home. — where the caltrops open their flowers there you may look for them — only those can understand me who long so for their mother.

---

[1] "拉拉谷" la^1 la^1 ku^3，一种蝗虫。这首歌的开头很难翻译，从第二句开始意思明确。

[2] "芝麻秸儿树" chih^1 ma^2 chie^{1}'r shu^4，这一句和下一句在歌的中间形成一种"头子"，很难猜出为什么说铃铛是挂在芝麻秸儿树上的。

❶ 这里写的是年轻女子的打扮。

❷ "锁" suo^{3}，给衣服缝边，在裙边做一种刺绣。

❸ "狗牙儿" kou^{3} ya^{2}'r，类似狗牙的小三角形刺绣图案。

❹ "骑马穗儿" chi^{2} ma^{3} suei^{4}'r，发辫前的一排刘海。

❺ "拧锅圈儿" ning^{2} kuo^{1} ch'üan^{1}'r，孩子们头上编的小辫子。

CXVIII

小 三 兒 小 三 兒
甚 麼 打 拌 兒
青 洋 縐 的 褲 子
白 汗 褟 兒
白 汗 褟 兒 鎖 着 狗 牙 兒
騎 馬 穗 兒
擰 鍋 圈 兒
青 辮 穗 兒
緊 辮 花 兒
左 邊 掖 着 晚 香 玉
右 邊 掖 着 藹 康 尖 兒
魚 白 襪 子 一 道 臉 兒
雙 臉 兒 鞋 一 道 綫 兒

NOTES

The toilet of a young lady is here described.❶ 鎖 suo^{3}, to hem clothes, to work a sort of embroidery at the edges of a dress.❷ 狗牙兒 kou^{3} ya^{2}'r, pattern of embroidery in form of small triangles resembling dog's teeth.❸ 騎馬穗兒 chi^{2} ma^{3} suei^{4}' r, a row of cut hair left standing just before the plaited hair.❹ 擰鍋圈兒 ning^{2} kuo^{1} ch'üan^{1}'r, small braids plaited on children' s heads.❺ 辮穗兒 pien^{4} suei^{4}'r, the silk tassel at the end of a pigtail. 辮花兒 pien^{4} hua^{1}' r, the knots of a braid. 晚香玉 uan^{3} hsiang^{1} yü^{4}, the tuberose. 藹康尖兒 a shoot of *Ocymum basilicum* (sweet basil). 魚白 yü² pai², as white as a fish skin; white with a greenish shade of colour. 一道臉兒 i¹ tao⁴ lien³' r, "with one surface" this means that no seam is to be seen on the socks. 一道線兒 i¹ tao⁴ hsien⁴' r, the two leather strings which come on the shoe are as thin as a thread.

TRANSLATION

Small San'r, small San'r — what dress are you wearing? — I have got dark crape trowsers — and a white shirt — on the white shirt are embroidered "dog's teeth" — on the head I have a row of standing hair — and some small braids — a dark tassel for my pigtail — and the pigtail is plaited very tight — on the left of my hair I have stuck a tuberose — and on the right a head of sweet basil — I have too white socks with no seam — and my shoes have leather strings as thin as a thread.

CXIX

隔着牆兒扔切糕
棗兒豆兒都掉了
隔着牆兒扔磚頭
砸了妞兒的兩把兒頭
隔着牆兒扔票子
怎麼知道姑娘沒落子

❶ 我认为孩子们不能准确理解这首歌，但事实上许多孩子在唱这些含义相当含混的词。这首歌影射的是一个男人企图以各种滑稽方式赢得一个年轻女孩的芳心。

❷ “两把儿头”liang^{3} pa^{1}’r t’ou^{2}，满族妇女头饰的汉名。这导致人们认为这首歌谣起源于旗人。

❸ “没落子”mei^{2} lao^{4} tzu，字面意思是没有一个歇脚的地方、一个避难所，处于一个悲惨、贫穷的状态，不知道去哪里。

NOTES

I do not think that this song can be properly understood by children, but the fact is that numbers of them sing these verses the meaning of which is rather equivocal. It alludes to a man who tries to win a young girl in different comical ways.❶ **切糕** **ch’ie^{1} kao^{1}**, slices of pudding made with flower, dates and leng beans. **兩把兒頭** **liang^{3} pa^{1}’ r t’ou^{2}**, “a head with two handles” chinese name for the manchu women’s head-gear. This leads one to suppose that this rhyme originated from bannermen.❷ **沒落子** **mei^{2} lao^{4} tzu**, means literally has not a halting-place, a refuge-and then, to be in a miserable condition, to be poor, not to know where to go.❸

TRANSLATION

From outside the wall he throws slices of pudding — the dates and the long beans all fell to the ground. — From outside the wall he throws lumps of bricks — and has broken the girl’s manchu head-gear — from outside the wall he throws bank-notes — how does he know that the girl has no means ?

CXXI

膠泥瓣兒
使勁兒摔
刻了爺爺兒
刻奶奶兒
爺爺兒戴着一項困秋帽
奶奶兒戴着一枝鳳頭釵

NOTES

This song is sung by children who play at making mud-pies.❶ 膠泥 **chiao[1] ni[2]**, the clay mixed up with water becomes sticky like glue. 泥瓣兒 **ni[2] pan[4]' r**, a block of clay. 使勁摔 **shih[3] ching[4]' r shuai[1]**, cast it with force on the ground. Before the clay is fit to be put into the moulds, it must be rendered softer and that result is obtained by beating the clay repeatedly on the ground. 刻, read here **k'o[1]** and not **k'o[4]**, to mould. The moulds sold to the boys in the streets are of different forms and some of them have the form of a man or

❶ 这首歌是玩泥巴的孩子唱的。

of a woman.[2] **困秋帽** **k'un^4 c'iu^1 mao^4**, an old round hat.[3] **鳳頭釵** **feng^1 t'ou^2 ch'ai^1**, a hair-pin for women; it means literally a phoenix-head pin.

❷ “刻”，这里读作 k'o^1 而不是 k'o^4，模塑。男孩们在街上买的模具形状不一，有的是男人，有的是女人。

❸ “困秋帽” k'un^4 ch'iu^1 mao^4（c'iu^1 疑为印刷错误。——编译者），一种旧式圆帽。

TRANSLATION

The sticky clay blocks — first we throw them on the ground, and then we mould out a gentleman — we mould out a lady — the gentleman wears on old round hat — and the lady a phoenix-head hairpin.

CXXII

祭竈祭竈新年來到
老頭子過來要毡帽
老婆子過來要裹脚
小淘氣兒過來要花炮

NOTES

These words are pronounced while sacrificing to the god of the stoves near the end of the year.[1] **裹脚** **kuo^3 chiao^3**, ankle bands for ladies trowsers. At the New-year and the days which precede it, every body tries to dress well and to look his best.[2] **小淘氣兒** **hsiao^3 t'ao^2 ch'i^4'r**, general nickname given to children meaning the small impertinent. **花炮** **hua^1 p'ao^4**, crackers.

❶ 这些词是在年底向灶神献祭时说的。

❷ 在新年和新年前的几天，每个人都要穿得漂漂亮亮的，以显出最好的状态。

TRANSLATION

Sacrifice to the god of the stoves, Sacrifice to the god of the stoves, the new-year has arrived — the old man comes over and wants a felt-hat — the old lady comes over and wants anklebands — the impertinent youngster comes over and wants crackers.

CXXIII

滴 滴 滴
上 草 垜
他 媽 養 活 獨 一 個
金 盆 洗
銀 盆 臥
一 聘 聘 到 山 東 克
十 個 公
十 個 婆
十 個 小 叔 子 管 着 我
叫 他 井 台 兒 去 打 水
勒 的 小 手 兒 怪 疼 得
樹 上 鳥
吱 兒 扎 的 叫
受 苦 受 難 誰 知 道

NOTES

滴滴滴 ti[1] ti[1] ti[1], imitates the noise made by

❶“滴滴滴” ti¹ ti¹ ti¹，模仿小鸡的声音。

❷“克”k'o⁴ 是“去”ch'ü⁴ 字的一种不常见的读音。旗人和老派的人多使用。

a chicken.❶ 克 k'o⁴, an unusual pronunciation of the word 去 ch'ü⁴, to go. It is specially used by bannermen and old fashioned people.❷ 小叔子 hsiao³ shu² tzŭ, husband's younger brothers. 井台兒 ching³ t'ai²' r, the well step. 勒手 lei¹ shou³ "to have one's hands strangled" that is to say to hurt one's hands by pulling with a rope. 吱兒扎 chih¹'r cha₁, is supposed to imitate the birds chattering. 難 nan⁴, in the fourth tone, means adversity, trouble.

TRANSLATION

The chicken screaming — flies on the grass-stack. — Her mother had reased only her — she washed in a gold basin — she slept in a silver basin — and then they married her in the Shan-tung — (it looks as if she had) ten fathers-in-law — and ten mothers-in-law — and ten brothers-in-law to watch her — now they let her go to the well to draw water — and her small hands are swollen with the great pain — the birds on the trees — chatter merrily — who knows that I am suffering bitterness and pain ?.

CXXIV

月亮爺
亮堂堂
街坊的姑娘要嫁粧

— 173 —

錠 兒 粉
棒 兒 香
棉 花 胭 脂 二 百 張

NOTES

錠 兒 粉 ting⁴' r fen³, an inferior quality of cosmetic powder in square pieces.❶ **棒兒香 pang⁴'r hsiang¹**, an incense stick.❷ **棉 花 胭 脂 mien² hua¹ yen¹ chih¹**, small cotton strip of cloth imbued with cosmetic rouge, to paint women's lips.❸

TRANSLATION

The father-moon — is bright and shining — the neighbour's girl wants her bridal presents — squares of cosmetic powder — incense sticks — and two hundred rouge cotton-strips.

CXXV

松 枝 兒 樹
掛 鈴 鐺
親 娘 賣 我 在 小 船 兒 上
稜 子 米 飯
小 魚 兒 湯
端 起 飯 碗 兒 想 親 娘
擱 下 飯 碗 兒 上 後 艙
哭 了 一 聲 哥 哥 妹 妹 誰 還 想 誰

❶ “锭儿粉”ting⁴'r fen³，一种劣质的方块形化妆品粉末。

❷ “棒儿香”pang⁴'r hsiang¹，一种香棒。

❸ “棉花胭脂”mien² hua¹ yen¹ chih¹，女人涂在嘴唇上的胭脂小棉条。

❶ 前两句是常见的引子。

❷ “粄子米”suo¹-tzǔ mi³，糙米。字典中找不到这个字，但一般写为“粄”。

❸ 这些词应该是一个小男孩说的，他的母亲把他卖到船上当小佣人。

— 174 —

親 娘 想 我 一 陣 風
我 想 親 娘 在 夢 中

NOTES

The first two verses form the common introduction.❶ The word 松 枝 兒 樹 **sung¹ chih¹' r shu⁴**, means literally a fir-branched tree, that is the same as 松 樹 **sung¹ shu⁴**, a fir-tree. 粄 子 米 **suo¹-tzǔ mi³**, a coarse quality of rice; the character is not to be found in any dictionary, but is currently written as above.❷ The words are supposed to be uttered by a small boy who has been sold by his mother to be a small servant on a boat.❸ 一 陣 風 **i¹ chen⁴ feng¹**, here, as quick as a gale of wind.

TRANSLATION

On the fir-tree — there is a small bell — my own mother has sold me on board a boat — (I eat here) course rice — and fish broth — taking the rice-bowl to my mouth I think of my mother — when I lay down the rice-bowl then I go to the stern rooms — and I shed some tears saying: brothers, sisters, which of us thinks of each other? — the care of my mother for me has been as fleeting as a squall of wind — but I think of my mother in my dreams.

CXXVI

黄 豆 粒 兒
圓 上 圓
養 活 丫 頭 不 値 錢
三 塊 豆 腐 二 兩 酒
送 在 婆 婆 大 門 口
婆 婆 說 脚 也 大 臉 又 醜
公 公 說 留 着 罷 留 着 罷
燒 茶 煑 飯 也 用 他

NOTES

黄 豆 **huang² tou⁴**, a small sort of yellow haricot (*Phaseolus flavus*). **圓 上 圓** **yüan² shang⁴ yüan²**, " round on round " that means very much round. The song is taken from the country and that may be observed in some phrases different from the pure Pekinese. For instance the last verse says : **燒茶煑飯** **shao¹ ch'a² chu³ fan⁴**, instead of **沏茶煑飯** **ch'i¹ ch'a² chu³ fan⁴**, to prepare tea and food.❶

TRANSLATION

The yellow haricot — is completely round — bearing a daughter, she is worth no money — just as much as two bits of bean-curd and two ounces of wine. — when we send her to her mother-in-law's house — the mother-in-law says : her feet are large and her face is ugly — the father-in-law

❶ 从一些和北京话不一样的短语中可以发现，这首歌来自乡下。例如，最后一句说准备茶和饭用的是“烧茶煮饭” shao¹ ch'a² chu³ fan⁴，而不是“沏茶煮饭” ch'i¹ ch'a² chu³ fan⁴。

says : let her stay, let her stay ! — she can be useful for boiling tea and cooking food.

CXXVII

松 栢 枝 兒
礮 子 軋
我 跟 姐 姐 同 出 嫁
姐 姐 嫁 在 南 山 裏
妹 妹 嫁 在 比 窪 裏

NOTES

栢 樹 pai³ shu⁴, the cypress. The branches of fir and cypress are burned in some offerings to the spirits, but here the second verse has no rational meaning.[1]

TRANSLATION

The branches of fir and cypress — are crushed by a stone roller (?) — I and my elder sister both marry — my elder sister will marry in the mountains of the South — and I will marry in the Northern bogs.

CXXVIII

一 個 毽 兒

[1] "柏树" pai^3 shu^4，松柏枝会被当作祭品烧掉，但在这里第二句没有合理的意义。

拍兩瓣兒
打花鼓兒
繞花線兒
裏拐外拐
八仙過海
九十九個一百

NOTES

The shuttle-cok is kicked by boys but the girls push the ball with their hands and this is called 拍 p'ai[1]. Sometimes while playing they sing some rhymes, one of which I present to the reader.❶ 拍兩瓣兒 p'ai[1] liang[3] pan'[4] r, is struck so hard as to be broken in two pieces. 打花鼓兒 ta[3] hua[1] ku[3], sort of musical amusement consisting of a song accompanied by drum beating performed generally by girls. This drum beating is accompanied by various evolutions of the arms, non unlike the movement of pushing the shuttle-cok. — 繞花線兒 jao[4] hua[1] hsien[4], r, another game. The player places the shuttle-cok on his foot, kicks it in the air, awaits its falling down, and just before it touches the ground, he turnes the foot down round it and kicks it up again.❷ 裏拐外拐 liu[3] kai[3] uai[4] kuai[3], pushing inside and pushing outside the shuttle-cok.

TRANSLATION

A shuttle-cok — is kicked up and broken in

12

❶ 毽子是男孩们踢的，女孩们会用手“拍”p'ai[1] 毽子。有时他们在玩的时候会唱一些歌谣，我给读者呈现了其中一首。

❷ “打花鼓儿” ta[3] hua[1] ku[3]，一种带音乐的游戏，通常由女孩打着鼓唱着歌。与踢毽子的动作不一样，打鼓会伴随着手臂的各种变化。“绕花线儿” jao[4] hua[1] hsien[4]'r（hsien[4], r 疑为印刷错误。——编译者），另一种游戏。游戏者把毽子放在脚上，踢到空中，等毽子快要落到地上之前，把脚绕毽子一圈，又踢起来。

two pieces — beat the drum — pick up the shuttle-cock. — push inside, push outside — the eight genii cross the sea — ninety nine and a hundred.

CXXIX

門兒敲得梆梆
狗兒咬得汪汪
我說一聲誰
騎着毛驢兒
扛着米
要粗的
要細的
量糠兒的
簸凈兒的

NOTES

梆梆 pang^1 pang^1, imitates the knock at the door. 汪汪 uang^1 uang^1, the barking of a dog. 毛驢兒 mao^2 lü^2' r, a common name for an ass, instead of the simple 驢兒 lü^2' r. A slang word for it is 毛團兒 mao^2 t'uan^2 'r; here the rice-seller is supposed to advertise his wares in the last four verses.❶ 量糠兒的 liang^2 k'ang^1 'r ti^2, rice and husks together, rice which has not been winnowed.❷ 簸凈兒的 puo^3 ching^4' r ti, clean rice with no husks.❸

❶“毛驴儿”mao^2 lü^2'r，毛驴的俗称，代替的是简单的“驴儿”lü^2'r。俚语称其为“毛团儿”mao^2 t'uan^2'r。后四句应该是卖大米的人在宣传他的大米。

❷“量糠儿的”liang^2 k'ang^1'r ti^2，米和糠混在一起，指没有筛过的米。

❸“簸净儿的”puo^3 ching^4'r ti，不带糠的净米。

TRANSLATION

People knock at the door — and the dog barks — I ask once, who is there? — (the rice seller) rides an ass — and bears the rice on his back. — (he says) do you want coarse rice? — do you want fine rice? — here is rice and husk, "— and here is winnowed rice.

CXXX

小陶氣兒
跳鑽鑽兒
腦瓜兒上梳着個小蠟千兒
一人學了八宗藝
撞鐘踢球外帶打嘎

NOTES

跳鑽鑽兒 **t'iao^4 tsuan^1 tsuan^{1}' r**, hopping and jumping. **蠟千兒** **la^4 c'ien^{1}' r**, a chinese candlestick. When boys have not yet hair enough to comb a pigtail, sometimes their hair is bound up in a small plait which stands perpendicularly on the top of the head.[1] **八宗藝** **pa^1 tsung^2 i^4**, eight kinds of abilities. **撞鐘** **chuang^4 chung^4**, lit. "to strike the bell". A game practised by boys who each throw a piece of cash against a wall. The greater or lesser distance to which the cash rebounds from

[1] "蜡千儿" la^4 c'ien^{1}'r，中国烛台。当男孩的头发还不能梳成辫子时，有时会被绑成一个小辫子，垂直地立在头顶。

the wall makes one the winner or loser. ❷ **外帶 uai^4 tai^4**, and furthermore.

❷ "撞钟" chuang^4 chung^4，字面意为"撞击钟"，一种男孩们玩的游戏。每个人都朝墙扔一个铜钱，铜钱从墙上反弹回来的距离远近决定了谁是赢家、谁是输家。

TRANSLATION

The impertinent youngster — goes hopping and jumping — he has a "candle" toupet on his head — he himself has mastered eight sorts of abilities — he can play at "bell-striking" at foot-ball and also at wood ball.

CXXXI

打 羅 兒 餙
曳 羅 兒 餙
該 我 的 麪 錢 不 拿 來
多 會 兒 拿 來
逛 燈 拿 來
甚 麼 燈
小 脚 兒 燈
一 登 登 了 個 大 窟 窿

NOTES

逛燈 kuang^4 teng^1, a festival from the 13th to the 17th of the first moon. In the evening lanterns are hung out by shops and private houses. ❶ **小脚兒燈 hsiao^3 chiao^{3}'r teng^1**. A lantern shaped in the form of a chinese small foot. The introduction to this song

❶ "逛灯" kuang^4 teng^1，从正月十三到十七的一个节日。晚上店铺和私宅都会挂上灯笼。

is identical with another translated before. 登 is pronounced like "lantern" therefore the pun.❷

TRANSLATION

Strike the sieve and sift — drag the sieve and sift — you owe me money for flour and do not pay me — when will you bring it here? — At the festival of Lanterns I'll bring it — what lantern?— The small foot lantern. — walking on it I made a big hole in it.

CXXXII

小 大 姐
纔 十 八
滿 臉 的 鋸 子 大 疤 拉
桃 兒 粉
任 意 兒 搽
胭 脂 抹 的 血 絲 胡 拉
梳 着 一 個 蘇 州 纂 兒
鬢 角 兒 斜 插 一 枝 花
金 蓮 多 麽 大
横 量 二 寸 八

NOTES

小大姐 hsiao³ ta⁴ chie³, the young lady. The picture is humourous. 鋸子 chü¹ tzu, "a saw" it

❷ 这首歌的引子与之前翻译过的另一首的相同（见第49首，本书第99页。）。"登"发音类似于"灯"，因此是双关语。

❶“锯子”chü⁴ tzu，“锯”指得了天花后，脸上的皮肤有时会粘在一起，从而形成疤痕和小疙瘩。

❷“血丝胡拉”，差不多读作 hsie³ sz-hu-là。我用这些字，只是为了把发音记下来。其大概意思是看起来像涂了血。

refers to the fact that after the small pox the skin of the face sometimes is glued together thus forming a scar and a small pimple on it.❶ **桃兒粉** **t'ao²'r fen³**, red cosmetic powder sold in peach like beads. **血絲胡拉**, read almost in one word **hsie³ sz-hu-là**. I have only adopted these characters in order to write down the sound as spoken; the general meaning is to look as if besmeared with blood❷— **橫量** **heng² liang²**, measuring the size of the foot. The smallest foot is three inches.

TRANSLATION

The young lady — has just reached her eighteenth year — she has the face full of pimples and scars — with red cosmetic — she rubs all over the face to her heart's desire and then she combs her hair into a Soo-chow chignon — near the temple she sticks a flower in her hair — how big is her foot? — altogether two inches and eight tenths of an inch.

CXXXIII

我的兒
我的姣
三年不見長的這麼高
騎着我的馬
拿着我的刀
扛着我的案板賣切糕

TRANSLATION

My son — my treasure — during the three years that I have not seen you, you have grown so tall — riding my horse — taking my swoard — bearing on your shoulder my kneading-board and selling slices of pudding. "

CXXXIV

豆芽菜
水溯溯
誰家的媳婦兒打公公
公公拿着楞棍兒楞
媳婦兒拿着袖口兒甩

NOTES

豆芽菜 tou[4] ya[2] ts'ai[4], bean sprouts commonly eaten in China. 水澎澎 shuei[3] p'eng[1] p'eng[1], flowing with water; these sprouts are put in water to keep them fresh.

TRANSLATION

The bean sprouts — are dripping with water — who is the wife who dares to beat her father in law? — the father-in-law beats her with his stick — and the woman only lets her sleeve down (with anger).

CXXXV

秦始皇
砌城牆
牆頭兒矮
磴兒窄
擋着達子過不來
後來有個孟姜女
千里來尋夫
對着牆一哭
哭了一聲天兒
哭塌了半邊兒

NOTES

秦始皇 ch'in² shih³ huang², the emperor who built the great wall and who is said to have had buried in it all the men who died during its building. 城墻 ch'eng² ch'iang² "the fortified wall" the full name is 萬里長城 uan³ li³ ch'ang² ch'eng². 磴兒窄 teng⁴'r chai³, the layers of brick are so thin that a man is able to creep on the wall as up stairs. 孟姜女 Meng⁴ chiang³ nü³. A beautiful woman whose husband, although a hsiou⁴ ts'ai², was forced to work at the wall; being in delicate health he died and was buried in the brickwork. When his wife came for him and heard of his end, she knelt by the wall and wept invoking Heaven. She so moved Heaven that the wall crumbled away at the spot and showed her husband's remains: she piously exhumed them, and took them with her. She was afterwards rewarded by the Emperor who granted her a precious belt. But she was so oppressed with grief that at last she ran her head against a wall and died.[1]

TRANSLATION

The Emperor Shih-huang — built the Great Wall — the top of the wall was low — and the steps were short — to prevent the Tartars from crossing — There was Meng chiang nü — who came from a thousand miles away to find her husband — then wept in front of the wall — wept and cried : O Heaven ! — and at her tears the side of the wall fell down.

CXXXVI

蹊 蹊 蹺　　換 個 牛
換 把 刀　　牛 沒 甲
刀 不 快　　換 匹 馬
切 青 菜　　馬 沒 鞍
葉 兒 青　　上 南 山
換 把 弓　　南 山 一 窩 兎 兒
弓 沒 頭　　剝 了 皮 兒 穿 條 褲 兒

NOTES

This rhyme has no sense all through.[1] 蹊 蹺 hsi¹ ch'iao⁴, extraordinary, uncommon ; at least it is

[1] "孟姜女" Meng⁴ chiang³ nü³ 是一位美丽的女子，她的秀才（hsiou⁴ ts'ai²）丈夫被迫去修长城，结果由于身体羸弱而死，被埋在长城里。当孟姜女来寻夫时，听到了丈夫的死讯，于是跪在长城边，哭着祈求上天。上天被打动了，于是城墙崩塌，露出了她丈夫的遗骸。她虔诚地掘出遗骸带走了。后来，皇帝赏给她一条珍贵的腰带。但她因太过悲伤，最后一头撞墙而死。

[1] 这首歌谣全文没有意义。

the only meaning and writing which may reasonably agree with the pronunciation **hsi[1] ch'iao[4]**.

TRANSLATION

Very extraordinary — change a sword — the sword does not cut — hash vegetables — their leaves are green — change a bow — the bow has no head — change an ox — the ox has no scales — change a horse — the horse has no saddle — go to the South hills — in the southern hills there is a nest of hares — from which we take the skin to make a pair of trowsers.

CXXXVII

白塔寺
有白塔
塔上有磚沒有瓦
塔臺兒上裂了一道縫
魯班爺下來鋸上塔

NOTES

Near the P'ing-tso-men there is a pagoda already spoken of in rhyme N°114. During this dynasty it threatened to collapse and showed a great crack. The popular tradition says that just at that time somebody dressed like a mason walked round and round the place shouting the words. **鋸大傢伙兒** **chü[1] ta[4] chia[1] huo[3] r** " mend the big

❶ 第 114 首歌谣里提到在平则门附近有一座白塔。不知道在哪一年，塔身上出现了巨大的裂缝，随时可能

thing". A few days after, with great astonishment the candid Pekinese observed that the crack in the pagoda had been repaired and on the fresh work was visible the mark of a mason's trowel. The popular fancy nowhere so wildly developed as in China, directly connected this mysterious piece of masonry with the workman's words and recognized in him **Lu**^{3} **pan**^{1} **ye**^{2}, the Genius protector of masons and carpenters. As to the historical truth of the work so well executed, it may be explained in two ways: either the work had been done by government order and at an uncommon time of the day: or more probably that crack had never existed.[1]

TRANSLATION

At the temple of Pai-t'a-ssu, there is a white pagoda — on the pagoda there are bricks but not tiles — on the pagoda's pedestal a gaping crack appeared — and Lu-pan-ye himself came down to repair it.

CXXXVIII

瘸子鬼
偷凉水
搬倒了缸
砸了腿
你赔我的缸
我赔你的腿

倒塌。传言在那个时候，有一个泥瓦匠打扮的人，围着这个地方走来走去，大喊着这些词。“锯大家伙儿”chü^{1} ta^{4} chia^{1} huo^{3}'r 为“修补大件东西”。几天后，坦率的北京人惊讶地发现，白塔的裂缝已经修好了，在新修的塔上可以看到泥瓦匠的泥刀的痕迹。这种说法在中国广为流传，这块神秘的砖石和泥瓦匠的话被直接联系在一起，这个泥瓦匠就是泥瓦匠和木匠的保护者、巧夺天工的鲁班爷（Lu^{3} pan^{1} ye^{2}）。至于这件天衣无缝的事情真相如何，可以用两种方式来解释：要么是政府下命令在一天之内的特殊时间段里完成的；要么更可能是根本不存在裂缝。

❶“麻子鬼”ma[2] tzu kuei[3]，打趣一个长了天花的孩子。

NOTES

瘋子鬼 ma[2] tzu kuei[3], is said jocularly about a child much marked by smallpox.❶

TRANSLATION

The "small pox devil" — stealing the water — has upset the bucket — and has broken his leg — you repay me for my bucket — and I will repay you for your leg.

CXXXIX

喜花掐來戴滿頭
喜酒兒斟上嘔幾嘔
喜鳥兒落在房簷兒上
哨的是喜報三元獨占鰲頭

NOTES

The hsi[3] or joy here alluded, to is the approval at the examinations.❶ **嘔** ou[1], means to drink, to gulp down.❷ **三元** san[1] yüan[2]: a candidate who has taken the highest places at the examinations. These words are pronounced by the joy-messengers **報喜的** pao[4] hsi[3] ti, when they reach the door of the successful candidate.❸ **獨占鰲頭** tu[2] chan[4] ao[1] t'ou[2], (the man who has been successful at the last Hanlin examinations is said) to have alone occupied the Ao-fish's head.❹

❶这里的“喜”hsi[3]，主要指通过考试。

❷“呕”ou[1]，意思是喝、吞。

❸这些词是“报喜的”pao[4] hsi[3] ti 在敲高中者的门时唱的。

❹“独占鳌头”tu[2] chan[4] ao[1] t'ou[2]，指在最后一次翰林考试中高中的人。

TRANSLATION

Here are the flowers of joy, pick them up and cover your head with them — here is the wine of joy, pour it out and drink — the birds of joy come to stop under the eaves of the roof — and the news they bear is : the first successful candidate at the examinations.

CXXXX

錐幫子兒
納底子兒
掙了二升小米子兒
蒸蒸烙烙
吃他娘的一頓犒勞

NOTES

This rhyme speaks jocularly of a little fellow who is supposed to work in order to give himself a treat.[1] 小米 hsiao[3] mi[3], millet — 蒸 cheng[1], to steam. 烙 lao[4], to fry in a pan. 犒勞 k'ao[4] lao[2], a treat given on some lucky days, to soldiers or workmen.

TRANSLATION

(The boy) bores the heelband of the shoe — and stitches the shoe sole — he has earned two pecks of millet — after a good deal of steaming and

[1] 这首歌谣诙谐地讲述了一个小伙计为了犒劳自己一顿饭而工作。

frying — he eates a good meal given to him by his mother as a reward.

CXXXXI

月亮爺
明煌煌
騎着大馬去燒香
大馬拴在梧桐樹
小馬拴在廟門兒上

NOTES

明煌煌 **ming^{2} huang^{2} huang^{2}**, extremely bright.
梧桐 **u^{2} t'ung^{2}**, the *Sterculia platanifolia* (Catalpa).

TRANSLATION

The Lord moon — how bright he is — on horse-back I go to burn incense — the big horse is bound to the Catalpa tree — and the small horse to the temple door.

CXXXXII

高高山上一窩猪
兩口子打架孩子哭
孩子孩子你別哭
等着我打那個老丈夫

NOTES

The first verse is a good sample of those extraordinary introductions.[1]

TRANSLATION

On a very high mountain there is a lair of pigs — a husband and a wife quarrel and the child weeps — child, child, do not weep — wait till I thrash this old husband.

CXXXXIII

廟 門 兒 對 廟 門 兒
裏 頭 住 着 個 小 妞 人 兒
白 臉 蛋 兒
紅 嘴 唇 兒
扭 扭 揑 揑 愛 死 個 人 兒

NOTES

扭扭揑揑 niu³ niu³ nie⁴ nie⁴, to walk in a sweet and graceful manner.

TRANSLATION

A door of the temple is opposite to a door of the temple — there lives a small girl — with white cheeks — and red lips — she walks so nicely that she makes people die of love.

---

[1] 第一句是这些不寻常的引子中一个很好的例子。

❶“鸟”，在这里读 niao1 而不是 niao3——这个词没有意义，纯属音读。

❷“抄”ch'ao1，（这个意义有时是用另一个俗字表达的）这里的意思是抓住某人的腋下将其举起。

CXXXXIV

鳥 鳥 鳥　　要 打 架
身 量 兒 高　　用 手 抄
要 吃 飯　　要 洗 臉
先 毛 腰　　拿 水 澆

NOTES

鳥, read here **niao1** and not **niao3** — the word has no sense and is purely phonetical.❶ 毛腰 **mao2 yao1**, the person spoken of being so tall, must stoop down to take his food. 抄 **ch'ao1** (written some times when in this sense with another vulgar character) means here to lift up somebody by catching him under the armpits.❷ 澆 **chiao**, to water, to poor down water.

TRANSLATION

Hallo! — he is really tall — when he wants to eat — he must stoop down — when he wants to fight — he lifts his adversary under the arms — when he wants to wash his face — he poures water down on it (rather than to stop down to the basin).

CXXXXV

這 個 人 生 來 性 兒 急
淸 晨 早 起 去 趕 集

錯穿了綠布褲
倒騎着一頭驢

NOTES

綠布褲 lü⁴ pu⁴ k'u⁴, trowsers made of green cloth, trowsers for a woman. The man in his haste had put on his wife's trowsers.[1] 倒騎 tao⁴ ch'i², to ride with the head turned to the animal's tail.

TRANSLATION

This man is very hasty by nature — early in the morning he started for the fair — and he had put on by mistake his wife's trowsers — and was riding with his head towards the donkey's tail.

CXLVI

窮太太兒
抱着個肩兒
吃完了飯兒
遶了個灣兒
又買檳榔
又買烟兒

TRANSLATION

The poor woman — folds her arms on her

[1] “绿布裤” lü⁴ pu⁴ k'u⁴，绿布做的裤子，是女人的裤子。这里指男人慌乱中穿上了妻子的裤子。

breast — when she has finished taking her food — she goes out for a strall — and buys betelnuts — and tobacco.

CXLVII

是誰拍我的門兒
小狗兒汪汪叫
親家太太來到了
忙着穿花鞋
褲腿兒又掉了

TRANSLATION

Who knocks at the door? — the small dog barks — a lady relation has arrived — in a hurry I put on my embroidered shoes — but my anklebands have fallen down.

CXLVIII

大哥哥二哥哥
這個年頭兒怎麼過
棒子麪兒二百多
扁豆開花兒一呀兒喲

NOTES

年頭 nien[2] t'ou[2], the crops of the year. 怎麼過 tsen[3] mo kuo[4], how will it be possible to live? 棒子麪 pang[4]-tzu-mien[4] flour of Indian corn. 二百多 eur[4] pai[3] tuo[1], more than two pai for a chin[1], a chinese pound. The last verse has no sense and ends the rhyme as the person tries to divert the attention to another subject.❶

TRANSLATION

First elder brother — second elder brother — with these crops how will it be possible to live? — Indian corn flour is sold at two cents a pound! — the bean plant opens its flowers, Hallo!

CXLIX

正月裏正月正
七個老西兒去逛燈
反穿皮襖還嫌冷
河裏的王老八他怎麼過冬

NOTES

反穿皮襖 fan[3] ch'uan[1] p'i[2] ao[2], wearing the fur coat with the fur outside, to feel warmer. Here the words are said to have a laugh at the Shan-hsi men. 王老八 uang[2] lao[3] pa[1] is instead of 老王八, the old turtle.

❶ 最后一句没有意义，当人们想把注意力转移到另一个主题时，歌谣就结束了。

TRANSLATION

In the first month, in the first month — seven Shan-hsi people go out in the streets to see the lanterns. — they wear their furs outside and yet they feel cold — but look at the turtles in the river, how do they manage to live through the winter?

CL

小 小 子 兒 開 鋪 兒
開 開 鋪 兒 兩 扇 門 兒
小 棹 子 兒
小 椅 子 兒
烏 木 筷 子 兒 小 碟 子 兒

NOTES

烏 木 u^1 mu^4, ebony wood.

TRANSLATION

The small boy has opened a shop — he has opened a shop with two front doors — with small tables — and small chairs — and chop-sticks of ebony wood.

CLI

小 姑 娘 作 一 夢
夢 見 婆 婆 來 下 定

眞金條
裹金條
扎花兒裙子綉花兒襖

NOTES

下定 hsia⁴ ting⁴, the future mother-in-law goes to the bride's parents and presents the bridal gifts. After this ceremony the marriage is considered fixed and the girl cannot on any account be betrothed to another man.[1] 金條 chin¹ t'iao², short golden rods sold in the gold-shops called 金店 chin¹ tien⁴. Each rod may weigh generally from one to four chinese ounces (liang). 裹金條 kuo³ chin¹ t'iao², sham gold rods given sometimes as gifts.

TRANSLATION

The small girl — has had a dream — she has dreamt of her mother-in-law coming to give her the bridal gift — real gold rods — and sham gold rods — a gown with stitched flowers — and a cloak with embroidered flowers.

CLII

養活猪吃口肉
養活狗會看家
養活貓會拏耗子
養活你這丫頭作甚麼

[1] “下定”hsia⁴ ting⁴，准婆婆向新娘的父母送上聘礼。仪式结束后，婚事就定下来了，女孩无论如何也不能和另一个男人订婚了。

❶ 这些词是父母逗自家小姑娘时说的。

NOTES

These words are playfully said by parents to their small daughters.❶ 一口肉 i[1] k'ou[3] jou[4], a mouthful of meat, some meat.

TRANSLATION

If we keep a pig — it is in order to enjoy a good piece of meat — if we keep a dog — it is in order to have him watch the house — if we keep a cat — it is to have him eat the mice — but to keep a maid like you — what is the use of it?

CLIII

喜兒喜兒　　賠了本兒
賣涼粉兒　　娶了個媳婦兒
砸了鑵子　　一條腿兒

NOTES

喜兒 hsi[3] 'r, may be shortened from 喜雀 hsi[3] ch'iao[3], a magpie, but here it is used as a common nickname for children, meaning "joy".❶ 涼粉兒 liang[2] fen[3] 'r, fresh powder, is white bean-flour which in summer time is kept by merchants in an ice-box to sell it cool.❷ 鑵子 kiuan[4] tzü[3], a pot taken around by the bean-flour sellers, in which they keep a sort of sauce to season their ware before selling it to customers.❸

❶"喜儿" hsi[3]'r，可能是"喜雀" hsi[3] ch'iao[3] 的缩写，但是这里指的是小孩的一种常见昵称，意思是"欢乐"。

❷"凉粉儿" liang[2] fen[3]'r，一种白色的豆粉，夏天时小贩会把它放在冰盆里冷藏出售。

❸"罐子" kiuan[4] tzü[3]，卖凉粉儿的人带的罐子。他们在罐子里面装了一种调味汁，用来给凉粉儿调味。

一條腿兒 i[1] t'iao[2] t'uei[3]'r, (with) one leg. It must however be noticed that this phrase also means in Pekinese language " very harmoniously, very peacefully " when speaking of a loving husband and wife : as the two persons were only one, tied one to the other, having one leg in two and therefore with one will and wish.❹

TRANSLATION

Joy, Joy — sells cool bean-flour — but he has broken the sauce jar — and has forfeited his capital — now he has married a wife — with one leg (or, and he is very happy with her).

CLIV

鼓靠着鼓來
鑼靠鑼
新娶的媳婦兒靠公婆
月亮爺靠着娑羅兒樹
牛郎織女緊靠天河

NOTES

These first verses refer to the ceremonies of a marriage procession, so often mentioned before. — According to chinese folk-lore it is related that in the moon there is a big tree called

❹ "一条腿儿" i[1] t'iao[2] t'uei[3]'r，（用）一条腿。不过，值得注意的是，北京话在说到夫妻恩爱时也用这一短语，意思是"非常和谐，非常和睦"，两个人好得像一个人，如胶似漆，合二为一，一心一意。

娑羅兒樹 suo1 luo2'r shu4 (*Shorea robusta*) on which the father moon leans. The word *solo* is derived from the sanscrit sâla.[1] In the first two verses the word k'ao, to recline, to lean, is used in the sense of to be contiguous, near, in great number.[2] **牛郎** niu2 lang2 or also **牽牛** ch'ien1 niu2, the constellation of the Herdboy. **織女** chih1 nü3, the Spinning damsel, another constellation. The former and the latter are placed each at one side of the milky way ; the Chinese consider them to be husband and wife and say that once a year they succeed in seeing each other by a curious expedient. The magpies form themselves into a bridge over the milky way (**天河** t'ien1 ho2) and the pair get on the bridge and meet. Many particulars are related about this annual interview ; there is also a fantastical play called **渡銀河** tu4 yin2 ho2, the " Crossing of the silver river " in which the adventures and sorrows of this loving pair are exposed to mortal eyes.[3]

TRANSLATION

(In the marriage procession) drums succeed drums — and gongs succeed gongs — a newly married bride relies on her father and mother-in-law — the father moon reclines on the Shorea tree — and the constellations of the Herdboy and the Spinning damsel each lie on one side of the milky way.

---

[1] 第一句指的是结婚的仪仗，前文多次提到过。根据中国相关民俗，月亮上有一棵大树名为“娑罗儿树”suo1 luo2'r shu4（*Shorea robusta*），月亮爷就靠着这棵树。*solo* 一词来源于梵语 *sâla*。

[2] 前两句中的“靠”字指斜倚、倾斜，用于表示相邻的、接近的、大量的。

[3] “牛郎”niu2 lang2 或者“牵牛”ch'ien1 niu2，指牵牛星。“织女”chih1 nü3，纺织的女子，是另一个星座。两个星座分别位于银河的两端。中国人认为牛郎与织女是夫妻，并说他们每年都能通过一种奇怪的方式成功地见一次面。喜鹊搭起了一座横跨银河系的桥（“天河”t'ien1 ho2），两人在桥上相见。许多材料都与这一年一度的见面有关。还有一部奇幻的戏叫《渡银河》tu4 yin2 ho2，向大众展现这对爱人的奇遇和悲伤。

CLV

紅得哩　　七根鬚兒
指甲草兒　六個瓣兒
藍得哩　　晚香玉得哩
翠雀兒　　藹康尖兒

NOTES

Pekinese boys sing these words to imitate the street-call of the flower sellers.❶ The two sounds which I have written 得哩 **to-li**, and occur three times in these verses are altogether phonetic and with no meaning tone or accent; so the first verse is pronounced as if it were written hung toli.❷ 指甲草兒 **chih**[3] **chia**[3] **ts'ao**[3]**' r** (pronounce **chih**[2] **chia**[3]) lit. finger grass, is the China balsam (*Impatiens balsamina*) with whose red flowers chinese ladies dye their fingers, as the Arab women with the hennè. The flowers of this plant may have different shades of colour from plain white to deep red, and are also called 鳳仙花 **feng**[4] **hsien**[1] **hua**[1] ❸ 翠雀兒 **ts'uei**[1] **ch'iao**[3]**' r**, the larkspur. 花鬚兒 **hua**[1] **hsü**[1]**' r**, stamens and style of flowers. 矮康 **ai**[1] **k'ang**[1], an aromatic plant, basilic (*Ocimum basilicum*).

TRANSLATION

Here is the red! — China balsam — here is the blue! — the larkspur — with seven

❶ 北京的男孩们唱这首歌来模仿街头卖花人的叫卖。

❷ 我写的“得哩”to-li这两个音，在这首歌谣中出现了三次，都是没有意义的音读，也没有音调和语气，因此第一句的发音就好像降音 toli 的发音一样。

❸ “指甲草儿”chih[3] chia[3] ts'ao[3]'r（读作 chih[2] chia[3]），是中国妇女用来染指甲的花草（*Impatiens balsamina*），就像阿拉伯妇女用的海娜（*hennè*）一样。这种花颜色深浅不同，从纯白到深红都有，也叫作“凤仙花”feng[4] hsien[1] hua[1]。

stamens — and six petals — the tuberose — and the basilic grass.

CLVI

大娘二娘猜
三娘罵我醜奴才
我也不是偷來的
我也不是跑來的
花紅綠轎兒娶來的
瞧瞧奴家的手
金珠瑪瑙一大斗
瞧瞧奴家的牙
從小兒愛喝個菓子茶

NOTES

It happens very often in a family that all the brothers marry and do not live in seperate establishments. All the young wives live together and in order to distinguish them, the elder brother's wife is called ta⁴-niang², the second brother's eur⁴ niang² and so forth. In this way a system of subordination prevails in the family, and the older wives indulge rather often in teasing the younger ones, The ta⁴-niang², this powerful chief of this female clan has a greater authority than all and is consequently allowed to brew the most mischief possible in the family.❶ 猜 ts'ai¹, lit. to

❶ 所有兄弟都结婚了，但还是住在一起，这种情况很常见。年轻的妻子们都住在一起，为了区分她们，大哥的妻子被称为“大娘”，二哥的被称为“二娘”，等等。这样，家里就会区分出尊卑关系，年纪大的妻子经常以戏弄年轻的妻子为乐。大娘在女性中最有影响力，她比所有人都更有威慑力，因此她可以在家里随便开玩笑。

guess, to solve riddles, very probably means here to guess, to doubt, to make investigations, suppositions on the woman who is the plaintiff in the song, the youngest wife who complains of having been insulted.[2] **醜奴才** **ch'ou³ nu² ts'ai²** "ugly slave" a must insulting appellation to a woman who has been legally married, implying that she is not a legal wife but a bought slave.[3] **偷來的** **t'ou1 lai2 ti**, to come stealthily, that is to say come and live with a man without any legal and customary sanction. The same meaning is very curiously expressed in the phrase **手拉手兒來的** **shou³ la¹ shou³ lai² ti** — lit. "to come taking each other by the hand" that is said of two persons who like each other and without parental permission and the ordinary ceremony take each other by the hand and go and live together.[4] — After that in English would be found "but"; this most interesting particle is wanting here. **花紅轎** **hua¹ hung² chiao⁴**, "the chair as red as (red) flowers, in which the bride sits, when she is taken from her own paternal house to her husband's. **綠轎** **lü⁴ chiao⁴**, one or two green chairs in which sit some of the girl's relations to take her to the new home. **奴家** **nu² chia¹**, a term of modesty used by wives for "I" — **瑪瑙** **ma³ nao³**, cornelion. **菓子茶** **kuo³ tzu ch'a²**, "tea with sugared fruits, as taken by rich people.[5]

❷ "猜" ts'ai¹，字面意为猜测、猜谜，在这里很可能意味着猜测、怀疑、调查、猜忌歌谣里所指的女人。她作为最年轻的妻子在抱怨受到的侮辱。

❸ "丑奴才" ch'ou³ nu² ts'ai²，对已经合法结婚的女人的蔑称，暗示她不是合法的妻子，而是买来的奴隶。

❹ "偷来的" t'ou¹ lai² ti（t'ou1 lai2 疑为印刷错误。——编译者），偷偷摸摸来的。也就是说，未经任何法律和习俗认可而和一个男人一起生活。"手拉手儿来的" shou³ la¹ shou³ lai² ti 这一让人费解的短语也表达了同样的意思。"手拉手儿来的"指两个互相喜欢的人，没有经过父母的允许和一般的仪式而牵手一起生活。

❺ "果子茶" kuo³ tzu ch'a²，有钱人喝的茶。

TRANSLATION

The first wife and the second wife play at guissing riddles — the third wife insults me as " an ugly slave " — but I did not come here stealthily — nor did I run away to come here — I was married and taken here in a red chair and was followed by green chairs — look here at my hands ! — I could fill a big peck with the gold pearls and cornelion that I wear — look here at my teeth! — since I was a child I have been accustomed to take " tea with candied fruits ".

CLVII

小 胖 小 子 兒 眞 有 哏 兒
你 可 愛 死 個 人 兒
小 胖 小 子 兒 胖 達 達
你 是 誰 家 的 愛 娃 娃
買 美 人 兒
買 美 人 兒
買 到 家 裏 作 個 看 家 的 人 兒
有 人 兒
沒 人 兒
不 用 鎖 門 兒

NOTES

哏 兒 ken[2] r, no recognized character exists

for this word which means, amusing, pleasant. These words are from a mother to her own boy.[1]— 愛死 ai⁴ ssŭ³, to cause somebody to die of love. 胖達達 p'ang⁴ ta¹ ta¹, very fat and big; observe here ta¹ for ta². 愛娃娃 ai⁴ ua² ua², a beloved child. 美人兒 mei³ jen²' r, a beauty, said particularly of women, but here of the boy.[2]

TRANSLATION

This fat boy of mine really amuses people! — you really make people die of love! — this fat boy of mine how big he is — (now, tell me) whose beloved child are you? — who wants to buy a beauty! who wants to buy a beauty! — when bought and taken home he may be employed in looking after the house — never mind whether there are other people or not — it will be quite useless to shut the door with a key.

CLVIII

高高山上一個牛
四個蹄子分八瓣兒
尾巴長在屁股後頭
腦袋長在脖子上頭

NOTES

瓣 pan⁴, the division of a hoof. The description

[1] "哏儿" ken^{2}'r，在现有的字中没有相对应的。其意思是好玩的、高兴的。这些是母亲对儿子所说的。

[2] "美人儿" mei^{3} jen^{2}'r，美人，尤其指女人，但这里指那个男孩。

of this extraordinary ox will no doubt interest the reader.[1]

[1] 对这头不寻常的牛的描述无疑会吸引读者。

TRANSLATION

On a very high mountain there is an ox — which has four hoofs and eight toes — his tail is grown under his rump — and his head is placed on his neck !

CLIX

買 一 包
還 有 你 們 鬧 一 包
大 爺 吃 了 愛 摺 跤
你 們 是 摺 私 跤
你 們 是 摺 官 跤
閒 着 的 跛 脚 大 箍 腰

NOTES

These words are sung by children who want to imitate the itinerant vendors of a drug for professional wrestlers, which is called 壯藥 chuang^4 yao^4. Is is made into black pills, called 百補增力丸 puo^2 pu^3 tseng^1 li^4 uan^2, " the hundred times fortifying pills.[1] 鬧 nao^4, is not here in its original meaning but instead of 買 mai^3, to buy; the expression is only used in Pekinese slang.[2] 大爺 ta^4 ye^2, vulgar appellation for a gentleman whose name and titles

[1] 这些词是由孩子们唱的，他们在模仿向职业摔跤手卖药的流动商贩。这种药叫“壮药”chuang^4 yao^4。壮药是黑色的药丸，叫作“百补增力丸”puo^2 pu^3 tseng^1 li^4 uan^2。

[2] “闹”nao^4，在这里不是原意，而是指“买”mai^3，这种表达只在北京俚语中可见。

[3] “大爷”ta^4 ye^2，对姓名和头衔不详的男士的俗称。

are unknown.[3] 撂跤 liao^4 chiao^1, to wrestle. 私跤 ssu^1 chiao^1, wrestling among friends in a club (廠子 ch'ang^3-tzu) where there is daily practice for private entertainment or with the view of entering by means of the examinations the Imperial wrestlers Corps, whose perfect and official wrestling-school is called 官跤 kuan^1 chiao^1.[4] 開着的 k'ai^1 cho^1 ti, all this verse is composed of technical wrestling terms; this one may possibly mean to give, to play a stroke, a move.[5] 跛脚 p'uo^1 chiao^3, to kick the adversary on the ankle in order to make him lose his balance and fall.[6] 箍腰 ku^1 yao^1, catching the adversary by the waist to throw him to the ground by sheer superiority of strenght.[7]

CLX

初一初二初三四兒
秃媽養活了一個秃寶貝兒
吃秃嘰兒
抱秃八兒
秃了脖梗子
秃腦袋瓜兒

NOTES

These verses are completely devoid of any sense.[1] 八兒 pa'r, name of the child.[2]

[4] "私跤" ssu^1 chiao^1，指朋友间在厂子（ch'ang^3-tzu）里摔跤，人们日常在这里进行摔跤娱乐，或为通过考试进入皇家摔跤队做准备。完善的官方跤场被称为"官跤" kuan^1 chiao^1。

[5] "开着的" k'ai^1 cho^1 ti，这句全是摔跤术语。"开着的"可能意味着打、击，指一个招式。

[6] "跛脚" p'uo^1 chiao^3，用脚踢对手的脚踝，使其失去平衡而摔倒。

[7] "箍腰" ku^1 yao^1，完全凭借力量优势抓住对手的腰把他摔倒在地。

[1] 这些句子完全没有任何意义。

[2] "八儿" pa'r，孩子的名字。

TRANSLATION

On the first, on the second, on the third and on the fourth — the hairless mother has given birth to a hairless treasure — who sucks a hairless breast — she embraces the hairless young Pa — who has a hairless neck and a hairless head.

CLXI

你 要 奢 你 要 奢
你 要 包 金 的 大 耳 挖
等 着 搖 銅 鼓 兒 的 過 來 你 去 拏

NOTES

These words are said by mothers to little girls. The character 奢 is read here **sha**^{2} which means in country dialect *what?* and is used instead of the Pekinese 甚麽 **shemmo**^{3}. The first form is in Peking used only in mockery.❶ 耳挖 **eur**^{3} **ua**^{2}, an ear-pick. The women generally wear a silver one stuck in the hair above the left ear. Sometimes like other silver head-gears, it is gilt.❷ 搖銅鼓兒的 **iao**^{2} **t'ung**^{2} **ku**^{3} **'r ti**, a man who goes around in the street shaking a brass drum, and selling hair-pins, generally brass ones.❸

TRANSLATION

What do you want, what do you want? — you

❶ 这些词是母亲对小女孩说的。“奢”在这里读作sha^{2}，在方言中意思是“什么”，用来代替北京话中的“什么”shemmo^{3}。第一种形式在北京话中只用于嘲讽。

❷“耳挖”eur^{3} ua^{2}，女人通常在左耳上方的头发上戴一个银色的耳挖。有时也是镀金的，就像其他银色的头饰一样。

❸“摇铜鼓儿的”iao^{2} t'ung^{2} ku^{3}'r ti，走街串巷摇铜鼓卖发夹的人，通常是黄铜的发夹。

want a big gilt ear-pick — wait till the man with the brass drum comes over and then go take it.

CLXII

鞭爆一响把張開
增福財神兩邊兒排
招財童子中間坐
增福仙增壽仙劉海兒本是海中仙
一撒金二撒銀
三撒騾馬成了羣
四撒搖錢樹
五撒聚寶盆
五子登科六六順

NOTES

This rhyme is sung by boys who go round on new-year's eve to wish good luck to the families in the neighbourhood and to get the gift of some cash. The style is not altogether su-hua.[1] 鞭炮, pien[1] p'ao[4] "whip crackers" a sort of fire-crackers which sound like the cracking of a whip. 把張開 pa[4] chang[1] k'ai[1], "people open their accounts" the shops which have been shut for three, four or more days at the festival of the New-year, choose a lucky day to reopen the shop and recommence business. This ceremony is performed with solemnity and with a number of fire-crackers in proportion to the

[1] 男孩子在除夕夜四处走动唱这首歌谣，希望给四邻带去好运，也希望从他们那得到一些铜钱作为礼物。这首歌的风格并不完全是俗话（su-hua）。

❷ "把张开" pa⁴ chang¹ k'ai¹，"开张"，过年时关了至少三四天的店铺会选择一个好日子重新开张营业。这个仪式很隆重，会视店铺的规模放一些鞭炮。

❸ "招财童子" chao¹ ts'ai² t'ung² tzu³，另一个神灵，店主们会把他的画像贴在店门上。下面都是神仙的名字。

❹ "刘海儿" liu² hai³'r，一个天才的名字，据说他能给主人带来财富。他被描绘成戴着金项链。

❺ "聚宝盆" chü⁴ pao³ p'en²，一个传说中的盆，据说过去归一个姓沈的人所有。这个盆的用处在于，它能使里面的金银的重量和价值翻倍。

importance of the shop.❷ **增福財神** tseng¹ fu² ts'ai² shen², "the God of wealth who increases happiness" title of the divinity most respected by shopmen. **招財童子** chao¹ ts'ai² t'ung² tzu³. "the young man who attracts the wealth" another divinity whose image is pasted by shopmen on the shop door. All the following are also names of divinities.❸ **增福仙** tseng¹ fu² hsien¹, the Genius who increases happiness. **增壽仙** tseng¹ shou⁴ hsien¹, the Genius who lengthnes one's age. **劉海兒** liu² hai³'r, name of a Genius supposed to bring wealth to his owner. He is represented wearing a neck lace of gold pieces.❹ **成了羣** ch'eng² la ch'ün², so many as to form a herd of them. **搖錢樹** yao² ch'ien² shu⁴, a fabulous tree whose branches are covered with gold and silver, which falls down when one shakes the tree. **聚寶盆** chü⁴ pao³ p'en², a fabulous basin said to be possessed in former times by a certain **沈** Shen³; this basin had the useful quality of doubling the weight and value of the precious metal laid in it.❺ **登科** teng⁴ k'o¹, to be approved at the official examinations. **六六順** liu⁴ liu⁴ shun⁴, six times six may you have favour (may you find every thing smooth for you).

TRANSLATION

Here is the first discharge of crackers and the shop begins to receive customers — on both sides is exhibited the God of wealth — and in the middle sits "the young man who attracts wealth — there are also the Genius of happiness, the Genius of long life and Lui-hair who is originally a genius from the sea — first let him shower gold — secondly let him shower silver — thirdly let him give you as many horses and mules as would make herds of them — fourthly let him grant you the golden-tree — fifthly let him grant you the Treasure casket — five sons all of whom shall pass the examinations and a sixfold happiness.

CLXIII

天 皇 皇
地 皇 皇
我 家 有 個 夜 哭 郎
過 往 君 子 念 三 遍
一 家 睡 到 大 天 光

NOTES

This small rhyme is sung by mothers to get children asleep and to break the evil charm which forces them to be awake. The chinese paste on the walls of the town and even in places of which no mention need be made some words which, read three times, are thought to exert a very favourable influence on the events of the day as regards the reader. These spell sentences are generally called 咒 語 chou^{4} yü^{3} — (the word chou^{4}, here is in a good

❶ 这首短歌是母亲在哄孩子入睡时唱的，打破那些使孩子们醒来的邪恶咒语。中国人把这些字贴在城里的

墙上，甚至在无须提及的地方。把这些字念三遍，念的人当天做事就会有好运气。这些句子通常被称为“咒语”chou^4 yü^3（“咒”字在这里是一种积极的意义，而在其他短语中它的意思可能是“对某人念咒或诅咒”，就像“咒骂”chou^4 ma^{4}一词一样，是“辱骂和诅咒某人的固定说法”）。最常见和最强的咒语之一包含在这首歌谣的前两句中，因为组成它们的字被认为是所有汉字中最尊贵的。这个咒语是开玩笑写成的，好像是要贴在墙上，而不是在婴儿的摇篮旁唱。

❷“夜哭郎”ye^4 k'u^1 lang^2，在育儿者看来，指一个不愿睡觉的小郎君。

sense, whilst in other phrases it may mean "to read incantations and spells against some body" as in the phrase 咒駡 chou^4 ma^4, which means to insult and to wish bad luck to one with ready made words). — One of the most common and powerful spells is contained in the first-two verses of this rhyme, as the words which compose them are considered the most honourable of all the characters. — This spell is jokingly composed as if it were intended to be pasted on walls, and not to be sung beside the cradles of babies.[1] 夜哭郎 ye^4 k'u^1 lang^2, in nursery talk means a young gentleman who won't go to sleep.[2]

TRANSLATION

Heaven is imperial! — The Earth is imperial — I have at home a young gentleman who weeps during the night — Let all the gentlemen who go by read these words three times — and all the family will sleep till broad daylight.

CLXIV

竈王爺
本姓張
一碗凉水三炷香
今年小子混的苦
明年再吃關東糖

NOTES

There are two gods of the hearth, the one is Li and is not married, the other has the surname of Chang and is married. These words are supposed to be uttered by a poor man who is performing the annual sacrifice to the God, but has not money enough to buy the sugar required for the occasion, and can only afford to prepare the bowl of water for the god's horse and three incense sticks.[1] **小子** hsiao³ tzu "the young man" here jocularly used for I, the undermentioned. **混的苦** hun⁴ ti k'u³, I am living very wretchedly.

TRANSLATION

O God of the hearth — whose surname is Chang — here is a bowl of water and three incense-sticks — this year I am living very miserably — next year you shall eat the Manchurian sugar.

---

[1] 灶王爷有两位，一位是未婚的李灶王，另一位是已婚的张灶王。这些词应该是一个穷人说的，他正在向灶王献祭，但没有多余的钱买祭灶所需的糖，只能为灶马准备一碗水和三炷香。

CLXVI

年年有個三月三
王母娘娘慶壽誕
各洞神仙來上壽
蟠桃美酒會羣仙

NOTES

The third day in the third moon is the birthday of Hsi[1]-uang[2] mu[3], the western Royal Mother, worshipped by the Chinese.❶ 洞神 tung[4] shen[2], the Spirits are supposed to live in grottoes.❷ 蟠桃 p'an[2] t'ao[2] flat peaches. 蟠桃會 p'an[2] t'ao[2] huei[4], is also called the festival in honour of Hsi-uang[2]-mu[3], Every spirit in attendance is supposed to be presented with a peach. See the play called P'an-t'ao-huei.❸ 羣仙 ch'ün[2] hsien[1], to assemble the spirits.

TRANSLATION

Every year there is the festival of the 3[d] day of the third moon — it is the Birthday of the Royal Mother — All the spirits in the grottoes come to

❶ 三月三是中国人敬奉的西王母 Hsi[1]-uang[2] mu[3] 的寿诞。

❷ "洞神" tung[4] shen[2]，被认为住在洞府中的神仙。

❸ "蟠桃会" p'an[2] t'ao[2] huei[4]，又称西王母纪念日，据说赴会的群仙会享用到蟠桃。见戏剧《蟠桃会》。

assist at the ceremony — the flat peaches and the good wine can make the spirits assemble.

CLXVII

南京大柳樹
北京沈萬三
滄州的獅子景州的塔
深州蜜桃擓口兒甜

NOTES

In this rhyme are collected some of the rarities to be seen in the Empire.❶ 沈萬三 Shen^3 uan^4 san^1, name of the propieter of that famous treasure-basin 聚寶盆 chü^4 pao^3 p'en^2 which has been spoken of before.❷ 滄州 Ts'ang^1 chow^1, in the Tientsin prefecture. It is stated there is an iron lion, in the interior of which there is room for ten men.❸ 景州塔 ching^3 chou^1 t'a^3, a high pagoda in Ching-chow, in the Chihli province; it is stated it is very high and may be seen at the distance of fifty *li*.❹ 深州 Shen^1 chow^1, a place renowned for its magnificent peaches. 擓口兒甜 kang^4 k'ou^3 'r t'ien^2, so sweet that they fill the mouth; the same idea is also expressed by 殺口兒甜 sha$_1$ k'ou$_3$ r' t'ien$_2$.❺

TRANSLATION

The willow trees in Nanking — The man Shen-uan-san in Peking — the lion in Ts'ang-chow, and

❶ 在这首歌谣中，收集了一些可以在中国看到的稀有物。

❷ “沈万三” Shen^3 uan^4 san^1，前面提到的著名的聚宝盆（见本书第230页）的所有者。

❸ “沧州” Ts'ang^1 chow^1，在天津地区。据说那里有一只铁狮子，里面可以坐十个人。

❹ “景州塔” ching^3 chou^1 t'a^3，位于直隶省景州的高塔。据说塔非常高，可以看到五十里外。

❺ “扛口儿甜” kang^4 k'ou^3'r t'ien^2，甜到塞满嘴巴，同样的意思也表达为“杀口儿甜” sha^1 k'ou^3'r t'ien^2（sha1 k'ou3r' t'ien2 疑为印刷错误。——编译者）。

the pagoda in Ching-chow — and the very sweet peaches in Shen-chow.

CLXVIII

轂 洞 洞
太 平 車
裏 頭 坐 着 個 俏 哥 哥
城 外 去 聽 野 台 兒 戲
囘 頭 逛 個 十 里 河 兒
老 爺 廟 鬧 吵 吵
人 海 人 山 眞 熱 鬧
村 兒 裏 的 姑 娘 來 賣 俏
臉 搽 官 粉 賽 過 一 個 大 白 瓢

NOTES

轂洞洞 ku[1] tung[1] tung[1], a slang surname for a sort of travelling cart covered with a mat awning-a better name for it is 太平車 t'ai[4] p'ing[2] ch'o[1].❶ 野台兒戲 ye[3] t'ai[2] 'r hsi[4], performances on wooden stages in the country, the expense of which is paid for by means of general contributions amongst the peasants.❷ 十里河兒 shih[2] li[3] ho[2] 'r, "the ten *li* river" a brook outside the Kiang-tso-men in Peking. By its side there is a large temple in which a festival is held on the 24th of the 6th moon: its name is 老爺廟 Lao[3] ye[2] miao[4].❸ 鬧吵吵 nao[4] ch'ao[1] ch'ao[1], great noise and hubbub. 人海人山 jen[2] hai[3] jen[2] shan[1],

❶"轂洞洞"ku[1] tung[1] tung[1]，俚语，指有遮阳篷的旅行车。其更准确的名字是"太平车"t'ai[4] p'ing[2] ch'o[1]。

❷"野台儿戏"ye[3] t'ai[2]'r hsi[4]，在乡村的木台上进行的表演，费用全部由农民筹集。

❸"十里河儿"shih[2] li[3] ho[2]'r，北京"江擦门"[Kiang-tso-men（此处为音译。——编译者）]外的一条河。河岸边有一座大庙叫作"老爷庙"Lao[3] ye[2] miao[4]，在六月二十四会举办庙会。

the men were there as thick as water and as high as hills. 賣俏 mai⁴ ch'iao⁴, "to sell attractions" means "to make a display" to show off. The comparison of the girls head with the white calabash is made in mockery.

TRANSLATION

In the awning-cart — there sits a nice fellow — he is going outside the town to hear the village comedies — and then he will go down to the River of ten *li* — In the Lao-ye temple there is great confusion — the crowd is enormous, and it is very animated — the girls from the villages come here to display their charms — and their faces rubbed with white cosmetics look just like white gourds.

CLXIX

壽星老兒福祿星
增福增壽壽長生
生文生武生貴子
子孝孫賢輩輩兒榮

NOTES

This rhyme is sung by children on birthdays.[1] The three happy stars are the 壽星 shou⁴ hsing¹, the star of longevity, 福星 fu² hsing¹, the star of happiness and 祿星 lu⁴ hsing¹, the star of appointment.

[1] 孩子们在生日的时候唱这首歌。

The spirit which presides over longevity is called 壽星老兒 shou^{4} hsing^{1} lao^{3}'r.

TRANSLATION

The spirit of longevity, and the stars of happiness and appointment — may they increase your happiness and your longevity so that you may live a long life — and have sons in the literary career, in the military career and in high positions — may your sons be pious and your grandsons be for ever glorious.

CLXX

小 胖 哥
玩 藝 兒 多
搬 不 倒 兒
婆 婆 車
風 颳 燕 兒 一 大 串 兒
氷 糖 葫 蘆 兒 是 果 餡 兒

NOTES

搬不倒兒 pan^{1} pu^{4} tao^{3}'r, a toy consisting of a round ball of clay on which is stuck a paper man — the plaything is so made that in whatever position one puts it, by the law of gravity it takes again its upright position.[1] 婆婆車 p'uo^{2} p'uo^{2} ch'o^{1}, ladies carriage, another toy. 風颳燕兒 feng^{1} kua^{1} yen^{4}'r,

[1] "搬不倒儿" pan^{1} pu^{4} tao^{3}'r，一种由黏土制成的圆球玩具，上面贴着一个纸人。这样做成的玩具，无论把它放在什么位置，因为万有引力定律，它都会恢复直立状态。

another plaything in the form of a stick on which a thread is tied, not unlike a fiddestick. On this thread are fixed many paper flowers, which at the least breath of wind begin to revolve causing a peculiar whirring round. ❷ 氷糖葫蘆 ping[1] t'ang[2] hu[2] lu[2], some fruits as the hai-t'ang are strung together by a thin stick and covered with sugar; this is called a "sugar-gourd".

TRANSLATION

This fat boy — has many toys — a clay puppet — and a small cart — and a great string of paper flowers — and sugar-gourds stuffed with fruits.

PEKING. — Pe-t'ang Press.

❷ "风刮燕儿" feng[1] kua[1] yen[4]'r，另一种形状似棍子的玩具，上面绑着线，就像提琴的杆。在这根线上固定着许多纸花，有一点儿风它们就开始转动，呼呼作响。

附录一
晚清来华外交官威达雷与《中国民俗》[①]

李海英[②]

近30年来，随着中外文化交流的日益加强，海外汉学研究持续升温，已成为一门重要的学科。西方汉学大致可分为传教士的汉学传统、外交官的汉学传统、西方思想家的汉学传统以及西方作家的汉学传统等。来华外交官虽然在政治上的表现被人褒贬不一，但在文化上的所作所为却多受到肯定。比如，意大利外交官威达雷所编的汉语读本《中国民俗》就对中国20世纪二三十年代以后的民俗研究产生过相当的影响。

晚清意大利外交官威达雷或译为卫太尔、韦大列、威大列，1872年11月28日出生于意大利那不勒斯的圣母玛利亚塔楼。曾于1893—1899年担任驻华使馆翻译（1896—1897年间兼代办），1899—1913年任汉文正使。1918年5月20日，由于一次偶然的流血冲突，死于那不勒斯。威达雷语言才能卓越，会汉语和其他五六种语言。来中国之前，他在那不勒斯跟老师学中文时，只会读和写，还不能说，来华后仅在中国人居住区待了几周后，就能讲流利的汉语了。其中文发音几近完美，深受当时意大利驻华大使的赏识，中国人亦对他赞誉有加。据说，连慈禧太后对他也非常赏识。因为汉文极为出色，1900年1月，他被那不勒斯东方学院院长吉拉尔多·德芬蒂斯教授聘为中文教师。在华期间，作为一名外交官，威达雷对中国表现出复杂的情感：一方面，他追求意大利在华政治、经济利益的最大化；另一方面他对1900至1901年西方列强在天津、北京

---

① 本文系教育部中外语言交流合作中心国际中文教育重点创新项目成果。

② 李海英，山东师范大学文学院教授。

等地的烧杀抢掠和无恶不作予以谴责，具体表现就是以“一个北京人”为笔名在意大利《论坛报》上对此做了大量报道。虽然这种谴责在当时只是一种微弱的声音，但表现出威达雷的理想主义情怀和复杂的中国观。有学者指出，作为意大利政府外交官对中国的敌视，作为一个外国学者对中国文化的痴迷和对遭受西方人烧杀淫掠的中国人的热爱，这些情愫交织在威达雷内心深处。[①] 威达雷的学术成就主要集中在汉语研究上，有《中国民俗》（原文为 *Chinese Folklore, Peking Rhymes, first collected and edited with notes and translation*，又被译为《北京的歌谣》《中国歌谣》《中国民间传说》等）、《中国笑话：汉语口语初级读本》等著述。[②]1897 年，他还在北京与瑟尔思伯爵合作编写了《蒙文语法与词汇》一部，此书于 1899 年 3 月获得法国政府的奖金。

关于书名，我们认为，根据其英文题目中的单词 folklore 多为“民俗的”“民间的”等含义，将其翻译为《中国民俗：京韵》较为合适。就其命名来说，该书名与内容并不相符。书中包括 170 余首童谣，共 220 页，以中英文对照的形式印行。它是最早由外国人收集、整理、翻译的北京儿童歌谣集，早于北京大学的学者 1910 年代对歌谣的系统收集和整理的提倡，对以后的中外学者收集和整理中国民俗产生了相当大的影响。

在国外，《中国民俗》的英文本并不稀见，学术界对它的研究多为内容方面的概括性介绍。国内的情况与此相反。[③] 自《中国民俗》出现以来，较少再版。20 世纪 20 年代，有一些学者开始注意到这部集子。比如，胡适、周作人等学者曾予以关注，对于作者和书名，胡适译为“卫太尔的《北京歌唱》”，周作人则译为“威大列的《北京儿歌》”。总的来说，对《中国民俗》的研究不够普及和深入。有的学者甚至根本不了解其内容。比如，有文章指出，“中国民间故事和传说也常常包含神话因素，甚至其本身就是神话故事，因此它们的译介又为中国神话的西播开辟了另一条渠道，马礼逊（R. Morrison）所编《中国通俗文学选译》（1812）即有《搜神记》片段。19 世纪末叶有几种著作值得一提，如威达雷的《中

---

① ［意］米歇尔·法帝卡：《意大利〈论坛报〉中威达雷关于义和团的报导》，见中国社会科学院历史研究所明清史研究室编：《清史论丛（2002 年号）》，中国广播电视出版社，2002 年。

② 中国社会科学院近代研究所翻译室编辑：《近代来华外国人名词典》，中国社会科学出版社，1981 年，第 493 页。

③ 安德明：《多尔逊对现代中国民俗学史的论述》，载《北京师范大学学报》（社会科学版）1996 年第 6 期。

国民间传说》（1896）和丹尼斯（N. B. Denneys）的《中国民间传说及其与雅利安和闪米特人民间传说的亲和性》（1876）”[①]。从行文上来看，作者认为它是一部包含有神话因素的中国民俗集。这与其实际内容是有差距的。

根据作者威达雷于1896年9月30日所作的序言，《中国民俗》的特点有三：①其中的词汇和文字在他处几乎见不到；②可以清楚地观察中国人生活的细节与背景；③在通俗的歌谣中蕴含着真正的诗。除谈到上述三个特点外，威达雷还详细地介绍了搜集《中国民俗》素材时遇到的困难。一开始，他根本不知该到哪里去寻找和记录这些作品。当向中文老师求教时，“这个文化人认为这种通俗的东西属于垃圾，在中文中不存在”。后来威达雷捧出银钱加以利诱，这位老先生才搜集了40首童谣。其实，这恰恰反映了威达雷之前，国内读书人对这种流行于街头巷尾的童谣抑或通俗文学的鄙夷态度。直到20年后胡适提倡“不避俗言俗字”，吹响了文学改革的号角，当时中国的情况还依旧是“白话诗起来了，然而做诗的人，似乎还不曾晓得俗话里有许多可以供给我们取法的风格与方法，所以他们宁可学那不容易读又不容易懂的生硬的文句，却不屑研究那自然流利民歌风格，这个似乎是今日诗国的一桩缺陷罢”[②]。从这点来说，威达雷等是具备超前意识的。

本来，威达雷对中国童谣或者说他认为的民间传说的重视，其实只是为了准备简单而有趣的汉语阅读材料，为学习汉语的外国人减轻学习汉语的痛苦，只是连他自己也没想到，无心插柳柳成荫，他成了包括民俗学在内的一些领域的一位拓荒者。

一、先进的民俗学理念

首先，《中国民俗》催动了民俗学学科建立的进程。[③]有学者指出，威达雷的《中国民俗》“属于曾经影响了早期民俗学者学术理念的外围著述”，虽然威氏写作此书的初衷与民俗学并无半点瓜葛，但该书的出版大大刺激了早期北京大学歌谣研究会诸同人，成为加速民间文学搜集整理工作的催化剂。1918年

---

① 周发祥：《西方的中国神话研究》，载《社会科学辑刊》1999年第3期。

② 胡适：《北京的平民文学》，载《读书杂志》1922年第2期。

③ 参见施爱东：《倡立一门新学科——中国现代民俗学的鼓吹、经营与中落》，中国社会科学出版社，2011年。

2 月 1 日北大歌谣征集处成立，1920 年 12 月 9 日北大歌谣研究会成立，1922 年 12 月 17 日《歌谣周刊》创刊。[①] 北大《歌谣周刊》的发刊词一直被史家们正面阐释和解读为现代学科意义上的民俗学发端。其实，《歌谣周刊》发刊词清楚地表明，歌谣研究会的重要理念就是《中国民俗》序言中提到的“根据在这些歌谣之上，根据在人民的真感情之上，一种新的‘民族的诗’也许能产生出来”。周作人等歌谣研究会成员在 20 世纪 20 年代，征集和研究流传于下层老百姓中间，向来不登大雅之堂，不为圣贤文化所承认的歌谣、谚语、俚语等口头文学，其在中国文化史上的思想启蒙意义，应当得到充分的估价。而周氏的观点，与二三十年前的威达雷可谓一脉相承。

其次，威达雷《中国民俗》来自实实在在的田野调查。“依民俗学的条件：非得亲自到民间去搜集不可；书本上的一点也靠不住；又是在民俗学中最忌讳的。每逢写在纸上，或著成书的，无论如何——至少著者也要读过一点书的。所以多少总有一点润色的地方，那便失了本来面目。而且无论怎样，文字决不能达到声调和情趣，一经写在纸上就不是它了。”[②]《中国民俗》恰好符合这样的条件。根据威氏的英文序言，除中文先生帮他收集到的 40 首外，其他 130 首来自他向别人直接的口语问询，当然这对他也是相当困难的事，“在夏天，作者住在庙里，跟周围的人交流，慢慢地搜集整理这些著作。后来又是艰难的解释和翻译的工作。用讲述人的理解方式来理解难点，而不加入自己的观点”[③]。当然，从《中国民俗》序言的后半部分来看，威达雷或者他周围的朋友应该对所选的歌谣做过一些加工。

再次，《中国民俗》极有可能受到了德国著名浪漫主义民俗学者赫尔德（Johann Gottfried Herder， 1744—1803）的影响。在近代，民俗学首先产生于德国，首倡者为浪漫主义民俗学者赫尔德。赫尔德曾说：“德国应该寻找自己民族的性格，寻找自己独有的思想方式，寻找民族的真正语言。”他认为，诗既表述了一个民族的缺点，又表述了一个民族的优点；它既是民族感情的一面镜子，又是对民族希望的最好表达。因此，德国人可以研究遗存在农民中的民间诗歌，来了解民族的历史事件。在他的影响下，德国学者开始对民间口头传说进行搜集和整理，如格林兄弟出版了《儿童与家庭故事集》《德国的传说》《德国的神话》等影响巨大的著作。随之，欧洲各国出现了大规

---

① 刘锡诚：《北大歌谣研究会与启蒙运动》，载《民间文化论坛》2004 年第 3 期。

② 常惠：《我们为什么要研究歌谣》，载《歌谣周刊》1922 年第 2、3 号。

③ Baron Guido Vitale, *Pekinese Rhymes*, Peking: Pei-t'ang Press, 1896, pp. 7–9.

模搜集歌谣的运动。威达雷对欧洲各国包括意大利在内的诗歌系统是比较熟悉的①，德国使团成员克雷布斯（Krebs）先生协助修改《中国民俗》的用例，英国使团的 A. M. C. 拉布（A. M. C. Raab）先生帮助订正《中国民俗》的书写等②，这让我们有理由确信，18、19 世纪的欧洲民族主义民俗学传统对于威达雷有一定的影响。这也难怪他提出“根据在这些歌谣之上，根据在人民的真感情之上，一种新的‘民族的诗’也许能产生出来”，与赫尔德“民间诗歌称作民族的档案，一个民族灵魂留下的烙印，民族的活态声音”的说法有异曲同工之妙。

最后，在整理的出发点上，《中国民俗》也不同于以往的中国民谣搜集传统。中国民谣的搜集并非始于威达雷，而是始于遥远的先秦时代。比如，《诗经》中的“国风”大部分是民歌；至汉魏六朝，有乐府专门负责搜集民间歌谣；大量民间歌谣被记录在《乐府诗集》中。而到了明代，著名学者冯梦龙、杨慎等人也参与到民间歌谣的搜集整理中来，尤其像杨慎还模仿民间歌谣进行创作。简单来说，中国古代民间歌谣的整理，作用不外两点：要么用来体察民俗风情和政治得失，要么用来作为诗歌创作的标本。而威达雷《中国民俗》的可贵之处，就在于它并非为了观察政治的得失，而是在反映普通民众生活的同时，引导人们探讨中国民族诗歌的源流。此外，这部最早是由西方人搜集整理并加以注释和翻译的来自街头巷尾的儿童歌谣集，借助外语媒介，成了西方人认识中国的窗口。从这几个方面来说，其意义已经大大超出了一般的中国民谣集。

二、语言研究的珍贵语料和文本

歌谣的地域特点是由许多因素构成的，其中最重要的，莫过于方言和民俗。除对中国民俗学的建立有推动作用外，《中国民俗》为语言学研究保存了重要的语料。

首先，《中国民俗》记录了大量的汉语方言词语，为人们研究晚清官话留下了丰富的语料。比较典型的如：末了（最后）、押虎子（北京街头的巡逻人）、走筹（巡逻）、肥瘦儿（有肥有瘦的好肉）、打提溜、闸草（灯笼草）、耍叉（打架）、一盘（p’an^2）儿（一次旅程或散步）、吉了儿（知了儿）等。

---

① Baron Guido Vitale, *Pekinese Rhymes*, Peking: Pei-t’ang Press, 1896, p. 9.

② Baron Guido Vitale, *Pekinese Rhymes*, Peking: Pei-t’ang Press, 1896, p. 10.

除引用方言词外，威达雷还引用其他语言中的术语和解释。比如第 24 首民谣文后的注释中，作者在解释“猴儿头”（北京方言指钱）一词的意思时，除将北京方言中类似的词语“大轱辘”和“官板”也做了介绍，还指出“古嘎”“侧”和“侧罗”是与钱有关的临时用法。另外，对满语和蒙古语中有些指钱币的术语，作者用拼音加以标注。这些包括少数民族语言在内的语料，无论对于研究北京方言还是蒙古语和满语的人来说，都是相当宝贵的。这对已经濒临消亡的满语来说，尤其难得。[①]

《中国民俗》汉英对照的编纂和翻译方式也足资后人借鉴。《中国民俗》的编排体例是先用汉语记录童谣，然后用英文介绍其中难懂的词和可能涉及的文化背景，最后再用英文翻译童谣的全文。作者注意解释中国特有文化现象如“奶名”，疏通难懂的词语，这对于当时外国人更好地了解中国，都是极为难得的素材。当然，对一些术语的翻译和解释也有足资后人引以为戒的地方。如威达雷将“外甥”理解为“姐姐或妹妹的孩子”，其实在北方方言中还可以指姥姥、姥爷称呼外孙或外孙女。在这样一些细节上，我们能发现文化差异对语言理解和翻译的影响，若不能深入了解对方的文化，翻译往往会捉襟见肘。

另外，由于有的儿歌演唱者是文盲，他们往往不能提供确切的字、词或解释，因此威达雷不得不对有些内容加以推测。还有，有的地方威达雷的理解不见得完全正确。如：“松柏枝儿，碾子轧，我跟姐姐同出嫁。姐姐嫁在南山里，妹妹嫁在比滏（按：疑当作“北洼”）里。”威达雷对它的把握就不尽如人意。他认为，一开始出现的“柏树”与后面的意思没有逻辑关系，似乎不了解中国人常用的“兴”的手法，观点失之偏颇。

三、生动而丰富的文学素材

《中国民俗》第一次为西方人认识鲜活的中国平民生活文化打开了窗口，它也引起了中国知识分子探讨民族诗歌之源流的兴趣，其中一个很大的原因是其丰富的题材。《中国民俗》作为从北京儿童中搜集的街头文学的样本，显现出了整个中国民俗文化的形态。美国当代著名民俗学家多尔逊曾经指出，威达雷作品中这些讥笑、呼号的人物，不是从中古以来就常见于传统小说中的官吏、文士和百无聊赖的贵妇人等上层社会人物，而是在喧闹的市街上奔波的普通群

① 参见 Baron Guido Vitale, *Pekinese Rhymes*, Peking: Pei-t’ang Press, 1896, pp. 40–41。

众。其中有为北京的年轻人所嘲弄的那些讲着粗拙方言的外地来的运水工，有为了吸第三口也是最后一口烟而烧着烟泡的大烟鬼，有狗肉的贪食者，以及僧侣、乞丐、摔跤手、游动艺人等等，也有为北京儿童所模仿的各种街头叫卖者，他们常沿街叫卖香笋子、刺刺罐儿、苦菜、香菜、喇叭花和翠雀儿等一些外来的货物。[①]

其实，书中除表现各色小人物外，还展示了中国特有的世态人情。比如有母亲对宝宝的爱，有对不检点的和尚的戏谑，有对想念女子的男人的调侃，有出嫁的女子想家时的哭泣，有对婆媳和姑嫂关系的讽刺，小人物对发财的渴望，等等。这些小韵文故事中所展现的生动素材，加上讽刺、夸张和比喻等手法的运用，让人对晚清热闹的生活画面，充满了怀念和向往。作者说："有人可能认为其中并没有什么诗意，尤其是外国人，对汉语完全是门外汉的这批。有几首童谣简单动人，很有诗意，即使是对中国人的情感表达略有了解，也能感受到这一点。虽然它们在全书中占的比例不高。但应当引起大家注意的是其中的生动性，即使它们来自没有什么文化的人。"[②]威达雷认为自己收录的童谣中有 14 首具备这一特点。当然，就笔者个人看来，有些虽未被列入他的名单反倒具备鲜活的表现力，如："隔着墙儿扔切糕，枣儿豆儿都掉了。隔着墙儿扔砖头，砸了妞儿的雨把儿头。隔着墙儿扔票子，怎么知道姑娘没落子"，就生动地表现出对一个向姑娘示好的鲁莽男子的戏谑。

四、《中国民俗》初刻本的版本价值

晚清以来，北堂就是天主教重要的印书场所。北堂，乃北京的西什库天主教堂的俗称。北堂印书馆成立于 1864 年。它的筹立源于咸丰十年（1860）结束的英法联军之役，法军在回国之前赠予北堂铅石两用机一台，1864 年始有西文印件，故将其定为印书馆兴立的时间。其名称有救世堂、西什库天主堂印书（字）馆、遣使会印书（字）馆、北堂印书（字）馆等。负责该书馆的先后有梅士吉、李蔚那、方立中等人。[③]据《中国基督教事业统计 1901—1920》记载，截至 1920 年，

① 参见安德明：《多尔逊对现代中国民俗学史的论述》，载《北京师范大学学报》（社会科学版）1996 年第 6 期。

② Baron Guido Vitale, *Pekinese Rhymes*, Peking: Pei-t'ang Press, 1896, pp. 7–10.

③ 雷强：《北堂印书馆 1931 至 1951 年刊印书目考》，载《图书咨询学刊》第 10 卷第 2 期。

天主教在中国的印书馆共有 13 个，按其重要性排列，北京遣使会印字馆排在第三位。虽然国外学者方立中的《1697—1935 年在华遣使会士列传》和惠泽霖《北堂书史略》[①]等都曾提到北堂印书馆的一些情形，但因为语言差异，真正由北堂出版的书在社会上流传甚少，并不容易见到。在这方面，《中国民俗》恰好是一个极好的补充。威达雷的几部著述包括《中国民俗》的初刻本等均由北堂印书馆出版。关于这一点，扉页上“Pei-t’ang Press”是最好的证明。这表明，北堂印书馆在当时不仅印刷天主教会内部的出版物，还面向社会印刷世俗书籍。而且，北堂印书馆不光印刷中文和英文的著述，还印刷其他语种的书籍。比如，北堂出版的威达雷《中国民俗》与《中国笑话：汉语口语初级读本》以中英文印刷，而威达雷的《柯尔克孜语法》则为法语作品，现藏美国加利福尼亚大学图书馆。可以说，《中国民俗》初刻本在版本学方面有一定的价值。

五、结语

在中国知识分子开始有意识地关注自己的民间传统之前，来自欧洲的旅行家、传教士、使馆人员以及学者们，就已经进入中国并考察其生活方式。西方学者最初认识中国民俗，途径有二：一是通过翻译的文言或白话的中国传统小说，二是通过直接口语方面的知识。而对于西方民俗学家来说，后者更为重要。但是，有意识的调查却是在 19 世纪末期开始的，威达雷是最早的参与者之一。尽管威达雷的《中国民俗》的初旨跟他的《中国笑话：汉语口语初级读本》一样，都只不过是为外国人准备的汉语口语练习读物，“想让他们从学习汉语的沮丧和痛苦中找到一点快乐的因素”[②]，但无心插柳柳成荫，令威达雷本人也没想到的是，他无意间成了中国歌谣运动和民俗学运动的报信人。

（原载《民俗研究》2014 年第 3 期。文字有改动）

① Hubert GermainVerhaeren, “Historical Sketch of the Pei-t’ang Library”, *Catalogue of the Pei-t’ang library*, Peking: Lazarist Mission Press, 1949.

② Baron Guido Vitale, *Chinese Merry Tales: A First Reading Book for Students of Colloquial Chinese*, Peking: Pei-t’ang Press, 1901, Preface.

附录二
清末来华西人歌谣收集活动的文化史考察
——以韦大列和何德兰为中心[①]

湛晓白　赵昕昕[②]

一、绪论

学界公认，在促使中国歌谣运动萌发的外来因素中，来华外国人的歌谣收集整理活动影响最为直接，其中又以19世纪末20世纪初来华的意大利外交官韦大

① 本文系国家社科基金一般项目“新文化史视野下的民国国语运动研究”（项目编号：17BZS078）的阶段性成果。本文在写作过程中承蒙中国人民大学文学院岳永逸教授赐教，谨致谢忱！

② 湛晓白，北京师范大学历史学院副教授；赵昕昕，北京师范大学历史学院2020级教育硕士研究生。

列和美国传教士何德兰二人最引人注目。[①]他们二人从完全不同的文化视野出发，分别辑有《北京的歌谣》和《孺子歌图》两部中国歌谣集。正如一些学者指出的，在此之前，尽管也有丹尼斯、司登德等外国学者关注和搜集中国歌谣，但韦、何二人的歌谣集才是最早真正触动中国学界的歌谣著作。伴随着20世纪初歌谣运动大幕徐徐揭开，由外国人所开的先例很快进入新文化人的视野，成为他们论证歌谣文学价值的重要助力。

关于两位外国学者歌谣收集整理活动的相关史实，已有学者进行梳理考订。[②]在民俗史和文学史的研究中，学者视《北京的歌谣》和《孺子歌图》为歌谣运动的催化剂，认为二者启发了新文学重视民族民间文学资源的导向，这几乎成为学者们的共识。然而笔者认为，韦大列和何德兰的歌谣收集不应当仅仅被放在民俗学史和文学史的框架中来考量，而应从一种更广义的文化史视角来考量。因为只有从文化史视角出发，一方面细致考述韦、何二人生平及文化活动，对其文化形象做出更立体的勾画；另一方面将其置入欧洲汉学史和基督教在华传播史之中，我们才有可能更深入地理解二人歌谣收集的旨趣所在，也才能准确定位其在西方汉学史上的位置。另外，《北京的歌谣》和《孺子歌图》的产生虽各有其语境和

---

① 意大利的汉学史著作对韦大列的生平和文化活动有简单介绍，可参见［意］白佐良：《1600—1950年的意大利汉学》，潘林译，见张西平编：《欧美汉学研究的历史与现状》，大象出版社，2006年，第172页；［意］图莉安：《意大利汉学研究的现况——从历史观点》，蔡雅菁译，载《汉学研究通讯》2006年第3期。20世纪30年代，陈子展在梳理近代中国民间文艺发现之旅时，即已注意到了韦大列和何德兰等外国人的影响，参见陈子展：《中国近代文学之变迁：最近三十年中国文学史》，上海古籍出版社，2013年。在西方学界，1960年代美国学者多尔逊（Richard M. Dorson）就已对《北京的歌谣》进行了简短的介绍，他认为该书“引起了中国知识分子从中探讨民族诗歌之源流的兴趣”，参见Richard M. Dorson, *Folktales of China*, Chicago and London: The University of Chicago Press, 1965, pp. v-xxxi。之后，洪长泰在其《到民间去——1918—1937年的中国知识分子与民间文学运动》一书中，将韦大列等来华外国人的著述作为现代中国民间文学兴起的外来影响加以定位，这一观点在中西学界均影响极大，被学者广泛接受。参见［美］洪长泰：《到民间去——1918—1937年的中国知识分子与民间文学运动》，董晓萍译，上海文艺出版社，1993年。当代学者在梳理中国现代民俗学史的源流时，也多会注意到这一西方因素的影响。

② 有关《北京的歌谣》和《孺子歌图》的专门研究主要从两个方向展开：一个是侧重研究二书语言风格、文学特质的语言学史或文学史，参见于润琦：《两个外国人与北京童谣的文本、版本》，载《新文学史料》2014年第3期；崔若男：《韦大列〈北京的歌谣〉与中国现代歌谣运动》，载《文化遗产》2020年第2期；牛艺璇：《清末汉语读物威达雷〈北京儿歌〉研究》，北京外国语大学硕士论文，2019年。另一个是史学角度的研究，以李海英一文为代表，参见李海英：《晚清来华外交官威达雷与〈中国民俗〉》，载《民俗研究》2014年第3期。

脉络，但二者几乎在同一时期进入中国知识分子的视野，又对歌谣价值的认知形成了某种共识，实际上是作为整体性的西方因素对新文化人的文学和文化观念产生影响的，理应合并考察。有鉴于此，本文试图从更广义的文化史角度对韦、何二人的歌谣收集活动予以考察，论述不当之处祈请方家指正。

二、韦大列与何德兰的生平及文化活动考述

以往中文文献关于韦大列的介绍中，他的汉学师承关系、出任意大利驻华外交翻译官的职业经历是最为学者们所熟知的，但是对于他的家庭出身、教育尤其是学术文化活动则叙述甚少，可以说作为历史人物的韦大列的形象仍较为模糊。为了让学界对韦氏多少有些神秘的一生及文化活动有更细致的了解，笔者特意检索了意大利文文献，发现除中国学者引用较多的汉学家白佐良的相关成果外，意大利族徽族谱学研究所主办的《贵族》杂志近年刊登的一篇名为《圭多·阿玛迪奥·威达雷教授——中国从未如此之近》的纪念文章，采纳了韦氏后人提供的一些私人材料，透露了一些鲜为人知的历史信息。下面笔者就结合《贵族》杂志上的文章对其生平做一些补充介绍。

据《贵族》杂志记载，韦大列于 1872 年 11 月 28 日出生于意大利那不勒斯的托雷安农齐亚塔，出身于一个有着阿拉贡王室血统但当时已不算显赫的贵族家庭。韦大列的父亲阿图罗是一位有着骑士勋号的税收官员，但他的个人兴趣不在本职工作，而是将更多精力投入诗歌写作和与文化界的交往中。阿图罗对语言极为敏感，擅长运用包括母语、本国方言和英语、法语在内的多种语言进行诗歌创作，当然也撰写其他类型的文章，是一位相当高产的文人。阿图罗兴趣广泛，交游广阔，尤其与意大利文艺界人士往来密切，曾与著名剧作家邓南遮等人一起为一家颇有名气的名为《星期》的刊物撰稿。阿图罗能在严肃的思想启蒙和传播通俗文化之间自如切换，是当地一位小有名气的文化人士。由于有这样一位具有突出语言才能和浪漫文学情怀的父亲，韦大列自幼就在无意识中适应了多语言并用的环境，并在潜移默化中对文学产生兴趣。[①] 从后面的人生轨迹来看，韦大列似乎相当程度上遗传了父亲的个性、气质和爱好。除家

① Vincenzo Amorosi-Antonello Tucci, “La Cina non fu mai così vicina con il professor Guido Amedeo Vitale”, *Nobiltà*, No. 146, 2018. 笔者委托美国布朗大学常无名博士将该文翻译成中文，特此致谢。

庭教育外，韦大列的汉语老师诺全提尼的影响也值得一提。诺全提尼是那不勒斯大学一名资历很深的汉学家，也是第一位以实习口译员身份到中国学习和工作的意大利学者，他对青年韦大列学习汉语及之后的人生抉择起到了重要的引导作用。[①]

1891 年韦大列毕业于那不勒斯大学，次年他凭借出色的汉语能力代替诺全提尼成为北京使团的临时中文口译官，开始来华从事外交工作。1893 年 12 月，他在北京通过了入职考试，并于次年转为正式口译官，此后开始担任意大利公使馆汉文正使。在北京任职期间，1909 年来京出任意大利驻华全权公使后来成为作家的丹尼尔·华蕾（Daniele Varè）对他的才能颇为赏识，深宫之中的慈禧太后也认为他的北京话发音接近完美。[②] 翻译官的特殊身份使韦大列获得了与皇室和上流社会密切交往的机会，由此也直接促成了他的异国姻缘。正是在颐和园美丽的垂柳竹林之中，他与一位名为玛丽亚·路易莎·王（Maria Luisa Wang）的出身显赫的皇室女子相识相爱并结为夫妇，两人在中国共育有 6 名子女。欧洲外交官与中国皇室女子的婚姻结合在当时显然是不同寻常的，但这桩婚姻似乎并没有改善他在使团的尴尬处境。事实上，尽管韦大列拥有出众的语言才华，身为翻译官的他在中意交涉等关键事务中发挥着不可或缺的作用，但使团的工作经历并不那么令人舒心。出身贵族家庭的韦大列极其重视职业头衔，但翻译官属于意大利使团职官序列的最底层且收入低下，职业上的瓶颈给他造成了长期的精神困扰和心理压力。即便如此，义和团运动期间，韦大列仍在意大利《论坛报》上发表了多篇报道和评论，就时局和中意关系积极发言表达自己的看法。[③] 庚子事变期

---

① 参见［意］图莉安：《意大利汉学研究的现况——从历史观点》，蔡雅菁译，载《汉学研究通讯》2006 年第 3 期。另据民国初期担任过意大利驻华大使的丹尼尔·华蕾回忆，韦大列与汉语结缘，缘于他在那不勒斯大学求学期间偶然发现诺全提尼在该校免费开设了一门汉语课程一直无人问津，出于对诺全提尼的同情他开始跟随其学习。参见 Daniele Varè, *Laughing Diplomat*, London: John Murray, 1938, p. 93。

② 外交官身份之外，丹尼尔·华蕾也是一位在欧美文学界有一定影响力的作家。他在回忆录中称赞韦大列具有“卓越的语言能力”，赞誉他是“在中国最杰出的汉学家和他所知道的最伟大的语言学者”（one of the best sinologues in China…the greatest linguist I have ever known）。同时他也略带嘲讽地描述了韦大列在教授丹尼尔·华蕾等人口语时的漫不经心以及他对自己职业生涯的倦怠失望。参见 Daniele Varè, *Laughing Diplomat*, London: John Murray, 1938, pp. 92–93。

③ 参见［意］米歇尔·法帝卡：《意大利〈论坛报〉中威达雷关于义和团的报导》，见中国社会科学院历史研究所明清史研究室编：《清史论丛（2002 年号）》，中国广播电视出版社，2002 年，第 139—148 页。

间经历的生死考验，对韦大列来说也是刻骨铭心的记忆。

在中国生活了20余年之后，1914年恰好那不勒斯东方学院中文教授职位出现空缺，这种机会在当时是极为难得的，对于已不再年轻且升迁无望的韦大列显然具有相当的吸引力，于是他很快决定携妻子和家人一起返回故乡定居。回到意大利后，他全身心地投入自己所擅长的汉学研究和教学工作，以教授薪资维持着一个大家庭的开支。1916年，他升任东方学院院长。然而，不幸的是，这种平静的学者生活没有持续太久。1918年5月20日，回到故乡仅仅4年多的韦大列，就在当地一个咖啡馆发生的一场黑社会枪击案件中不幸被误伤致死。当时正处于第一次世界大战的尾声，意大利的政治和社会局势极为动荡，可以说韦大列偶然的悲剧性死亡与这场战争也有着某种间接关系。那不勒斯《晨报》在对这起悲剧的新闻报道中，用"学问深厚的语言学家，一位著名人物，前意大利国王陛下驻中国使团参赞、皇家东方研究所管理委员会主席"① 一系列的头衔来介绍韦大列，这也能够看出在当地人眼中他的确是一位颇具学养和声望的名人。韦大列的葬礼和对其纪念的规模，包括他埋葬在贵族区似乎也都印证了这一点。两年后，他的遗孀王露莎也因患西班牙热病而去世。他们的孩子先是和祖父、姑姑一起生活，后来被政府安排进入一所高级学校学习。这可能是意大利当局对韦大列在中意外交和文化交流中所做贡献的某种认可和补偿。1922年，韦大列家族被正式列入《意大利官方贵族名录》。②

如前文所叙，韦大列明显地遗传了父亲的语言天分和文学气质。他不仅可以将法语、德语和英语等欧洲语言讲得像母语一样好，还能够娴熟地驾驭汉语官话、满语、蒙古语等亚洲语言，这一点不仅折服了他的使团同事，也让中国的统治者印象深刻，使其在一众外交官和领事中脱颖而出成为清朝宫廷中的"东方通"。更重要的是，韦氏还是一位不折不扣的东方语言学家，1899年他与法国人瑟尔思伯爵合编《蒙文语法与词汇》，并因此于1899年3月获得法国政府授予的"银棕榈"和"学院骑士"的荣誉称号，这充分说明了欧洲主流学术界对于韦大列研究成果的认可。③ 韦大列对文学尤其是诗歌的兴趣也是持续终

---

① ［意］文琴佐·阿莫罗西－安东奈罗·图奇：《圭多·阿玛迪奥·威达雷教授——中国从未如此之近》，常无名译，载《贵族》2018年第146期。

② 参见［意］文琴佐·阿莫罗西－安东奈罗·图奇：《圭多·阿玛迪奥·威达雷教授——中国从未如此之近》，常无名译，载《贵族》2018年第146期。

③ 张西平、［意］马西尼主编：《中外文学交流史：中国－意大利卷》，山东教育出版社，2015年，第204页。

生的。除《北京的歌谣》（1896）和《中国笑话：汉语口语初级读本》（1901）两部较为知名的集子外，他还在报刊上公开发表了一系列以中国文学为主题的文章。早在 1901 年他在北京继续外交官工作时，就已在一份名为《殖民的意大利》（*L'Italia Colonial*）的杂志上发表了《中国诗歌》一文，阐释其对中国诗歌特点的个人认识。在东方学院担任正教授期间，他又陆续发表了一些与戏剧有关的评论文章和译文，譬如在《戏剧》杂志上撰文讨论中国戏剧，在那不勒斯东方学院的年刊上则发表了诗歌体译文《蒙古传奇：巴特汗和他的卫队之死》(*La leggenda mongola della morte di Bator Han e dei suoi scudieri*)，等等。[①] 韦大列的这些文章虽然影响不大，但对于向来不重视中国戏剧、散文研究的意大利汉学界来说，又称得上是开风气之举。真正使韦大列在汉学研究和中国现代文化史上占据一席之地的，则是他于 1896 年在北京北堂印书馆出版的《北京的歌谣》一书，这是他人生中的第一部正式著作，也是第一部辑录北京儿歌的集子。《北京的歌谣》收录了 170 余首儿歌，每首儿歌均先以中文著录，辅以英文注解，最后才是正文的翻译。添加注释是为了让读者准确解读歌谣中难以索解的历史知识、背景和生僻词语。据作者自序，整个采集过程异常艰辛，充满了不被理解的挫败感。在中国的正统文学和文化观念里，歌谣无论是其口语化的特征本身还是口语包裹下的粗俗原始的情感，都决定了其不可能登堂入室进入文学行列，而只能是一种“不入流”的文化存在。对于这一点，韦氏先前可能知之不深，但此后的经历让他对此感触极深，譬如他提及在收集歌谣伊始曾求助于自己的中文教师，而以文人自居的中文教师先是轻蔑地拒绝了这一在其看来上不得台面的请求，直到韦氏以金钱为诱饵时，才勉强同意帮他搜集歌谣。[②] 为了搜集更多的歌谣，韦氏不得不走上北京的街头巷尾，通过与民众的亲自接触，艰难地用田野调查的方式得到他想要的诗歌和语言素材。

相比韦大列，中国学界对 20 世纪初另一位在华从事歌谣收集整理工作的西方人何德兰的了解更为有限。一个最为明显的例证是从最早发现《孺子歌图》的周作人到不少当代中国学者，均误认何德兰是一位女性，但实际上他是一位身形

① 参见［意］文琴佐·阿莫罗西－安东奈罗·图奇：《圭多·阿玛迪奥·威达雷教授——中国从未如此之近》，常无名译，载《贵族》2018 年第 146 期。

② 参见 Baron Guido Vitale, *Pekinese Rhymes*, Peking: Pei-t'ang Press, 1896, p. 8。

高大的男性传教士。[1]何德兰于 1859 年 8 月 16 日出生于美国宾夕法尼亚州的弗里德姆地区，1888 年从尤宁山学院（Mount Union College）毕业并获得文科学士学位，之后进入波士顿大学神学院学习。1890 年，何德兰接受教职并于当年 10 月被派赴中国，开始以美国公理会传教士的身份在北京传教和生活。在北京期间，何德兰除处理教会事务外，还在原属公理会的汇文大学堂（The Methodist Peking University）担任文科和神科教习。1894 年，他与同在北京工作的执业医师玛丽安·辛克莱（Marian Sinclair）结婚。[2]1901 年开始兼任福州英华书院校长。何德兰的妻子曾担任慈禧太后以及清宫中多位福晋、格格的家庭医生，与众多王公贵族之家保持着长达 20 余年的密切往来。通过这种特殊渠道，何德兰也与北京的诸多达官贵人建立了亲密关系，并有机会深入了解他们的家庭生活。何德兰擅长摄影，包括光绪帝和他父亲醇亲王奕譞、军机大臣王文韶、两广总督周馥、少壮亲贵溥伦等显贵都曾经是他的拍摄对象。[3]与中国人尤其是中国贵族阶层的密切接触，展现了何德兰高超的社交能力和较高的社会地位，也为他之后的中国书写提供了大量素材。在中国生活和传教 20 多年后，何德兰于 1914 年返回美国，之后一直在母校尤宁山学院教授比较宗教学，直至 1937 年退休。1942 年，即退休之后的第 5 年，何氏去世。

与诸多同时期来华且受过高等教育的美国传教士一样，何德兰结合自身经历和观察，致力于从社会生活、特定人群和风俗方面来认识中国的文化和国民性，留下了近十种纪实性著作。[4]何氏的中国书写主要包括三种类型：第一类是对清朝帝王权贵和宫廷生活的观察记录，代表作为《中国宫廷生活：首都，官与民》

---

① 常惠在 1923 年第 18 号的《歌谣周刊》上介绍《孺子歌图》时，称此书“是一位美国女士所辑”。受常惠影响，江绍原在与周作人的通信中也将其称作“美国何德兰女士”，而周作人回信时并未就此进行纠正。参见张挺、江小蕙笺注：《周作人早年佚简笺注》，四川文艺出版社，1992 年，第 322 页。1930 年代李家瑞整理出版的《北平俗曲略》中仍称作“美国女子何德兰”。现当代的诸多民俗史著作和论文均沿袭了这一错误。

② 参见 Gregory Adam Scott, “Finding Aid for Isaac Taylor Headland Papers, [1900?]-1939”, Columbia University Libraries, http://library.columbia.edu/content/dam/libraryweb/locations/burke/fa/mrl/ldpd_8516138.pdf，发表时间：2010 年 4 月，浏览时间：2019 年 3 月 4 日。

③ 参见 Isaac Taylor Headland, *Court Life in China: The Capital, Its Officials and People*, New York: Fleming H. Revell Company, 1909, p. 1。

④ 有学者认为，何德兰对中国社会文化的考察受到了“当时西方社会提倡用科学方法来研究人种及文化的流行趋势”的影响。参见徐兰君：《照相术与现代中国“儿童相”的谱系学研究》，见吴盛青编：《旅行的图像与文本：现代华语语境中的媒介互动》，复旦大学出版社，2016 年，第 162 页。

（*Court Life in China: The Capital, Its Officials and People*，1909，又译《慈禧与光绪：中国宫廷中的生存游戏》）；第二类是以中国家庭生活、青年和儿童为主要对象的书写，主要作品有《中国家庭生活》（*Home Life in China*，1914）、《中国的男孩和女孩》（*The Chinese Boy and Girl*，1901）、《我们的中国小表弟》（*Our Little Chinese Cousin*，1903）等；第三类是对一些中国基督教信徒生平事迹的记述，如《中国英雄》（*Chinese Heroes: Being a Record of Persecutions Endured by Native Christians in the Boxer Uprising*，1902）。此外，他还曾编写一册北京旅游指南和一本名为《中国的新时代：对导致其到来之诸大事件的研究》（*China's New Day: A Study of Events That Have Led to Its Coming*，1912）的历史著作。在何德兰的系列著作中，儿童作为一个独立的群体占据着相当显明和核心的位置，构成其中国书写也是西方传教士中国书写中极为特别的一部分。[①] 与明恩溥等美国传教士对中国人和中国文化偏于负面的观感不同，何德兰的中国印象整体上是相当正面的，他很努力地从各种细节和侧面去化解西方人对中国文化的傲慢与偏见，而儿童正是一个巧妙的突破口。他对儿童教育、亲子关系、游戏娱乐、精神心理等各方面均有细腻而敏锐的观察。通过观察嬉戏、阅读和其他活动，何德兰真切地感受到了中国儿童身上由内而外散发的天真、灵动、有趣，他惊叹于中国儿童的生活一点也不像西方人想象的也不像来华传教士所宣扬的那般寂寞乏味和缺乏竞争性。[②] 何氏对这一点感受强烈且极为欣赏，在多部著作里反反复复地提及和表达。向西方同胞传达鲜活生动的中国儿童形象，这也是已成功踏入中国贵族社交圈的何德兰不遗余力采集童谣的主要精神动力。1901 年，何德兰将其收集到的童谣用英文翻译后以《孺子歌图》在纽约出版，该书出版后为其赢得了一定的社会声誉。在何氏其他早期著作的封面上，他经常被编者称为"《孺子歌图》的作者"。[③] 这本图文并茂的小书还吸引了欧美学界的关注，不仅美国《民俗研究》杂志刊发

---

① 来华传教士基于了解中国社会和文化的需要，也展开了一些以儿童为专门对象的文化书写，诸如英国传教士玛丽·伊莎贝拉·布莱森（Mary Isabella Bryson）和坎贝尔·布朗士（C. Campbell Brown）就分别撰写过《中国家庭中的儿童生活》（*Child Life in Chinese Homes*，1885）和《中国儿童》（*Children of China*，1909）等著作，但整体上数量并不多。

② 参见 Isaac Taylor Headland, *The Chinese Boy and Girl*, New York, Chicago, Toronto: Fleming H. Revell Company, 1901, p. 51。

③ Isaac Taylor Headland, *Chinese Heroes: Being a Record of Persecutions Endured by Native Christians in the Boxer Uprising*, New York: Eation & Mains, 1902；Isaac Taylor Headland, *Our Little Chinese Cousin*, Boston: L. C. Page & Company, 1903.

了相关书评，英国的汉学家也注意到了这本小册子的存在及其价值。[①] 美国纽约一位研究游戏心理学的博士在看到该书后，还曾专门写信邀约何德兰与他合作研究中国儿童游戏，可见该书受众较广。[②] 相比之下，韦大列的《北京的歌谣》在海外的影响要微弱得多，这可能与其在北京出版、作为语言教材的文化定位及其较为“忠实”的语言翻译风格有关。[③]

在《孺子歌图》的姊妹篇《中国的男孩和女孩》一书中，何德兰细致地回忆了其与童谣结缘的经过：某年暑期，他携家人在北京西郊山间避暑之际，朋友芳泰瑞（Courtenay Hughes Fenn）夫人提醒他注意家中一位殷姓保姆唱给自己儿子听的小调，这小调其实是一首在北方流传很广的名为《小耗子》（*Little Mouse*）的儿歌。《小耗子》明快的韵律使何德兰一下子联想到英语国家两首主题类似的著名儿歌，初步比对后，他认为《小耗子》无论是歌词表达还是教育意义都丝毫不逊色于英语儿歌。对中国童谣的魅力有所领略后，何德兰又想方设法从保姆口中获得了十余首儿歌。

此后的一段时间，何德兰将主要精力转移到儿歌搜集。他向在布道或者其他社交场合遇到的几乎所有人，包括轿夫、保姆、仆人、朋友、教师、儿童以及他们的父母，甚至听过中国儿歌的外国孩子讨教，这样到秋天时他又收集了50多首北京地区流行的儿歌。[④] 这项工作进行了几个月之后，何德兰看到了公开出版的《北京的歌谣》，他评价韦大列对于歌谣的翻译仅仅停留在字面并未讲究押韵，是比较原始的成果，但仍自认受到此书很大影响。[⑤] 此后，又有两位热心友人分别为何德兰寄来采自山东地区的300多首童谣。两位友人中的一

---

① 参见 J. Dyer Ball, *Rhythms and Rhymes in Chinese Climes: A Lecture on Chinese Poetry and Poets*, Hong Kong: Kelly & Walsh, Limited. Shanghai-Singapore-Yokohama, 1907, p. 42。转引自崔若男：《韦大列〈北京的歌谣〉与中国现代歌谣运动》，载《文化遗产》2020年第2期。

② 参见 Isaac Taylor Headland, *The Chinese Boy and Girl*, New York, Chicago, Toronto: Fleming H. Revell Company, 1901, pp. 51-52。

③ 一位青年学者考察和比较了《孺子歌图》和《北京的歌谣》的海外传播，认为前者影响相对广泛，甚至启发了欧洲学者对中国童谣和西方童谣加以文化比较，而后者则几乎没有留下传播痕迹。之所以有如此明显的差异，主要是因为出版地、创作目的和读者受众群体以及编排方式不同等因素造成的。参见牛艺璇：《清末汉语读物威达雷〈北京儿歌〉研究》，北京外国语大学硕士论文，2019年，第48—50页。

④ 参见 Isaac Taylor Headland, *The Chinese Boy and Girl*, New York, Chicago, Toronto: Fleming H. Revell Company, 1901, pp. 10-12。

⑤ 参见 Isaac Taylor Headland, *The Chinese Boy and Girl*, New York, Chicago, Toronto: Fleming H. Revell Company, 1901, pp. 12-14。

位，恰是与何氏同属美国公理会的著名传教士明恩溥。明恩溥曾于1882至1885年间在《教务杂志》上连续刊登了有关中国谚语俗语的系列文章，后结集出版为《汉语谚语俗语集》。与明恩溥的其他著作一样，这本谚语集的主要目的也是增进西方人对中国国民性的了解。何德兰花功夫采集童谣和以童谣为窗口透视中国人，很可能受到了明恩溥的启发和鼓励。何德兰本人的努力和朋友们的支持，使他最后采集到了600多首童谣。他从中选取了约140首辑入《孺子歌图》。入选的童谣中，何德兰亲自收集的约为50首，剩下的则主要来自明恩溥等朋友的采集。

三、《北京的歌谣》与《孺子歌图》文化旨趣之同异

尽管都是清末民初来华的西人，且几乎在同一时期开始民间歌谣的辑录，但韦大列和何德兰其实是基于很不相同的文化诉求来开始这项工作的。

我们先来看一看韦大列和他的《北京的歌谣》。根据韦大列的成长经历，我们完全能够理解其对于文学的持久热情，然而一个外交官为何在来到中国之初，就将眼光投向了一直以来不被中国人重视甚至鄙夷的童谣小调呢？这个答案可能要到《北京的歌谣》的自序中去寻找。作者在序言中交代了编写此书的动因，即阅读歌谣可以让读者得到以下益处：

> 第一得到别处不易见的字或短语。
>
> 第二明白懂得中国人日常生活的状态和详情。
>
> 第三觉得真的诗歌可以从中国平民的歌找出。①

韦大列所述歌谣的第三点益处是整篇序言中最为著名的一句话，自1910年代末歌谣运动发轫之初，就被胡适、周作人、朱自清等新文学干将不断转引、发挥，俨然成为新文学运动和新诗创作的一面旗帜。从自序大部分篇幅用来论证童谣具备“诗意”这一点来看，文学性的确是韦氏最为看重的文化属性。他认为中国平民的歌谣中包含着“真诗”的因子，是基于以下两个衡量标准：首先，诗是情感的载体，而至少一部分的中国歌谣是“朴实而且可感动人”的，其所蕴含的情感和诗意即使是“对于中国人的悲喜稍有了解的人”也能够领略到；②

① Baron Guido Vitale, *Pekinese Rhymes*, Peking: Pei-t'ang Press, 1896, p. 7. 译文参见［意］威大列：《〈北京的歌谣〉序》，常悲译，载《歌谣周刊》1923年5月27日第20号。

② Baron Guido Vitale, *Pekinese Rhymes*, Peking: Pei-t'ang Press, 1896, p. 9.

其次，诗具有特定的格律，几乎不具备任何文言素养的中国平民所作的歌谣意外地与欧洲诸国尤其是意大利的诗歌在诗法上几乎完全相合。[①] 对歌谣平民性和情感真实性的看重，使韦大列乐观地预言："根据在这些歌谣之上，根据在人民的真感情之上，一种新的'民族的诗'也许能产生出来。"[②] 韦大列的文学见解与20年后中国文学革命的旨趣极为相合，胡适、周作人因此无不盛赞他的远见卓识。不过，如果我们把韦大列置于欧洲文学尤其是汉学发展的进程中来看，又可以说他的观点其来有自。一方面，在近代西方文学视野中诗的概念是相当宽泛的，歌谣在西方近代文学中早已被赋予了合法性，且随着现代诗歌和浪漫主义的兴起而愈发显现出平民化特征。另一方面，据学者研究，伴随着近代中西文体的碰撞和概念错位，中国的小说、戏曲、民歌等地位较低的通俗文类也已在理论上被西方学者一步步纳入正统的"文学"（literature）范畴，民间歌谣就是在这一过程中被归入"诗"类并赋予合法性。[③] 在这样一种时代文化潮流的影响之下，加之自幼所受的世俗文学熏陶，韦大列对中国歌谣形成新的价值判断也就不难理解了。

当然，如果从韦大列的角度来看，收集歌谣倒不见得仅仅是出于文学上的考量，而是带有探索汉语教学的成分，这在他概括的第二点益处中有所体现。韦大列在东方语言学上的天分和兴趣，以及在中国所从事的翻译官工作，使他对如何学习汉语比一般来华西人有着更大的热情。在他的设想中，《北京的歌谣》同时应该是一本初级口语教材，主要读者首先应当是那些有意学习汉语的外国人。如果不是出于语言或文化研究者的自觉，韦大列大概不会有兴致去搜罗那些不见诸汉语书面语的"别处不易见的字或短语"。1901年韦大列编写的《中国笑话：汉语口语初级读本》也采用了与《北京的歌谣》类似的文本形式。在《中国笑话：汉语口语初级读本》一书的自序中，他更加直接地说明了写作该书的目标是"希望那些学习汉语口语的人能够从这些日常课文阅读中受益，能从中感受到欢乐，从而减轻他们学习汉语时的痛苦和沉闷"[④]。韦氏对汉语口语的

① 参见 Baron Guido Vitale, *Pekinese Rhymes*, Peking: Pei-t'ang Press, 1896, pp. 9–10。

② Baron Guido Vitale, *Pekinese Rhymes*, Peking: Pei-t'ang Press, 1896, p. 10.

③ 参见宋莉华：《西方早期汉籍目录的中国文学分类考察》，载《中国社会科学》2018年第10期。

④ Baron Guido Vitale, *Chinese Marry Tales: A First Book for Students of Colloquial Chinese,* Peking: Pei-t'ang Press, 1901, pp. 2–3. 译文参见李海英：《〈汉语口语初级读本〉导读》，见［意］威达雷：《汉语口语初级读本·北京儿歌》，北京大学出版社，2017年，第2—3页。

重视，大概与那一时期欧洲汉学家的汉语口语教学水平普遍有限有关。毕竟在他学习汉语的时代，欧洲各国虽已出现了不少研究汉语语法的著作，但口语教材却相对缺乏，在非汉语环境下成长起来的汉学家们在驾驭口语方面均存在极大的困难，韦氏的老师诺全提尼这方面能力就较为低下。[①] 韦大列对欧洲汉语教育的此种缺陷应该是有清晰认识的。从这个角度来看，收集歌谣和笑话也可视作韦氏以一己之力推动西方汉语教育的一种努力。

至于序言中提及歌谣的第二点益处——“明白懂得中国人日常生活的状态和详情”，则可能源于韦大列对于汉语教材的一种特殊的文化定位，或者说体现了一个外国人观察中国社会的个人化视角。尽管因外交使团成员身份可以与中国王公贵族和各国外交官等贵族阶层频繁接触，但韦大列在思想和行动上都体现出较强的平民关切。韦大列刚到北京时汉语口语能力欠缺，在时任意大利驻华公使阿尔伯托·潘萨（Alberto Pansa）的建议之下，他住进了北京平民陈姑母家并很快被接纳为陈家的一员。[②] 韦大列与陈姑母一家感情相当深厚，庚子年间他甚至冒着生命危险在满是废墟和尸体的北京街头四处寻找这一家人。而且，他不只对陈姑母，而且对中国的普通民众也有着一种难能可贵的同情。义和团运动高涨之际，韦大列曾多次在意大利报纸和致外交部官员的信件中，激烈地表达他对普通民众遭受战争蹂躏的愤慨与同情。也许正是缘于与中国平民在感情和行动上的贴近，韦大列才可能在普通的中国母亲和儿童口中发现如野花一般肆意生长、自生自灭的歌谣[③]，才会经由歌谣领会民众生活的可贵和独特。易言之，对平民文学的尊重首先缘于他对平民阶层的亲近。

综上，主要基于对歌谣文学价值尤其是作为诗歌的信心，当然也出于汉语教学的实际需要以及对于平民生活的兴味，韦大列在众多的语言素材和中国文化事项中选择了童谣小调。韦氏并没有想过把他的成果拿出来与中国文人交流，也清楚地知道他们并不待见这些成果，自然也绝不会不切实际地预想《北京的歌谣》有一天会被新一代的中国知识分子器重。但是，他对歌谣收集的价值仍

---

① 参见张西平、[意]马西尼主编:《中外文学交流史: 中国–意大利卷》, 山东教育出版社, 2015 年，第 204 页。

② 参见［意］米歇尔·法帝卡：《意大利〈论坛报〉中威达雷关于义和团的报导》，见中国社会科学院历史研究所明清史研究室编：《清史论丛（2002 年号）》，中国广播电视出版社，2002 年，第 147—148 页。

③ 参见 Baron Guido Vitale, *Pekinese Rhymes*, Peking: Pei-t'ang Press, 1896, p. 7。参见［意］威大列：《〈北京的歌谣〉序》，常悲译，载《歌谣周刊》1923 年 5 月 27 日第 20 号。

有自己的判断。

我们再将目光转向何德兰及其《孺子歌图》。与韦大列的感受基本相同，何德兰深深地为中国儿歌中的情感表达所吸引和触动。向西方人展示儿歌中的深厚情意，成为他收集和出版童谣的初衷。对此，何德兰在《孺子歌图》的序言中有非常具体、感性的解释：

> 我们要注意，《冰糖加玫瑰》《顺气丸》《小胖子》和《我的孩子睡觉了》这几篇歌谣所表现出来的感情。我们相信世界上再没有其他国家的儿歌，能够比以上所举的几种歌谣表现出更深更浓的感情。此种事实最能激发我们编辑这些歌谣的兴趣。我们编这本书是希望表现出中国家庭的另一面，并使西洋的小孩对于东方的小孩也有些同情和好意。①

何德兰被中国儿歌流淌出来的情意触动，因为这情意是如此自然又真切，与西方人想象中的节制刻板的东方民族形象完全不同，实在是太新鲜和意外了。在何德兰眼里，透过儿歌这一文化载体可以发现，无论是东方还是西方，孩子们的童心与活力都是一样的，而中国的父母们对孩子深情真挚的钟爱也一点不输西方人。② 当然，何德兰也注意到了童谣韵律感强，充满生活趣味和富于教育意义的优点，但最触动他的还是蕴含其中的伦理和情感。③《北京的歌谣》的目标读者群体主要是学习汉语的外国人，而《孺子歌图》则不同，按照何德兰的说法，“我们所永远放在心里的，是小孩子，并不是批评家”④。他还在序言中谦逊地表示：“这些歌谣并没有以文学自居，译者也没有要求音韵的合法，因为不论原文的或我们自己的儿歌没有是合法的。我们的希望是使我们的翻译与原文极相合，并能使用英文的小孩们欢喜。”⑤ 为了让英语世界的儿童接受和喜欢，何德兰采取了与《北京的歌谣》相当不同的翻译和编排方式。《孺子歌图》以英文译文为主、

---

① Isaac Taylor Headland, *Chinese Mother Goose Rhymes*, New York, Chicago, Toronto: Fleming H. Revell Company, 1900, Preface.

② 参见 Isaac Taylor Headland, *The Chinese Boy and Girl*, New York, Chicago, Toronto: Fleming H. Revell Company, 1901, pp.16-17。

③ 参见 Isaac Taylor Headland, *The Chinese Boy and Girl*, New York, Chicago, Toronto: Fleming H. Revell Company, 1901, pp.20-22。

④ Isaac Taylor Headland, *Chinese Mother Goose Rhymes*, New York, Chicago, Toronto: Fleming H. Revell Company, 1900, Preface.

⑤ Isaac Taylor Headland, *Chinese Mother Goose Rhymes*, New York, Chicago, Toronto: Fleming H. Revell Company, 1900, Preface.

汉文为辅，译文用词浅易、富有节奏感，不添加注释。①

与中国历史上那些由文人加工过的童谣相比，何德兰辑录的童谣出自真正的妇孺小儿之口，因而天然地具有质朴自然的特点。尽管这些童谣系成人创作，内容不一定都在儿童感兴趣或关心的范围之内，但多半都是贴近或体现儿童心理的。童谣的主题相当丰富，涵盖了人物、动植物、历史人文景观、婚丧嫁娶习俗、游戏、市井生活等，似乎生活中的一切事物都可以拿来放进儿歌之中。按照民俗学者的分类，《孺子歌图》中的童谣至少包括游戏谣、知识谣、生活谣、滑稽谣儿大类。撇开这些客观分类，读者可以发现，在主题各异的童谣背后其实贯穿着两个情感主题：成人对儿童的爱和儿童视角下世界的新奇有趣。在《孺子歌图》中，《冰糖加玫瑰》《小小子儿》《爷爷抱孙子》等很多歌谣，还有那些温情脉脉的亲子照，表达的都是父母对孩子的舐犊情深和成人对儿童的怜爱，这一类型的童谣数量最多且最为何德兰所看重。至于透过歌谣所呈现的儿童眼中的世界则是千姿百态的，既有对弓箭手、挑水工、和尚、屠夫等各式人物的白描，对秃子、巨人等长相怪异之人的调侃，也有对昆虫，牛、狗等动物的拟人化描摹，对钻圈等游戏的趣味表达，甚至还包括对娶后娘、婆媳难处等人伦关系的戏谑。尽管有些内容偏于成人视角甚至不太符合礼教，但却因此而保持了一种在其他文类中都难以见到的童真趣味。

不仅仅是通过歌谣本身，《孺子歌图》中的大量实拍图片，也很好地烘托了中国人流动和丰富的情感世界。注重图文并茂和装帧设计是何德兰著作的共同特点，《孺子歌图》则将这一特点展现得淋漓尽致，书中包括配图在内的副文本多维度地展现了中国书法、美术、建筑、语言等艺术之美。②为了更直观、生动地呈现儿歌背后的情感和孕育此种情感的社会空间，何德兰还为儿歌搭配了相应的照片作为配图，这些照片有些来自他本人的自由街拍，也有一些是在摄影棚和儿

---

① 《孺子歌图》译文整体颇雅和生动，但也存在原文部分缺失或译文与原文不符的情况。例如，该书所收《剔灯棍儿》一首中，作者将“爷爷儿寻了个后奶”一句翻译为“And found he had married a bald-headed wife”，译文明显与原文不符。但该句译文与《北京的歌谣》所收相同歌谣中“爷爷儿寻了个秃奶奶儿”一句相一致，这可能是何德兰借鉴《北京的歌谣》以致译文有所混乱的结果。再如北京儿歌《红葫芦》《大秃子得病》两首，译文中有原文根本没有提及的内容。详见 Isaac Taylor Headland, *Chinese Mother Goose Rhymes*, New York, Chicago, Toronto: Fleming H. Revell Company, 1900, pp. 52, 147,131；Baron Guido Vitale, *Pekinese Rhymes*, Peking: Pei-t’ang Press, 1896, p. 27。

② 参见孙丽：《何德兰〈孺子歌图〉的副文本研究》，载《安徽文学》（下半月）2018 年第 12 期。

童家中拍摄完成的。在摄影棚拍照时，何德兰会精心布置背景，同时引导孩子们摆出合适的姿势，故书中的配图多半显得精美又自然。[①] 配图中的人物覆盖了不同的阶层和职业，反映的生活场景也很多元化：身着官服在庭院中带着宠溺神情怀抱孩子的官员，正在打水或搓麻的底层平民，在街头嬉戏打闹或坐在地上哭泣的孩童，深宅大院里娴静文雅的贵族母女，可谓不一而足。尽管图片人物都身着在西方人看来怪异的民族服饰，且保留着奇特的发型，但在何德兰的审美滤镜下，他们中的多数都流露出放松自然的表情，显得乐天知足而非愁苦怨恨。尤其是该书扉页上何德兰拍摄的“百子图”，几百名幼儿表情动作各异，居中最醒目的两位幼童因争抢玩具一个开怀大笑另一个号啕大哭，画面极具情绪感染力，似乎在极力地说明中国人情感丰富而非冷漠麻木。对于当时普遍对东方文化深感隔膜的西方人来说，要理解东方民族的生活绝不是容易的事情，何德兰显然深谙此点，所以才在英文译文之外辅以生动、直观的照片使儿歌场景化。总之，西方读者在看过这本图文并茂的小册子后，除很容易体会何德兰对中国文化的深情厚爱外，应该多少也会对他试图传递的富有人情味的生动的东方民族形象有所感受。

尽管在 1914 年出版的《中国家庭生活》一书中，何德兰曾特别强调他的书写仅仅是观察、发现和如实记录，尽量避免褒贬与比较。[②] 但事实上，包括《中国的男孩和女孩》《中国家庭生活》等纪实性著作中，何德兰一直致力于传达他对中国人生活的细致观察和正面观感。何氏对儿歌的兴趣是与他的儿童观和中国观紧密联系在一起的，他对童谣中所展现的中国人形象和感情有着更主观的偏爱，且不吝展示这种偏爱。这也就难怪《孺子歌图》出版后，曾有美国学者撰写书评指出，该书为读者呈现了超越东西方文化界限的人类的共同本质，在情感层面揭示了人的同一性。[③] 在这一意义上我们可以说，何德兰让西方人了解真实的中国人的这一书写目标至少已经部分地实现了。

值得特别指出的是，尽管韦、何二人是在完全不同的文化语境下开始收集歌谣的，二者各有其文化关怀，前者主要是从文学和语言视角来审视童谣，以学习汉语的西方人为受众，而后者面向英语世界的儿童和成人，旨在向他们传达具有丰富情感且生动的中国民族形象，但是这并没有妨碍他们对歌谣价值形成某种共识，这种共识即他们对歌谣所体现的情感真实性和自由特质的积极认可。

---

① Isaac Taylor Headland, *Home Life in China*, New York: The Macmillam Company, 1914, p. 20.

② 参见 Isaac Taylor Headland, *Home Life in China*, New York: The Macmillam Company, 1914, p. 7。

③ 参见 A. F. C., “Review”, *The Journal of American Folklore*, 1901, Vol. 14, No. 52, p. 70。

四、西人歌谣收集与本土歌谣运动之进展

从前文论述可知，《北京的歌谣》和《孺子歌图》的诞生其实各有因缘，前者偏重文学和语言价值，后者重视文化考察，都没有研究中国民俗的明确自觉。这两本书在歌谣运动中被胡适、周作人等中国学者注意到了，但当时他们较为注重的也主要是两书作者的文学或文化见解。从 1930 年代学者开始从学术史角度回顾歌谣运动至今，中外学界均意识到了“外来因素”的影响，并不同程度地认可《北京的歌谣》和《孺子歌图》对于歌谣运动的作用。[①] 近年来一些学者还通过考察《北京的歌谣》“如何通过注解体现出歌谣之‘真’”，来发掘其与歌谣运动内在的、隐性的关联。[②] 但是，以往研究均未能将韦、何二人作为一个整体的“西方因素”来考察，尤其未能充分意识到二者对于歌谣特质的共同认识对新文学阵营的触动。

首先，正是韦大列和何德兰对童谣表达真情实意这一特质的共同推崇，切实推进了歌谣运动文艺方向的进展。其实，在歌谣运动之前，已有包括周作人在内的一些中国文人开始自发地收集歌谣，但他们行动分散，也没有从文学层面加以理论阐发，所以胡适在歌谣运动之初曾慨叹：“近年来，国内颇有人搜集各地的歌谣，在报纸上发表的已很不少了。可惜至今还没有人用文学的眼光来选择一番。”[③] 在这种语境下，韦大列和何德兰对歌谣文学性的认可就显得很特别了。韦大列与何德兰在各自著作序言中均强调了歌谣自由和真实的特点，并分别列举了数首他们认为以情感表达见长的北京儿歌，这样的眼光和标准与歌谣运动文艺方向的追求是深度契合的。在这方面，韦大列主要基于文学角度的理论阐发显得尤为重要，因而为胡适、周作人所格外称引。前文曾对何、韦二人对童谣中的情感特质及情感表达的激赏，以及他们如何利用文本呈现这种情感性做了较为细致的分析。事实上，除抽象理念层面的渗透外，那些在具体诗歌鉴赏中所体现出来的文学审美同样会对新文化人造成潜移默化的影响。此

---

① 例如，施爱东认为《北京的歌谣》和《孺子歌图》是“曾经影响了早期民俗学者学术理念的外围著述”，陈泳超则认为周作人对歌谣文艺价值从怀疑到肯定的观念转变，“除了应合歌谣运动的时代因素外，大约 Vitale（包括何德兰、平泽平七等人）之类的外来影响是要占很大势力的”。参见施爱东：《倡立一门新学科——中国现代民俗学的鼓吹、经营与中落》，中国社会科学出版社，2011 年，第 3 页；陈泳超：《周作人的民歌研究及其民众立场》，载《鲁迅研究月刊》2000 年第 9 期。

② 崔若男：《韦大列〈北京的歌谣〉与中国现代歌谣运动》，载《文化遗产》2020 年第 2 期。

③ 胡适：《北京的平民文学》，载《读书杂志》1922 年第 2 期。

种影响的痕迹同样有迹可循。1919 年 3 月，刘半农负责编订的《北京大学日刊》中的《歌谣选》栏目连续刊载了《孺子歌图》中的 21 首歌谣。刘半农所选登的歌谣中，前 4 首依次为《冰糖加玫瑰》《顺气丸》《我儿子睡觉了》《小胖小子》，而这几首歌谣正是被何德兰盛赞为感情真挚的代表作。①1922 年胡适发表《北京的平民文学》一文，肯定韦大列的歌谣"真诗"观，并特意从《北京的歌谣》中"选出一些有文学趣味的俗歌，介绍给国中爱'真诗'的人们"，他所选取的 16 首歌谣中也有 4 首与韦大列甄选的歌谣重合。②

就抛开道德说教而追求纯粹的艺术真实这一点来说，双方的理解最终也变得相当一致。韦、何之前的一些西方文人，或者对中国歌谣的艺术价值和社会功能评价不高，认为歌谣的词和韵律均无可取之处，至于内容则"下流而无善意"；或者仅从观念上认可歌谣的价值而缺乏实际体认。③ 客观而言，西方学者对于中国歌谣的全盘否定并不合理，但其观点也并非全然的文化偏见，因为歌谣作为一种原生态的民间文化，确实有其未加过滤的原始粗鄙一面。歌谣在中国难入文人法眼，与此种特质也不无关系。在《北京的歌谣》与《孺子歌图》两书中，所谓"下流而无善意"的歌谣并不在少数。譬如两书均收录的《养活猪吃口肉》《丫头丫》《大秃子得病》《秃子秃》《有个小秃儿本姓高》《鸟鸟鸟》等歌谣，有的流露出赤裸裸的性别歧视和职业歧视，有的毫不掩饰地对身体有缺陷或生理奇特之人嘲讽讥笑。④ 韦、何二人将这些难登大雅之堂的谣谚一一录入，也许不无西方人审视东方文化时的猎奇心理，但更主要的显然还是出于对歌谣自由率真特质的欣赏，这一点从他们对童谣真情实感的反复称许中已可见一斑。何德兰认为部分歌谣虽在成人看来是毫无教育意义的，但孩子们却喜欢得很，还有一些是不太得体的戏谑之词，但歌者的出发点却是善意的，这些歌词都有情感价值，显示了一种相当宽容的标准。在大量收集童谣的基础上生发出对中国歌谣文学价值的真正认可，这是韦、何二人区别于此前汉学家认知的独特之处，也正是最能触动且最受胡适等人欢迎的文学观念。1923 年周作人在《晨报副刊》发表关于儿童

① 参见《歌谣选》，载《北京大学日刊》1919 年第 324—327 期；Isaac Taylor Headland, *Chinese Mother Goose Rhymes*, New York, Chicago, Toronto: Fleming H. Revell Company, 1900, p. 6。

② 胡适：《北京的平民文学》，载《读书杂志》1922 年第 2 期。

③ C. T. Gardner, "Chinese Verse", *The China Review*, 1873, Vol. 1, No. 4, p. 252.

④ 详见 Baron Guido Vitale, *Pekinese Rhymes*, Peking: Pei-t'ang Press, 1896, pp. 197, 97, 36, 58, 122, 192；Isaac Taylor Headland, *Chinese Mother Goose Rhymes*, New York, Chicago, Toronto: Fleming H. Revell Company, 1900, pp. 11, 70, 131, 32, 115, 22。

文学的杂感时强烈感觉到，相比西洋，中国文化对儿童和儿童文学过于漠视，认为不得不做观念上的改变，此时他又想起何德兰关于北方童谣中包含着“儿童之爱”的说法，可见何氏从情感角度解读童谣非常契合周作人的审美。[①] 总之，《北京的歌谣》和《孺子歌图》的存在，无异于为新文学的合法性论证提供了直接来自西方的支持。

其次，以韦、何为代表的来华西人歌谣收集活动激发了中国学者的学术自尊，使他们产生了守护歌谣这一民族文化园地的强烈自觉。歌谣运动兴起之时亦正是海外汉学迅猛发展之际，国内学术界“与外人争胜”的民族主义情绪因之高涨。[②] 这一情绪在歌谣运动中自然也有体现——就在常惠、刘半农等学者开始施展拳脚大干一番时，他们却意外地发现，收集歌谣的工作早已被外国人捷足先登。西方人的行动自然是对歌谣运动合理性的一种强化，但这一事实同时深深地刺激了正意气风发的新文化人。有学者甚至认为，韦大列在《北京的歌谣》序言中呼吁“那些可以与人民自由的交际”的中国人为他提供新的歌谣材料，或是自行“担任一个歌谣的新集的工作”，此种来自西人的呼吁使得该序言“无异于一份极有分量的倡议书或说是挑战书”[③]。至少最早接触《北京的歌谣》的常惠因此而产生了相当的紧迫感。在 1921 年撰写的《帮助研究近世歌谣的朋友》一文中，常惠在介绍韦大列与何德兰的歌谣集之前，曾不无遗憾地感叹：“要是再提到外国人，就不是这样了，人家不但研究他本国的历代的歌谣，就连中国的历代的，也都已经有一番研究了。不用说我们古代的诗经，有多少专门的著作；就是连近世的，人家也有不少了。”[④]1923 年常惠友人在写给他的信中，特别感慨除韦、何两人的文本外，本国歌谣收集成果尚付阙如，这使他“不能不挥一把愧汗”。常惠在回信中表达了与友人一样强烈的羞愧之情。[⑤] 实际上，常惠当时已辑成《北京的歌谣》一部，这一任务的完成或许与外国人的刺激不无关系。[⑥] 常惠这种急于追

① 参见周作人：《绿洲》，载《晨报副刊》1923 年 2 月 11 日。

② 参见卢毅：《“整理国故”运动与中国现代学术转型》，中共中央党校出版社，2008 年，第 142—144 页。

③ 施爱东：《倡立一门新学科——中国现代民俗学的鼓吹、经营与中落》，中国社会科学出版社，2011 年，第 16 页。

④ 常惠：《帮助研究近世歌谣的朋友》，载《歌谣周刊》1923 年第 18 号。

⑤ 二人通信见《歌谣周刊》1923 年第 4 号之《讨论》栏。

⑥ 除《北京的歌谣》以外，常惠还辑有《山歌一千首》《北京谜语》《北京歇后语》《谚语选录》等，但这些已辑成的书稿因为种种客观原因未能出版后来又散失，其所花费的心血令人惋惜。参见王文宝：《常惠》，载《民俗研究》1989 年第 1 期。

赶的心态又并非个例。后来积极参与歌谣运动的钟敬文在回忆他本人收集口头文艺和民俗资料的初心时曾写道："从我本身的内因看，主要还是那种民族自尊意识在起支撑作用。因为那些时期，自己多少知道一些外国学者，已经在我们这块园地里动过犁锄。作为中国的学人怎么反而袖手旁观呢？"[①]这在一定程度上能够反映出当时歌谣学界一种普遍存在的民族心态。

再者，从方法论层面而言，韦大列与何德兰深入民间、实地搜集歌谣的方式一定程度上启发了中国学者。对最早展开民间调查的韦大列，中国学者尤其推崇。《北京歌谣》全书共收录170首歌谣，除去韦氏的中文老师提供了近40首，余下130多首歌谣皆为他亲自走访调查所得。韦大列在自序中曾形容自己"吃尽一切劳苦，尽力的搜集"，为了尽量准确地传达中文原意，在翻译和注解歌谣的过程中，他会尽量全面地聆听和征询歌谣讲述者的解释。[②]翻译了《北京歌谣》自序的常惠认为韦氏为刚刚勃兴的中国歌谣运动树立了方法论标杆，他评价说："威大列是一位学者，他是用科学的方法作的，又有注解，我们很可以拿他作参考。"[③]很可能是受韦大列的影响，常惠在《歌谣周刊》上大力倡议田野调查以保证歌谣的民众色彩："依民俗学的条件：非得亲自到民间去搜集不可；书本上的一点也靠不住；又是在民俗学中最忌讳的。每逢写在纸上，或著成书的，无论如何——至少著者也要读过一点书的。所以多少总有一点润色的地方，那便失了本来面目。"[④]

另外，韦大列与何德兰的歌谣收集成果，还为歌谣运动中比较研究法的推进提供了便捷的素材。多数学者将歌谣比较研究方法在中国的首倡之功归于胡适1922年发表的《歌谣的比较的研究法的一个例》[⑤]。也有学者认为，刘半农在1918年时已明确提出"故吾辈今日研究歌谣，当以'比较'与'搜集'并重"，他才是该方法的最早倡导者。[⑥]但这两种说法都忽视了同一时期常惠在实践层面

---

① 钟敬文：《"五四"时期民俗文化学的兴起——呈献于顾颉刚、董作宾诸人之灵》，载《北京师范大学学报》1989年第3期。

② Baron Guido Vitale, *Chinese Folklore: Pekinese Rhymes*, Peking: Pei-T'ang Press, 1896, pp.8-9. 译文参见［意］威大列：《〈北京的歌谣〉序》，常悲译，载《歌谣周刊》1923年第20号。

③ 常惠：《帮助研究近世歌谣的朋友》，载《歌谣周刊》1923年第18号。

④ 常惠：《我们为什么要研究歌谣》，载《歌谣周刊》1922年第2、3号。

⑤ 参见李小玲：《胡适的"比较研究法"与民间歌谣研究》，见刘守华、白庚胜主编：《中国民间文艺学年·2005年卷》，华中师范大学出版社，2007年，第318—324页。

⑥ 参见刘锡诚：《20世纪中国民间文学学术史》（上卷），中国文联出版社，2014年，第100—101页。

的探索。[①]1922年11月5日常惠于《努力周报》第27期上发表的《谈北京的歌谣》一文，已展现了初步的比较研究意识。他在文中对韦大列、何德兰辑录的多首童谣之出处和性质进行了考订，着重指出要理解歌谣异文需有“民族心理学”的知识储备。[②]他还将《北京的歌谣》中的“风来啦，雨来啦，老和尚背着鼓来啦”一首与《孺子歌图》中的“狼来咯，虎来咯，老和尚背着鼓来咯”一首加以比较，认为二首童谣均系《帝京景物略》[③]所载“风来了，雨来了，禾场背了谷来了”一首的讹传。1922年12月17日常惠在《歌谣周刊》创刊号上发表的《对于投稿诸君进一解》一文中，再次将韦大列、何德兰、刘经菴、胡适、沈兼士及他本人所采录的多种版本的《隔着竹帘看见她》做了集中比较。此文原作于当年的12月1日，比胡适在《努力周报》上撰文公开提倡和展示比较研究法还要稍早。[④]显然，《北京的歌谣》和《孺子歌图》辑录的歌谣多有重合，这对于十分熟悉二书的常惠来说无异于提供了现成的异文材料，从而促成其在同道中较早实践比较研究法。

五、结语

本文所关注的两个主要人物——韦大列和何德兰，是清末民初时期在中国生活过较长时期的来华西人。他们的身份分别是外交官和传教士，这也是近代中西文化交流中表现最活跃的两个群体。由于种种因缘，他们在来到中国后开启了收集中国童谣的工作，并将辑录的成果公开出版。尽管同样将文化探索的目标锁定在童谣，但二人了解中国社会和文化的动机又是很不相同的。意大利使团翻译官韦大列对语言和文学研究有着强烈兴趣，蕴含在北京平民歌谣中的诗意和语言素材，是他最想探究的部分；而对于传教士何德兰来说，童谣只是他了解中国儿童和洞察中国国民性的一个窗口，透过这个窗口他看到了一个充满人情和活力的中华民族。他希望把这样正面的观感传达给西方世界，从而打破西方人对中国人的负面的刻板认知。与此同时，韦大列和何德兰又都在童谣中一致地感受到了自由

---

① 洪长泰认为“最初提倡将比较法应用于民歌谣谚研究的是胡适和常惠”，这一说法仍较为笼统。参见［美］洪长泰：《到民间去——1918—1937年的中国知识分子与民间文学运动》，董晓萍译，上海文艺出版社，1993年，第94页。

② 参见常惠：《谈北京的歌谣》，载《努力周报》1922年第27期。

③ 原文疑错为《帝乡景物略》。——编译者

④ 参见常惠：《对于投稿诸君进一解》，载《歌谣周刊》1922年第1号。

真挚的情感表达，并且对此叹赏不已。在20世纪新式知识分子发起新文化运动以前，童谣在中国文人眼里不过是原始粗鄙的存在，韦、何二人的热情很难被他们理解，实际情形正如韦大列的一位使团同事所言："中国的文人们互相谈论这件事的时候，把它当作西方人愚蠢无聊的最终证据。"[①] 只有在跨文化所带来的新视野下，原本被精英阶层视而不见甚至弃如敝屣的歌谣，才得到了崭新的评价。饶有趣味的是，尽管来华西人刷新了西方人对中国童谣价值的认识，但韦、何二人辑录的中国歌谣在西方世界激起的反响远不如在中国本土。当中国的知识精英们也意识到了民间文化的价值但还需要诉诸论证以赋予其合法性时，来华西人对歌谣文化价值的认可才会被充分重视。

（原载《民俗研究》2021年第4期。文字有改动）

① 参见［意］文琴佐·阿莫罗西－安东奈罗·图奇：《圭多·阿玛迪奥·威达雷教授——中国从未如此之近》，常无名译，载《贵族》2018年第146期。引文中"这件事"指收集歌谣。